schnell.durch.blick.2

Die 5-Seiten-Homepage mit WordPress 5

»Ich will kein Blog – ich will eine Website!«

Maria Best

Mehr zu mir am Ende dieses Buches.
ISBN: 978-1-7089-5984-5

Inhalt

Vorwort

Drei Freunde treffen sich zum Plausch im Café. Alina ist in ihrer Freizeit ehrenamtlich aktiv als Märchenerzählerin, Theo hat eine Physiotherapiepraxis mit drei Angestellten und Kim ist seit Kurzem freiberufliche Steuerberaterin. Alle drei haben das gleiche Problem: Sie wollen eine eigene Website ins Internet stellen, die ihr Angebot zeigt und einigermaßen pflegeleicht sein soll.

Alina ist Rentnerin und benutzt das Internet bisher nur zur Informationssuche und zum Einkaufen. Theo hat bei seinem Anbieter bereits mit einem Homepage-Baukasten experimentiert, ist aber mit der Auswahl an Designs und den Möglichkeiten nicht zufrieden. Kim ist erst seit kurzem selbständig, sie hat bisher in einem größeren Steuerbüro gearbeitet. Sie bestellen erst mal einen Kaffee...

Also in meiner alten Firma war die Website mit WordPress gemacht.
Hm. Mein Provider bietet das auch an. Aber das ist doch mehr was für Blogs.
Was sind denn Blogs?
Sowas wie Tagebücher im Netz. Wo man immer mal was reinschreibt.
Ui, das klingt anstrengend, dauernd was schreiben. Ich will doch nur zeigen, was ich so anbiete.
Ich glaube man kann das auch anders nutzen, so ohne Blog.

Sorry, ich hab' eben mitgehört, wie Ihr von WordPress gesprochen habt. Wir haben das auch für das Café genommen. Das hat gut geklappt. Ein Blog muss man nicht machen. Ich hab mir ein Buch besorgt, weil so ein Technik-Freak bin ich jetzt auch nicht.

Dieses Buch haben Sie jetzt in der Hand oder auf dem Bildschirm. Es ist mein zweites zum Thema WordPress und kann ganz unabhängig von dem ersten Buch (»Ihre Homepage mit WordPress 5«) benutzt werden. Es bezieht sich auf die im August 2020 erschienene neue Version 5.5 von WordPress, die einige Überarbeitungen und Ergänzungen erforderlich machte.

Die »5-Seiten-Homepage« soll vor allem jenen Menschen helfen, die ihre Website als eine »erweiterte Visitenkarte« im Netz sehen. Aus diesem Grund spare ich das Thema »Blog« komplett aus und gebe Ihnen statt dessen eine Schritt-für-Schritt-Anleitung für den Aufbau einer Website, die nur aus 5 einzelnen Seiten bestehen wird.

Das mag verrückt klingen, denn WordPress ist ursprünglich eine Blog-Software und das Betreiben von Blogs sozusagen das Kerngeschäft von WordPress. Aber in der Praxis der Seminare habe ich immer wieder festgestellt, dass die meisten sich für das Thema Blog gar nicht interessieren, sondern nur eine »einfache« Internetseite haben wollen. Nun ja, einfach ist relativ, aber man kann mit WordPress auf alle Fälle eine Internetpräsenz ohne Blog machen. Diesen spezifischen Weg beschreibe ich hier – alles was mit Blogs zu tun hat, werden wir nicht beachten und sofern erforderlich deaktivieren. Das Ziel ist ein Internetauftritt, der optimal auf Solo-Selbständige, Praxen, Freiberufler-Büros, selbständige Berater*innen, kleine Handwerksunternehmen und alle Hobbyisten oder privat Interessierte zugeschnitten ist.

WordPress hat für die Herstellung von Webseiten große Beliebtheit erlangt. Es ist kostenlos und für jeden Anwender mit guten Computer-Grundkenntnissen leicht zu erlernen. Sie müssen keine Programmiersprache studieren, die Installation des Systems WordPress können Sie meist bei Ihrem Hosting-Service mit wenigen Klicks durchführen. Das System ist standardisiert, ausbaufähig und Sie sind damit nicht, wie häufig bei den Homepage-Baukästen, an einen Anbieter gebunden.

Wir arbeiten vorwiegend mit den von WordPress mitgelieferten »Bordmitteln«, um die Installation nicht zu überfrachten. Das heißt, wir verwenden die WordPress-Standard-Layouts, passen sie unseren Vorstellungen an und ergänzen das Grundsystem mit einigen empfehlenswerten Zusatzfunktionen (»Plugins«). Ziel ist, aus dem Minimalen das Maximale heraus zu holen. Eine individuelle Erweiterung ist natürlich immer möglich.

Dadurch bleibt der Aufbau schlank und auch für den Techniklaien verständlich. Alle erforderlichen Schritte werden kleinteilig erklärt und mit Grafiken verdeutlicht.

Ich wünsche Ihnen viel Erfolg mit Hilfe dieses Buches Ihre Website ins Netz zu bringen!

Maria Best, August 2020

[1] Startklar werden mit Plan

Bevor wir uns auf die Ausarbeitung unserer WordPress-Seite stürzen, müssen wir einige Dinge vorbereiten. Vielleicht haben Sie schon, wie Theo, bei einem Anbieter einen Webspace gebucht, oder sogar bereits eine WordPress-Installation angelegt. Ich gehe jedoch zunächst davon aus, dass Sie noch keine Vorbereitungen getroffen haben, und beschreibe deshalb kurz die einzelnen erforderlichen Schritte.

Wir brauchen Orga und Konzept

Als Erstes sollten Sie sich einen neuen Ordner auf Ihrem PC anlegen, in dem Sie alles sammeln, was zu Ihrer geplanten Website gehört. Geben Sie dem Ordner einen sinnvollen Namen, zum Beispiel »WordPress Website Märchen Alina«. In diesem Ordner speichern Sie das erforderliche Bildmaterial und Ihr Konzeptdokument ab. Außerdem können Sie dort Unterlagen zu Ihrem Hosting-Anbieter, Infos zu WordPress etc. sammeln. Eben alles, was im Zusammenhang mit Ihrer Website so anfällt.

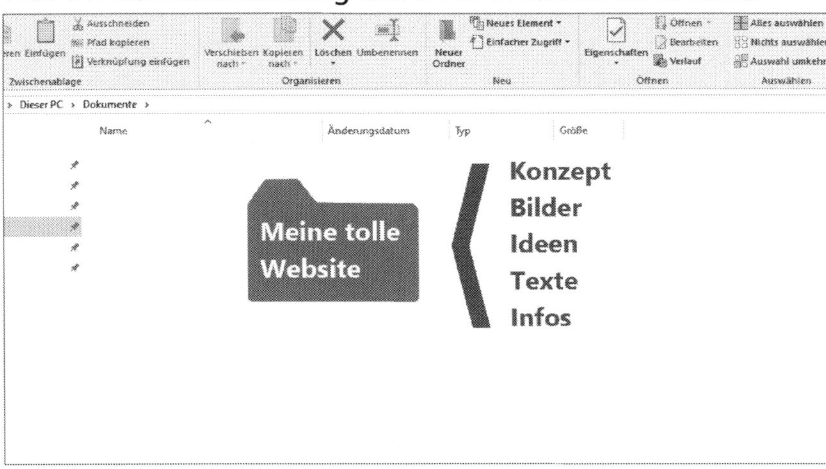

Der Konzeptordner im Arbeitsplatz Explorer

Als Nächstes gehen wir an die Konzeption der Website. Legen Sie ein neues Dokument in Ihrem Textverarbeitungsprogramm an (also WORD, OPEN-OFFICE o. Ä.) und speichern Sie es in den Ordner ab, zum Beispiel mit dem Namen »Konzeption Märchen Website.doc«. In diesem Text-Dokument sammeln und ordnen Sie Ihre Ideen und Überlegungen. Dort können Sie eine Übersicht aller Einzelseiten der Website erstellen, Ihre »Sitemap«.

In dem Buch »Ihre Homepage mit WordPress 5« habe ich das Thema Konzeption sehr ausführlich besprochen. Für unsere 5-Seiten-Homepage dampfen wir das auf die drei wesentlichen Fragen ein:

- **Was?**
- **Für wen?**
- **Wie?**

Übernehmen Sie diese Fragen in Ihr Konzeptdokument und schreiben Sie zu jeder kurz ein paar Gedanken auf. Sie gewinnen so eine minimale Grundstruktur, eine Art Leitmotiv, zu dem Sie immer wieder zurückkehren können.

Mit »**Was?**« ist gemeint: Was ist das Anliegen Ihrer Website in ein bis zwei Sätzen?

> ***Alina**, die Märchenerzählerin, könnte schreiben: »Den Besuchern der Seite einen atmosphärischen Eindruck einer »Märchenstunde« vermitteln, außerdem einen Überblick über die Auswahl der Märchen, meine Herangehensweise und mein Angebot für Interessierte.«*

> ***Theo** sagt: »Patienten informieren, welche Behandlungsmethoden wir in der Praxis anbieten und was dabei passiert, außerdem wie sich das Team zusammen setzt und wann, wo und wie wir zu erreichen sind.«*

> ***Kim** antwortet: »Interessenten zeigen, welche Leistungen ich für sie als Steuerberaterin anbiete, dazu vielleicht ein paar Hintergrundinfos zu meiner Person und zu spezifischen Fachfragen.«*

Bei den Antworten auf diese erste Frage merken Sie schon, dass sich die Inhalte irgendwie ähneln: Man will seine Leistungen oder sein Angebot darstellen, vielleicht mit einigen zusätzlichen Informationen, außerdem sich selbst und / oder das Team vorstellen sowie Besuchern unkomplizierte Kontaktmöglichkeiten geben.

Aus diesem Grund habe ich für dieses Buch das Modell der 5-Seiten-Homepage entwickelt, das sich besonders für alle Selbständigen, kleine Unternehmen, Freiberufler, Ehrenamtler und auch manche Vereine eignet. Wenn Sie daraus mehr (oder weniger) machen wollen, ist das natürlich jederzeit möglich. Im Prinzip läuft die Seitenstruktur auf folgende fünf Elemente hinaus:

STARTseite – **WIR**seite – **WAS**seite –
EXTRAseite – **INFO**seite

Mit der nächsten Frage »**Für wen ist die Website gedacht?**« erkunden wir unser (natürlich immer imaginäres) Zielpublikum.

***Alina** meint dazu: »Ich denke an Schulen, Kitas, Kulturämter, Freizeitveranstalter.«*

***Theo**: »Patienten natürlich, die zum Teil auch älter sind und daher barrierefreie, einfach gestaltete Webseiten bevorzugen. Außerdem Arztpraxen und Apotheken.«*

***Kim**: »KMU-Geschäftsführer, Selbstständige.«*

Und wie sieht Ihr Publikum aus? Versuchen Sie eine kurze Beschreibung.

Zuletzt kommen wir zu Frage Nummer 3 – dem »**Wie?**«. **Wie könnten oder sollten Gestaltung und Menüpunkte aussehen?**

Alina *stellt sich ihre Seite so vor: »Ein bildhafter freundlich wirkender Einstieg, vielleicht etwas »märchenhaft« mit passenden Illustrationen, ohne aber unübersichtlich zu wirken. Für die Menüpunkte wäre eine extra Schriftart schön, wie eine Art Schreibschrift.« Ihre Menüpunkte nennt sie: »Es war einmal« (Start) – »Alina« (Wir) – »Märchenzeit für Alle« (Was) – »Mehr Märchenhaftes« (Extra) – »Kontakt, Impressum, Datenschutz« (Info).*

Theo *meint: »Schwerpunkte sind für mich Übersichtlichkeit und Barrierefreiheit, ein Bild vom Team auf der Startseite, damit man weiß, mit wem man es zu tun hat, außerdem sollten im Kopfbereich der Seite die Telefonnummer und die Öffnungszeiten der Praxis immer gut sichtbar sein.« Ihm reichen vier Menüpunkte: »Start« – »Leistungen« – »Praxis-Team« – »Kontakt, Impressum, Datenschutz«.*

Kim *wünscht sich: »Das Design optisch sehr minimalistisch und seriös, in den Texten direkte Kundenansprache, außerdem ein Kontaktformular.« Ihre Menüpunkte heißen: »Willkommen« – »Mein Angebot für Sie« – »Profil und Referenzen« – »Kleine Steuer-Tipps« – »Kontakt, Impressum, Datenschutz«.*

Sie sehen, auch wenn die Grundstruktur der drei Beispielprojekte sich ähnelt, inhaltlich und auch gestalterisch ist die Spannbreite recht groß. Es hilft, sich im Vorfeld ein-

mal die Webseiten ähnlicher Anbieter anzuschauen, also eine kleine Internetrecherche nach »Märchenerzählerin«, »Steuerbüro« oder »Physiotherapie-Praxis« zu starten. Die dabei gefundenen Links landen wieder im Konzeptdokument. Schauen Sie sich die Ergebnisse im Hinblick auf Benutzerfreundlichkeit, optischen Eindruck und Struktur an, und notieren Sie sich negative wie positive Aspekte, die Sie vielleicht in Ihrem eigenen Projekt vermeiden oder umsetzen können.

Wenn Sie Ihre fünf Menüpunkte zusammen haben (die Namensgebung muss noch nicht endgültig sein, das lässt sich in WordPress beliebig ändern, ebenso wie die Position in der Menüleiste), haben Sie damit auch Ihre »Sitemap«. Einen Menüpunkt – Sie sehen es in den Beispielen oben – sollten Sie immer für die erforderlichen Impressums- und Datenschutzinformationen vorsehen. Diese lassen sich meist problemlos auf der Seite »Kontakt« unterbringen. Zu jedem Menüpunkt sollten Sie anschließend die zugehörigen Text- und Bildinhalte vorbereiten,

damit Alles im entsprechenden Moment einsatzfähig ist. Die Texte können Sie direkt in das Konzeptdokument eingeben, die Bilddateien sammeln Sie in den Konzeptordner.

Zur Konzeption der Website gehört auch, dass wir uns einen griffigen passenden Domainnamen überlegt haben. Dies kann der Eigenname sein, der Nachname in Kombination mit dem Geschäftsbereich, ein Vereinsname oder – falls vorhanden – ein eigener Markenname. Da schon sehr viele Domainnamen vergeben sind, ist es nicht immer einfach, etwas Passendes zu finden.

Vermeiden Sie überlange Domainnamen (www.alinatinkelmannmaerchenerzaehlerinaussagenhausen.de). Das kann sich niemand merken und noch weniger in die Adressleiste des Browsers eintragen... ;-)

Domainnamen und Hosting-Anbieter finden

Damit kommen wir zum nächsten Schritt: Wenn Sie mit WordPress eigenständig eine Website betreiben wollen, benötigen Sie einen (oder mehrere) Domainnamen und einen Speicherplatz (Webspace). Beides »mieten« Sie gegen eine monatliche Gebühr bei einem sogenannten Hosting-Anbieter. Ein »Host« ist im Englischen ein Gastgeber, ein Hosting-Anbieter also eine Firma, die unsere Daten (die Daten aus denen unsere Website besteht) auf ihren Computern (»Webservern«) beherbergt.

Die Domainadresse gehört Ihnen nicht, sondern Sie haben nur ein Nutzungsrecht (solange Sie Ihre Rechnung bezahlen...). Es kann manchmal Sinn machen, meh-

rere Domains zu registrieren, zum Beispiel, um typischen Schreibfehlern von Internetnutzern entgegen zu kommen, oder um angebotsspezifische Varianten einzusetzen. Also zum Beispiel »alinasmärchen.de« und »alinasmaerchen.de« oder »kimschmitt.de« und »steuerschmitt.de«.

Wenn Sie verschiedene Domainnamen haben, können Sie diese trotzdem anschließend auf eine Hauptdomain weiterleiten, Sie müssen also nicht mehrere Internetseiten erstellen. Das erledigen Sie im Kundenmenü Ihres Hosting-Anbieters. Egal welchen Domainnamen Ihre Besucher eintippen oder als Suchergebnis in der Suchmaschine anklicken, sie landen dann jedes Mal auf der von Ihnen festgelegten Hauptdomain.

Ob Ihr gewünschter Domainname noch frei ist, recherchieren Sie am einfachsten direkt auf den Websites der Hosting-Anbieter. Sie kennen keine Hosting-Anbieter? Geben Sie den Begriff einfach in Ihre Internetsuchmaschine ein – Sie werden sofort fündig. Bitte haben Sie Verständnis, dass ich in diesem Buch keine Werbung für einen bestimmten Anbieter machen will. Hosting-Anbieter haben meist verschiedene Hosting-Pakete für Webseiten. Für unsere einfache 5-Seiten-Homepage genügt normalerweise die günstigste Variante. Die Unterschiede zwischen den einzelnen Anbietern sind hier nicht sehr groß. Ein Upgrade auf ein umfangreicheres Paket ist nachträglich immer problemlos möglich.

Für Techniklaien ist es vor allem wichtig, dass das Kundenmenü des Anbieters übersichtlich und verständlich

ist, vor allem wenn man WordPress installieren, mehrere Domains nutzen oder ein SSL-Zertifikat einsetzen will. Hier unterscheiden sich die Hosting-Anbieter stark hinsichtlich der Benutzerfreundlichkeit. Wenn Sie sich unsicher fühlen, schauen Sie sich vor der Auswahl des Anbieters doch in YouTube einmal an, wie zum Beispiel eine One-Click-Installation bei dem jeweiligen Dienstleister durchgeführt wird. Dann können Sie eine fundierte Entscheidung treffen.

Achten Sie bei der Auswahl auf folgende Punkte:

- **Mindestens eine Datenbank** muss inklusive sein (sie ist für die WordPress-Installation erforderlich).
- Einer oder mehrere **Domainnamen** sollten **inklusive** sein (sonst werden dafür extra monatliche Gebühren berechnet).
- Ein sogenanntes **SSL-Zertifikat** sollte inklusive sein (hierzu später mehr).
- Die Möglichkeit zu einer **One-Click-Installation** (Ein-Klick-Installation) von WordPress sollte vorhanden sein (eine manuelle Installation ist zwar aus Profi-Sicht eleganter, für den Anfänger aber meist etwas abschreckend).

Wenn Sie sich für einen Hosting-Anbieter und ein Hosting-Paket entschieden haben, machen Sie sich am besten ein wenig mit dem Kundenmenü vertraut, indem Sie sich dort einloggen. Dies fällt bei jedem Anbieter anders aus und muss daher »erforscht« werden. Üblicherweise

finden sich irgendwo Hinweise oder Menüpunkte zu den Themen »Kundendaten«, »Vertrag«, »Domains«, »Webhosting«, »FTP«, »Datenbanken«, »Statistik«, und hoffentlich auch einigermaßen schnell erkennbar »Software«, »Tools« oder »One-Click-Installation«. Sollten Sie Schwierigkeiten haben, das Passende zu finden, wenden Sie sich per E-Mail an den Anbieter oder nutzen Sie die sonstigen Kontaktmöglichkeiten bzw. den FAQ-Bereich.

WordPress installieren mit (fast) einem Klick

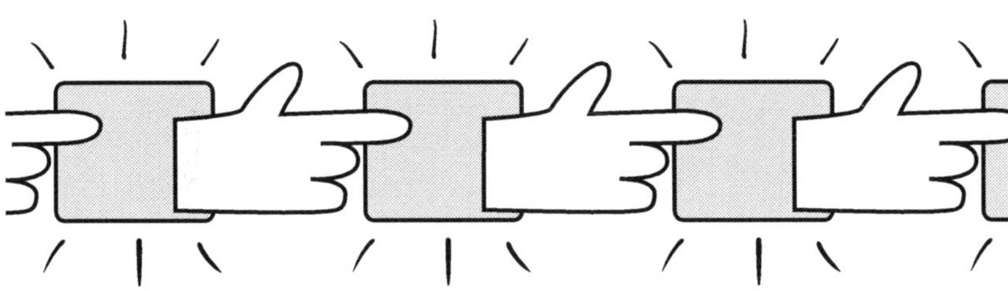

Nur ein Klick oder doch Klick-Klick-Klick-Klick-Klick?

Viele Hosting-Anbieter ermöglichen eine einfache und schnelle Installation für WordPress und andere Software, die sogenannte **»One-Click-Installation«**. Dass Alles wirklich nur mit einem Klick gemacht werden kann, ist – Sie können es sich schon denken – recht optimistisch formuliert. Dabei sind die Abläufe und die Möglichkeiten der Einstellung je nach Anbieter unterschiedlich gestaltet – also mehr oder weniger übersichtlich und verständlich. Was bei dem Einen tatsächlich mit vier oder fünf Klicks getan ist, erfordert bei einem anderen Anbieter dann leider ein Vielfaches davon. Prinzipiell gehen Sie so vor:

Sie rufen die Website Ihres Hosting-Anbieters auf und loggen sich in Ihr Kundenkonto ein. Die erforderlichen Angaben dazu haben Sie ja beim Vertragsabschluss gemacht oder erhalten. Bei manchen Anbietern müssen Sie danach etwas tiefer in die Möglichkeiten des Kundenmenüs einsteigen, zum Beispiel zunächst das Webhosting oder Ihr Webhosting-Paket auswählen. Nun heißt es wieder auf die Suche gehen – findet sich irgendwo ein Menüpunkt wie »Software«, »Tools«, »Installation« oder »One-Click-Installation«? Alle, die lieber eine manuelle Installation machen wollen und sich das zutrauen, finden die Anleitung dazu am Ende des Buches in den »Goodies«.

TIPP: Egal welchen Weg Sie wählen – überlegen Sie sich im Vorfeld einen sinnvollen, hackersicheren Benutzernamen für Ihre WordPress-Installation, denn dieser lässt sich später nur mit erheblichem Aufwand ändern. Den Benutzernamen benötigen Sie immer, wenn Sie sich in die WordPress-Administration einwählen wollen, um Ihre Website zu gestalten, daran zu arbeiten oder sie zu pflegen. Die Erfahrung zeigt, dass der **Benutzername** meistens zu simpel gewählt wird, wenn man ihn erst in der Aufregung des Installationsprozesses festlegt. Auch wenn die Versuchung groß ist, einen Namen zu nehmen, den Sie sich leicht merken können, es gilt: je umständlicher, desto besser. Vermeiden Sie unbedingt Benutzernamen wie »test«, »admin«, »Webmaster«, oder »Benutzer«. Auch ein naher Bezug zu Ihrem Realnamen, zum Domainnamen oder zum Thema der Website ist nicht ratsam.

Warum? WordPress ist ein sehr beliebtes System und wird daher auch von Hackern gerne attackiert. Diese bauen – leider zu Recht – darauf, dass die meisten WordPress-Nutzer*innen als Benutzernamen »admin« oder Ähnliches verwenden. Dann muss man nur noch mithilfe darauf spezialisierter Hacker-Software das Passwort herausfinden (auch hier sind die meisten Menschen nicht sehr kreativ) und schon können Fremde sich in Ihre Website einhacken und dort Schaden anrichten.

Denken Sie sich deshalb am besten einen sonderbaren Spitznamen aus. Es kann sich um irgendeine sinnlose Buchstabenkombination handeln. Benutzernamen dürfen alphanumerische Zeichen, Punkte, Unterstriche, Bindestriche und das @-Zeichen enthalten. Also zum Beispiel »7_auf-1-STR@ch«. Genauso viel Mühe sollten Sie für das Passwort verwenden. Hier dürfen und sollten Sie zusätzlich Sonderzeichen verwenden. Das Passwort können Sie allerdings später in WordPress noch leicht ändern. Mit dieser Vorsichtsmaßnahme tragen Sie erheblich dazu bei,

Ihre Website gegen Angriffe von außen zu sichern.

Bei einer One-Click-Installation werden Sie im Kundenmenü automatisch durch die Schritte des Installationsprozesses geleitet. Unter Umständen wird je nach Hosting-Anbieter dabei auch die Anlage der erforderlichen Datenbank automatisch vom System mit erledigt. So ist die Installation von WordPress (fast) kinderleicht.

Denken Sie daran, sich den von Ihnen angelegten Benutzernamen und das Passwort, das Sie selbst vergeben oder vom System vorgeschlagen bekommen haben, zu notieren. Nur dann können Sie sich im Anschluss in die Administration von WordPress einloggen. Nutzen Sie dazu zum Beispiel wieder das Konzept-Dokument. Speichern Sie außerdem am besten in Ihrem Hauptordner alle Informationen ab, die Sie von Ihrem Hosting-Anbieter erhalten haben.

Hilfe, ich schaffe das nicht!

Für viele klingt das, was ich bisher erklärt habe, vielleicht sehr technisch, oder sie haben das Gefühl, das Ganze überhaupt nicht bewältigen zu können. Da ich mich in diesem Buch auf die Handhabung von WordPress konzentrieren will, kann ich nicht auf alle Einzelheiten der Installation und der einzelnen Anbieter eingehen. Ich empfehle, für spezifische Fragen die Website »YouTube« zu nutzen. Dort finden sich sehr gute ausführliche Videoanleitungen. Sie können sogar konkret nach Ihrem Hosting-Anbieter suchen. Tragen Sie zum Beispiel in die Suchmaske oben

auf der Seite von YouTube ein: »WordPress installieren Tutorial deutsch« oder »WordPress bei Hosting-Anbieter X installieren«. Ähnlich wie Sie in einem Buch blättern, können Sie ein Video immer wieder anhalten oder erneut abspielen. Nutzen Sie diese Hilfestellungen.

Ein SSL-Zertifikat – bringt das was?

Das SSL-Zertifikat zur Verschlüsselung der Website

Die Verschlüsselung einer Website mithilfe eines SSL-Zertifikates ist heute praktisch für alle Webseiten Standard. Für einfache Webseiten wie unsere 5-Seiten-Homepage ist eine SSL-Verschlüsselung zwar nicht unbedingt erforderlich, da hier keine sensiblen Nutzerdaten übertragen werden wie beim Online-Shopping, aber eine solche Verschlüsselung wirkt sich auf Ihre Listung in der Suchmaschine positiv aus. Außerdem vermittelt sie Ihren potentiellen Besuchern das Gefühl der Sicherheit, da die Website in der Liste der Suchergebnisse als »sicher« gekennzeichnet wird. Deshalb ist es grundsätzlich empfehlenswert, ein solches SSL-Zertifikat zu nutzen. Um das SSL-Zertifikat für Ihre Website zu aktivieren, müs-

sen Sie wieder im Kundenmenü des Hosting-Anbieters nach entsprechenden Hinweisen suchen – meist gibt es dazu einen eigenen oder untergeordneten Menüpunkt, der Ihnen weiterhilft. Sollten Sie nicht fündig werden, helfen auch hier die FAQ oder die direkte Nachfrage bei Ihrem Hosting-Anbieter.

Achten Sie außerdem darauf, Ihre WordPress-Installation auf der aktuellsten PHP-Version (August 2020: 7.4) aufzusetzen. Meistens ist das vom Anbieter schon voreingestellt. Man kann noch nachträglich von einer niedrigeren PHP-Version auf eine höhere wechseln.

Sie haben jetzt die grundlegende Vorbereitung für Ihre 5-Seiten-Homepage geschafft. Das Konzept steht, Name und Hosting sind geklärt, das WordPress-System ist installiert. Im nächsten Schritt werden wir uns einen kurzen Überblick über WordPress verschaffen und die wichtigsten Grundeinstellungen machen.

[2] WordPress sinnvoll einrichten

WordPress zählt zu den Content-Management-Systemen, kurz CMS genannt. Mit einem CMS können Websites und deren Inhalte (=Content) erstellt und verwaltet werden. Die Idee bei WordPress war, allen Internetnutzern ein einfaches System anzubieten, mit dem jeder unkompliziert eigene »Blogs« betreiben kann (Blog = Web-Log = Tagebuch im Netz). Das kann man bereits mit dem WordPress-Basissystem, das wir schon installiert haben.

Da die meisten Menschen jedoch Wünsche nach zusätzlichen Funktionen und »schöneren« Designs haben, kann man das Basissystem mit sogenannten Plugins und Themes (=Layouts) anderer Anbieter ergänzen, wie auf der nächsten Grafik zu sehen.

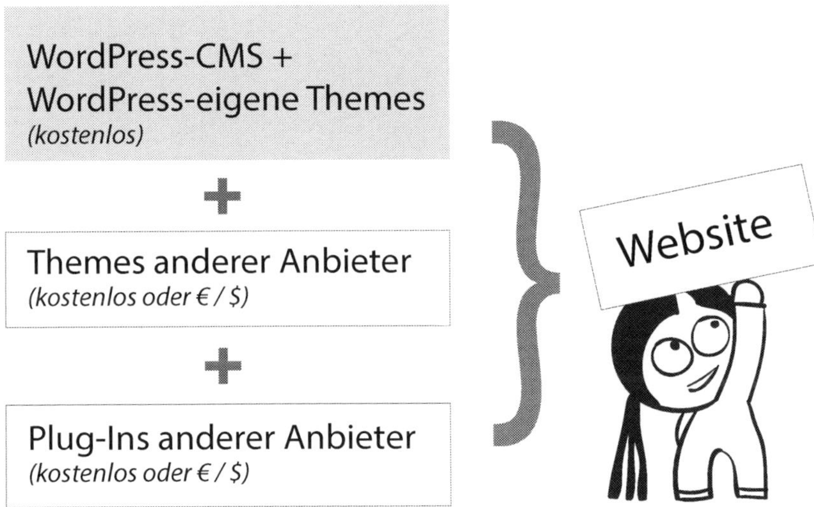

Die typischen Komponenten einer Website mit WordPress

Wenn Sie eine CMS-Website aufrufen, benutzen Sie das sogenannte »**Frontend**«, also die Darstellung der Website im Browser. Wenn Sie eine Website gestalten, bearbeiten Sie die Inhalte und Optik dieses Frontends über eine eigene Benutzeroberfläche vom »**Backend**« aus. Diese Benutzer- oder »**Administrations**«**-Oberfläche** rufen wir einfach direkt im Browser auf.

So geht's: Sie haben WordPress wie im letzten Kapitel beschrieben installiert. Starten Sie nun Ihr ganz normales Browser-Programm (Chrome, Edge, Firefox, Opera etc.). Dann geben Sie direkt in die Adressleiste des Browsers die Internetadresse Ihrer Homepage ein und ergänzen Sie mit einem Verweis zur Log-In-Seite von WordPress:

»**www.domainname.de/wp-admin**« Alternativ können Sie auch »www.domainname.de/wp-login.php« eingeben. Das Kürzel »wp« steht einfach für WordPress.

Also zum Beispiel »www.maerchenland.de/wp-admin« oder auch »www.maerchenland.de/wp-login«.

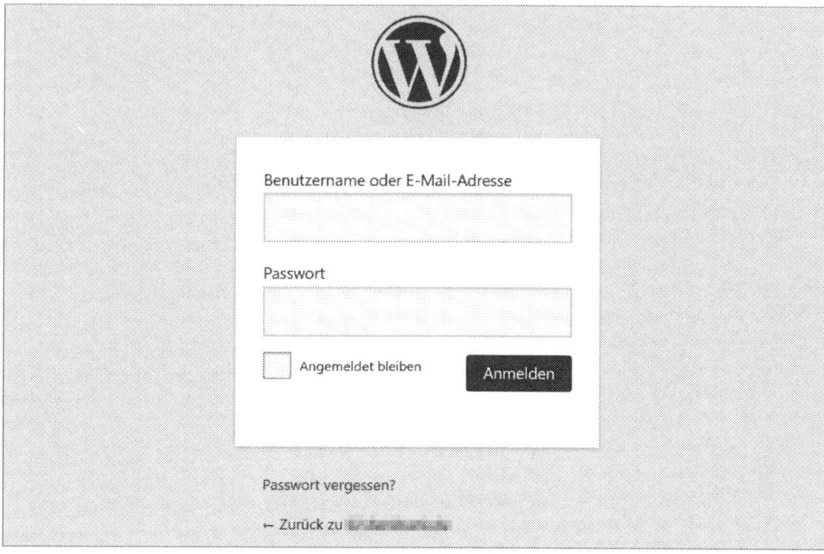

Das Log-In für die WordPress-Administration

Es erscheint eine Seite, auf der Sie sich mit dem Benutzernamen und dem Passwort anmelden können, das Sie zuvor in der WordPress-Installation gemacht haben. Beachten Sie dabei immer die Einhaltung der exakten Groß- und Kleinschreibung. Alles richtig gemacht? Dann sollten Sie jetzt das »**WordPress-Dashboard**« (=Armaturenbrett) sehen, die Startseite der Benutzeroberfläche. Hier finden sich verschiedene allgemeine Informationen zur Nutzung von WordPress, Hinweise auf erforderliche Aktualisierungen, den Zustand der Website und letzte Aktivitäten.

Wenn Sie in Ihrer Installation am linken Rand (schwarze Menüleiste) zusätzliche Menüpunkte entdecken, die auf der folgenden Abbildung nicht zu sehen sind, kann es sein,

dass bei der One-Click-Installation durch den Hosting-Anbieter automatisch zusätzliche Plugins oder Ähnliches installiert worden sind. Ignorieren Sie diese vorläufig einfach. Als Erstes verschaffen wir uns einen Überblick über die verschiedenen Menüpunkte.

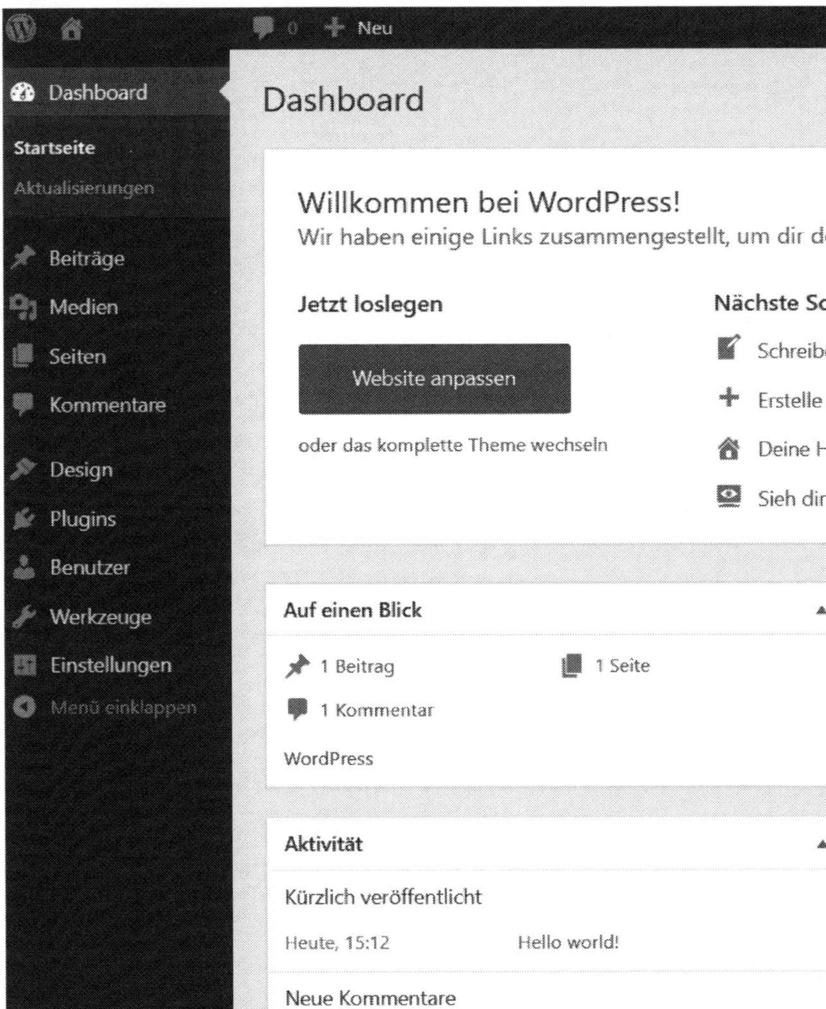

Die linke Menüleiste der WordPress-Administration

Was finde ich wo?

Am linken Bildschirmrand ist die Menüleiste, die wir hauptsächlich nutzen. Sie bietet Zugriff auf alle Möglichkeiten in WordPress über die Menüpunkte »Dashboard«, »Beiträge«, »Medien«, »Seiten«, »Kommentare«, »Design«, »Plugins«, »Benutzer«, »Werkzeuge« und »Einstellungen«. Klicken Sie auf einen der Menüpunkte, öffnet sich jeweils ein Untermenü (außer bei »Kommentaren«). Über »Menü einklappen« ganz unten lassen sich die Menüpunkte zwischendurch ausblenden. Einige Menüpunkte behandele ich in diesem Buch nur oberflächlich, da sie für unser Vorhaben nicht benötigt werden. Das betrifft zum Beispiel den Menüpunkt »Beiträge«, der vor allem für Blogs relevant ist.

Am oberen Bildschirmrand ist eine weitere Menüleiste für den schnellen Zugriff auf häufig verwendete Funktionen. Ganz außen links oben sehen Sie das WordPress-Logo. Es führt zu Informationen über die aktuelle WordPress-Version und die externe WordPress-Seite »wordpress.org«. Rechts daneben sehen Sie ein Haus-Symbol mit dem Namen Ihrer Website. Damit können Sie Ihre Website direkt aufrufen. Sie verlassen dann allerdings die Administrationsoberfläche. Mithilfe des Rückwärts-Pfeils im Browser können Sie wieder darauf zurückkehren. Oder Sie klicken auf das Wort »Dashboard« in der oberen horizontalen Menüleiste. Solange Sie in Ihrem WordPress-System eingeloggt sind, bleibt diese immer sichtbar und ermöglicht Ihnen wieder zur Administration zu kommen.

Das nächste Symbol zeigt die Zahl der vorhandenen Kommentare. Mit dem Plus-Zeichen rechts davon (+ Neu) kann man schnell und unkompliziert einen neuen Beitrag, eine Seite, einen Benutzer anlegen oder Medien in die Mediathek hochladen.

Ganz außen rechts wird der aktuell eingeloggte Benutzer mit seinem Benutzernamen angezeigt. Dort können – und sollten – Sie sich am Ende der Sitzung wieder ausloggen (abmelden).

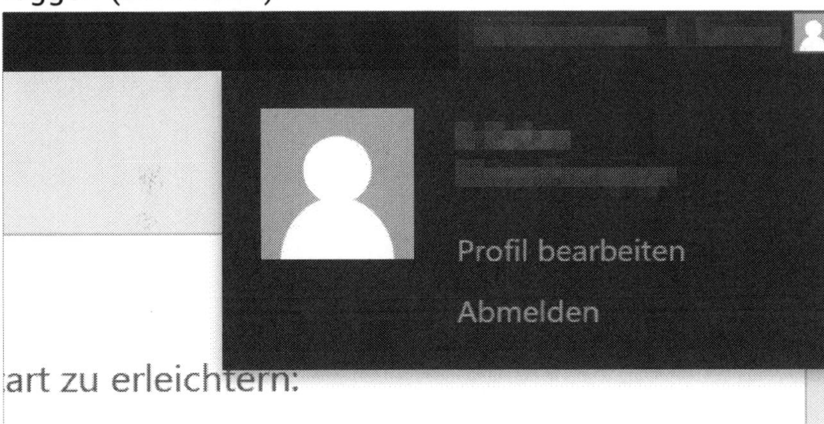

Das Logout rechts oben

Die einzelnen WordPress-Elemente

WordPress ist, wie gesagt, vor allem als System für Internet-Blogs gedacht. Ein solches Blog besteht aus einer Vielzahl einzelner »**Beiträge**« (englisch = »posts«). Daher ist dieser Menüpunkt in der Menüleiste ganz weit oben angesiedelt. Für unser Projekt spielen die Beiträge keine Rolle und wir werden sie nicht einsetzen. Da der Begriff zum Verständnis der WordPress-Funktionsweise zentral ist, will ich hier kurz darauf eingehen. Beiträge kann man

in Kategorien sortieren und man kann Ihnen auch Schlagworte zuordnen. Diese Kategorien und Schlagwörter können dann als Menüpunkte in der Navigation dienen. In der Grundeinstellung gelangen Besucher*innen einer WordPress-Website zunächst immer in den Blog mit den Beiträgen aus der Kategorie »Allgemein«.

Wir werden unsere 5-Seiten-Website jedoch aus einzelnen »**Seiten**« machen, einem anderen wichtigen Element der WordPress-Welt. Auch dazu gibt es in der Menüleiste einen entsprechenden Menüpunkt. Zwischen dem Menüpunkt »Beiträge« und dem Menüpunkt »Seiten« befindet sich der Menüpunkt »**Medien**«. Er führt uns in die Mediathek, in die wir unsere Bilder, Video- und Audiodateien oder Dokumente aller Art hochladen können (siehe Kapitel 5).

Den Menüpunkt »**Kommentare**« können wir außer Acht lassen, da wir Kommentare für unsere Website ausschalten werden. Sie sind vor allem bei Blogs interessant.

Im Menüpunkt »**Design**« wird das Aussehen unserer Website bestimmt. Hier kann man das Layout und verschiedene Funktionen mit dem »Customizer« anpassen sowie die Navigation über »Menüs« zusammen stellen. Dort finden sich auch die »Widgets«, ein etwas ungewöhnliches Wort, das für »Window Gadgets« (Fenster-Spielzeuge) steht. Damit sind kleine Zusatzfunktionen gemeint, die man nach Belieben an- oder abschalten kann. Die letzten Menüpunkte schließlich heißen »**Benutzer**«, »**Werkzeuge**« und »**Einstellungen**«, wobei wir nur in den »Einstellungen« aktiv sein werden.

Grundsätzlich sollte man sich klar machen, dass eine WordPress-Installation auch **Pflege** erfordert. Alle Komponenten (Themes, Plugins, System) müssen aus Sicherheitsgründen immer auf dem neuesten Stand gehalten werden. Wenn es erforderliche Aktualisierungen gibt, wird Ihnen das auf der Administrationsoberfläche mit einem roten Kreis-Symbol bei dem Menüpunkt Dashboard angezeigt. Auch wenn Sie keine Änderungen an Ihrer Seite vornehmen und alles äußerlich gesehen gut läuft, sollten Sie sich etwa alle zwei Wochen einloggen und nachsehen, ob Sie etwas aktualisieren müssen.

Die wichtigsten Grundeinstellungen machen

Wir wollen nun, bevor wir an den Aufbau der Website gehen, einige grundlegende Einstellungen am System vornehmen. Bei der Installation haben Sie selbst oder vielleicht auch die One-Click-Installation der Website einen Titel gegeben. Diesen können Sie nachträglich noch jederzeit anpassen. Deswegen wählen Sie als Erstes den Menüpunkt »**Einstellungen – Allgemein**«.

Hier können Sie den Titel und Untertitel Ihrer Seite ändern, also zum Beispiel als Titel »Physiotherapiepraxis Theo Knorpel« und als Untertitel eine Art Slogan wie »Wir sind Ihre heilenden Hände« einsetzen. Den Untertitel können Sie auch weglassen. Einen Titel sollte man seiner Website aber geben, denn der ist später im Browser-Tab zu sehen und wird außerdem von Suchmaschinen ausgewertet. Er sollte in 3-6 Worten wiedergeben, um was es auf Ihrer Website geht.

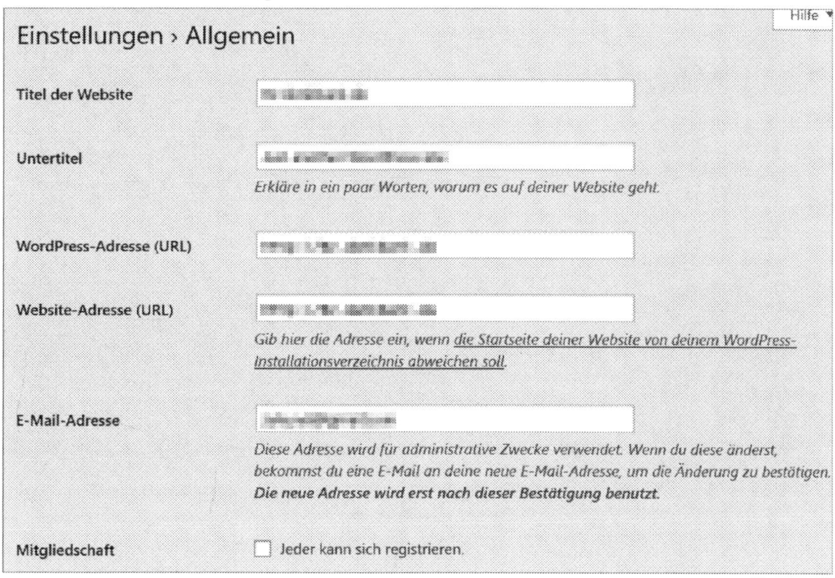

Titel und Untertitel in »Einstellungen – Allgemein«

Die anderen Möglichkeiten in »Einstellungen – Allgemein« können Sie so belassen wie sie sind. Scrollen Sie nach unten und klicken Sie auf »Änderungen speichern«.

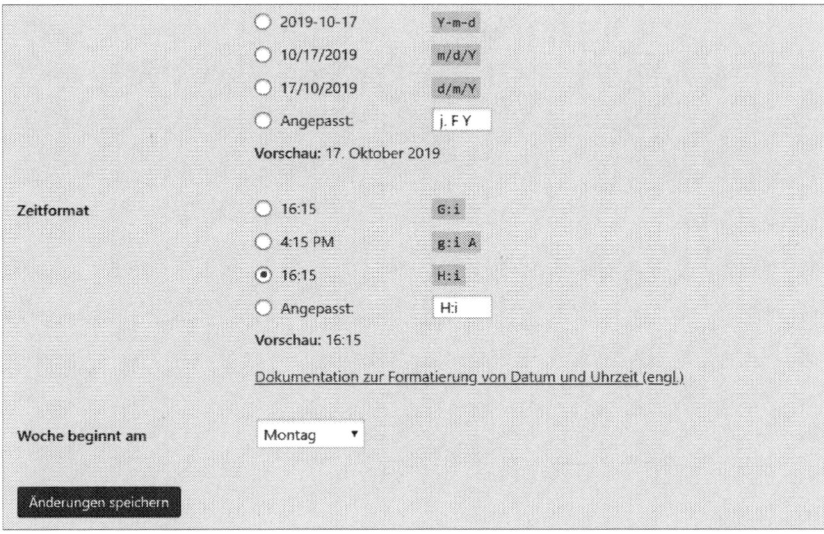

Weitere Möglichkeiten in »Einstellungen – Allgemein«

Wir wollen ja kein Blog machen, sondern nur eine »normale« Internetseite. Insofern nutzen wir WordPress in einer eigentlich nicht so vorgesehenen Weise und müssen nun einige Elemente abschalten, die typisch für die Internet-Blogs sind, uns aber nicht viel nutzen.

Als Erstes deaktivieren wir die Kommentarfunktion. In klassischen Blogs haben die Besucher*innen einer Seite die Möglichkeit, Kommentare zu den Beiträgen zu machen. Daher ist diese Variante in WordPress die Standard-Voreinstellung. Klicken Sie in der Menüleiste links auf »**Einstellungen – Diskussion**«. Dort sehen Sie, dass »Besuchern erlauben, neue Beiträge zu kommentieren« aktiviert (angehakt) ist.

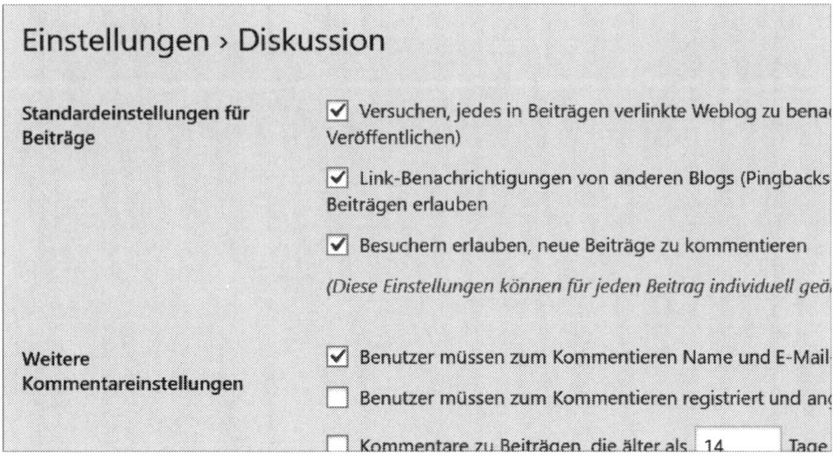

Kommentare sind in den Einstellungen zunächst aktiviert

Jeder neue Beitrag, den Sie machen, kann also durch Besucher*innen Ihrer Website kommentiert werden. Wir deaktivieren diese Funktion, indem wir auf das Häkchen klicken und es damit entfernen. Denken Sie auch hier daran nach unten zu scrollen und auf die Schaltfläche »Änderungen speichern« zu klicken.

Aus dem gleichen Grund benötigen wir auch keine der voreingestellten »Widgets«. Widgets (Window Gadgets) sind kleine Zusatzfunktionen eines Themes, die man nach Belieben an- oder abschalten kann. Gehen Sie zu dem Menüpunkt **»Design – Widgets«**. Dort sehen Sie in der linken Spalte die »verfügbaren Widgets«, in der rechten Spalte die aktuell aktiven Widgets. Das sind »Suche«, »Neueste Beiträge«, »Neueste Kommentare« im Widget-Bereich »Footer#1« und »Archive«, »Kategorien«, »Meta« im Widget-Bereich »Footer#2«.

Klicken Sie nacheinander jede dieser Bezeichnungen mit der linken Maustaste an, halten Sie die Maus gedrückt

und ziehen Sie das Element so per Drag & Drop in die Ablage nach links.

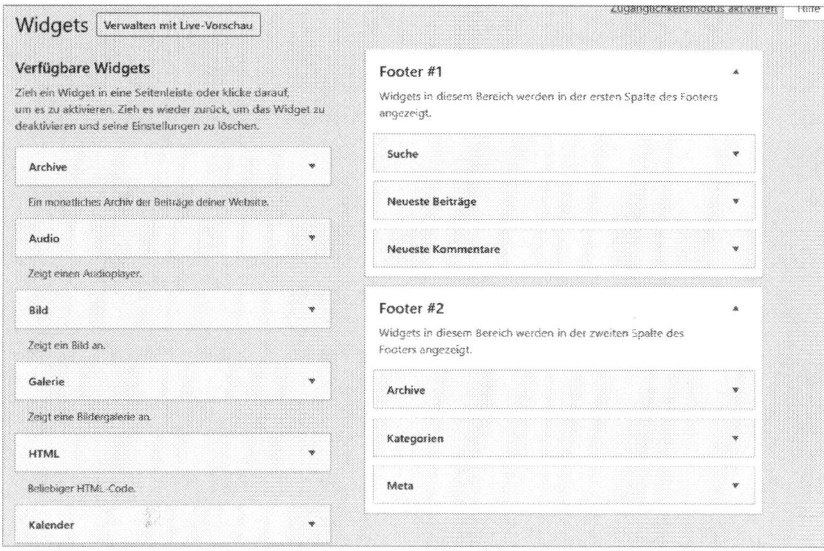

Die vorhandenen Widgets rechts können entfernt werden

Alternativ können Sie auf den kleinen nach unten weisenden Pfeil rechts von dem Widget-Namen klicken und dann in dem Drop-Down-Fenster auf »Löschen«. Das bedeutet nicht, dass das Widget ganz aus WordPress gelöscht wird, es wird nur von Ihrer Website entfernt. Wenn Sie später doch noch Widgets einsetzen wollen, ist das jederzeit möglich. Sie müssen also keine Angst haben, etwas an der WordPress-Installation zu zerstören. Haben Sie alle Widgets entfernt, werden nur noch die beiden Footer-Bereiche als mögliche Widget-Bereiche angezeigt. Diese können Sie nicht löschen, da sie zum Grundlayout (Theme) gehören. Da die Widget-Bereiche jetzt keine Inhalte mehr enthalten, sind sie auf der Internetseite selbst auch nicht mehr sichtbar.

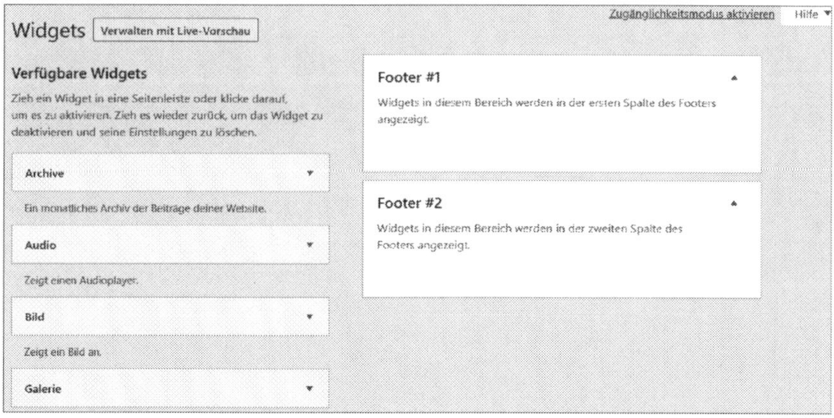

Die Widget-Bereiche (Areas) »Footer #1« und »Footer #2«, nun ohne Inhalt

Und wie sieht das jetzt so aus?

Sicher wollen Sie gerne einmal das Ergebnis Ihrer Bemühungen sehen. Seien Sie aber bitte nicht enttäuscht, denn Sie haben ja noch keine Inhalte eingestellt. Sehr aufregend wird das Ergebnis also nicht sein.

Wenn Sie Ihre Website aufbauen, werden Sie immer wieder zwischen dem »Backend« (der Administrationsoberfläche, in der wir uns gerade befinden) und dem »Frontend« (das der Besucher Ihrer Website sieht), wechseln wollen und müssen. Das können Sie in der oberen Menüleiste über das Haus-Icon machen.

TIPP: Ich arbeite parallel in zwei Browser-Tabs (Reitern). In dem einen Browser-Tab habe ich das Backend der WordPress-Administration geöffnet, in dem anderen Tab das Frontend, die Website. Um einen solchen zweiten Tab zu öffnen, machen Sie auf der Administrationsoberfläche einen Rechtsklick auf das Haus-Icon mit dem Namen Ihrer Website (horizontale Menüleiste oben, rechts außen). Wählen Sie in dem nun erscheinenden Kontextmenü die Möglichkeit »Link in einem neuen Tab öffnen« aus. Im Browser wird ein neuer Tab angelegt und Sie können jetzt zwischen den beiden Tabs hin und her wechseln.

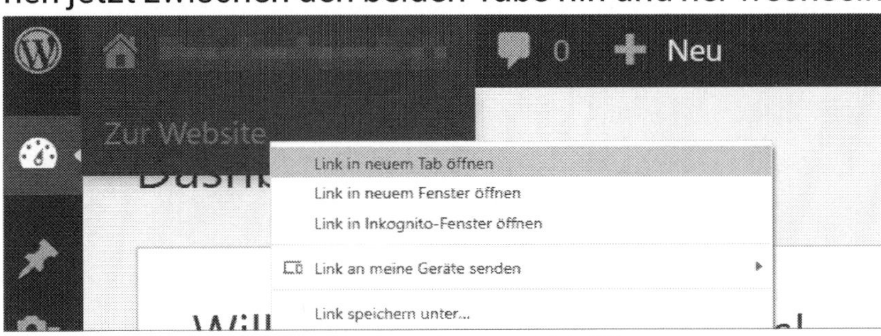

Das Frontend in einem eigenen neuen Browser-Tab öffnen

So haben Sie in einem Tab Ihre WordPress-Administrationsoberfläche, in dem zweiten können Sie überprüfen, wie sich Ihre Änderungen konkret auswirken. Dazu müssen Sie die Internetseite jeweils aktualisieren, also den Browser zwingen, dass er die Seite neu aufruft. Ansonsten können Sie die Änderungen nicht erkennen. Nutzen Sie dazu am am einfachsten die F5-Taste auf der Tastatur oder das Aktualisierungs-Icon in der Menüleiste des Browsers. Ihre Website sollte jetzt in etwa so aussehen:

Erster Blick auf die Website

Nicht soooo spannend? Noch nicht!

Im Geheimen arbeiten – die Baustellenseite

Sobald wir unsere WordPress-Installation angelegt haben, ist unsere Website »live« und kann im Internet abgerufen werden. Sie wollen aber wahrscheinlich erst das fertige Endergebnis präsentieren.

Daher schalten Sie am besten für die Zeit, in der Sie an Ihrer Website arbeiten, eine Art Baustellenseite vor. Dazu verwenden wir in unserem WordPress-System ein sogenanntes **»Wartungsmodus-Plugin«**.

Plugins sind kleine Extra-Programme oder Scripte, die von anderen Anbietern für WordPress hergestellt werden. Sie gehören nicht zu der Basis-Ausstattung von WordPress und müssen daher zusätzlich installiert werden. Keine Panik, das geht mit ganz wenigen Klicks (versprochen). Wählen Sie in der linken Menüleiste den Menüpunkt **»Plugins – Installieren«.**

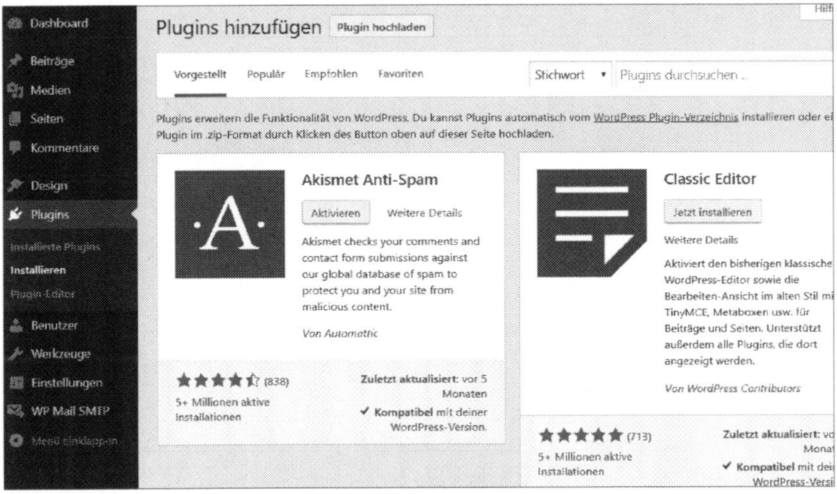

Der Menüpunkt »Plugins installieren« mit Suchmaske rechts oben

Sie kommen in einen Bereich, in dem Ihnen verschiedene Plugins vorgestellt oder empfohlen werden, und in dem Sie nach Plugins suchen können. Geben Sie dafür in das Eingabefeld am rechten Rand den Suchbegriff »Maintenance Mode« (= englisch für »Wartungsmodus«) ein.

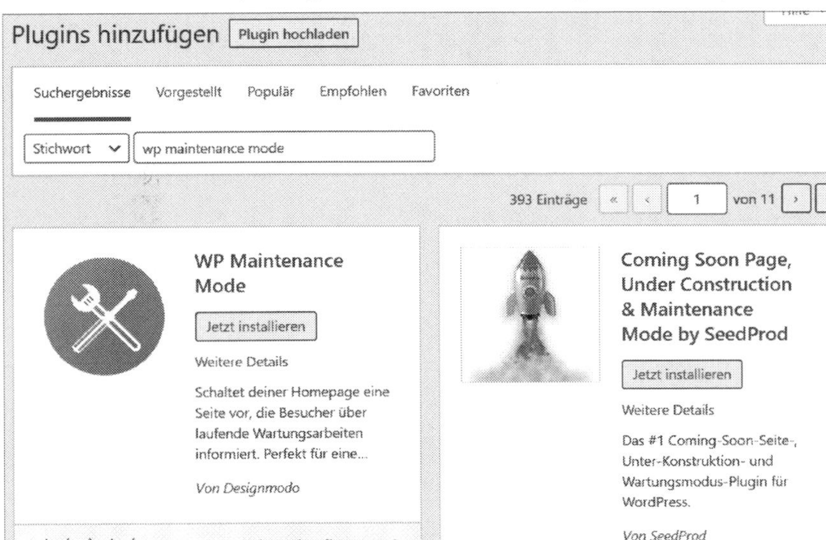

Suchergebnis zu »WP Maintenance Mode«

Es gibt viele verschiedene Plugins, die einen solchen Wartungsmodus ermöglichen. Ich habe mich hier für das Plugin »**WP Maintenance Mode**« entschieden, weil es zumindest in den wichtigsten Elementen ein deutschsprachiges Menü hat und recht übersichtlich aufgebaut ist. Das ist selbstverständlich eine ganz subjektive Wahl und keine Wertung anderer Anbieter und ihrer Plugins. Aber irgendwo müssen wir ja mal anfangen.

Klicken Sie auf die Schaltfläche »Jetzt installieren«, und wenn die Installation abgeschlossen ist, auf »Aktivieren«. Sie gelangen anschließend automatisch in die Übersicht aller installierten Plugins.

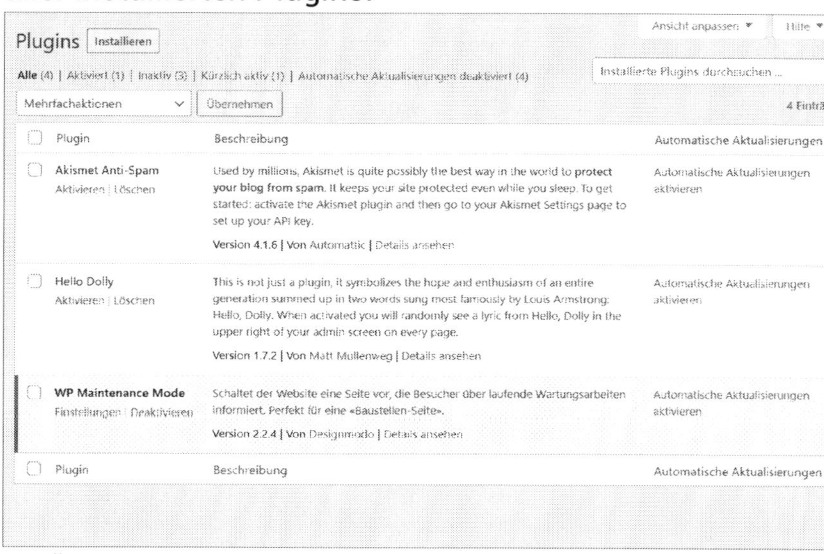

Die Übersicht der installierten Plugins

Falls nicht, wählen Sie einfach in der linken Menüleiste den Punkt »**Plugins – Installierte Plugins**«. In der Übersicht sind vermutlich bereits einige andere Plugins aufgeführt, zum Beispiel »Akismet Anti-Spam« und »Hello Dolly« oder

»Antispam Bee«, vielleicht auch weitere Plugins, die durch die One-Click-Installation von Ihrem Hosting-Anbieter automatisch mit angelegt wurden. Für den Moment können Sie diese anderen Plugins ignorieren, das Thema wird später in Kapitel 6 noch ausführlich behandelt. Sie können aber schon jetzt für alle Plugins in der rechten Spalte »Automatische Aktualisierungen aktivieren«. Das ist eine neue Option von WordPress 5.5, die sehr nützlich ist, da wir uns so nicht mehr selbst um die erforderlichen Aktualisierungen kümmern müssen.

Widmen wir uns nun dem »WP Maintenance Mode« Plugin. Ein Plugin muss immer noch konfiguriert werden. Je nach Funktion taucht ein Plugin an unterschiedlichen Stellen in den Menüpunkten der WordPress-Administration auf. Es kann in einen der vorhandenen Menüpunkte als weiterer Unterpunkt integriert werden, es kann aber auch ein eigener, neuer Menüpunkt entstehen. Um das Maintenance-Mode-Plugin sinnvoll einzustellen, können Sie entweder in der Liste der Plugins unterhalb des Namens auf »Einstellungen« (Settings) klicken oder den Menüpunkt **»Einstellungen – WP Maintenance Mode«** wählen. Im oberen Bereich erscheint ein kleiner Werbehinweis der Autoren, darunter stellen wir das Plugin nach unseren Wünschen ein.

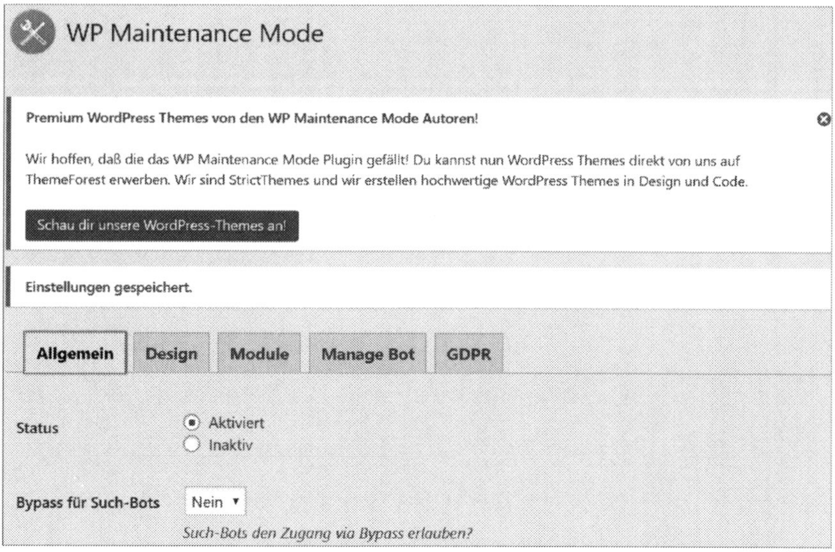

Die Einstellungen von »WP Maintenance Mode«

Ich beschränke mich hier auf die nötigsten Einstellungen der verschiedenen Reiter:

- **Allgemein**

  Wählen Sie den Status »aktiviert«, um den Wartungsmodus anzuschalten.

- **Design**

  Geben Sie hier nach Ihren Vorstellungen einen eigenen Titel und einen Info-Text ein und gestalten beides farbig nach Wunsch.

- **Module**

  Hier haben Sie verschiedene Extra-Funktionen zur Verfügung, von denen ich den Abschnitt »Kontakt« am sinnvollsten finde, da Sie so eine E-Mail-Adresse zur Kontaktaufnahme anbieten können.

- **Manage Bot**

  Dieser erzeugt ein kleines Chat-Programm (Chat-Bot), der Fragen von Seitenbesuchern mit von Ihnen vorgegebenen Sätzen automatisiert beantworten kann. Als Anfänger müssen Sie sich damit nicht beschäftigen.

- **GDPR**

  Das ist die englische Schreibweise des Begriffs DSGVO (Datenschutzgrundverordnung) und ermöglicht Ihnen bei Aktivierung auf eine eigene Seite mit Datenschutzhinweisen zu verlinken. Da diese noch nicht existiert, macht es im Moment wenig Sinn, diese Funktion zu aktivieren. Sie können dies später noch nachholen, wenn Sie eine solche Seite im nächsten Kapitel angelegt haben.

Wenn Sie Ihre Einstellungen gemacht haben, scrollen Sie nach unten und klicken auf die blaue Schaltfläche »Einstellungen speichern«.

Die Wartungsmodusseite wird nur externen Besuchern angezeigt. Solange Sie in der WordPress-Administration eingeloggt sind, sehen Sie den Effekt also nicht. Um selbst zu prüfen, ob der Wartungsmodus funktioniert, müssen Sie sich zunächst ganz ausloggen (ganz oben rechts bei Ihrem Benutzernamen) und dann die Website (das Frontend) erneut aufrufen, am besten durch Eingabe Ihrer Homepage-URL (www.meineseite.de). Dann sollte in etwa folgende Anzeige im Browser zu sehen sein:

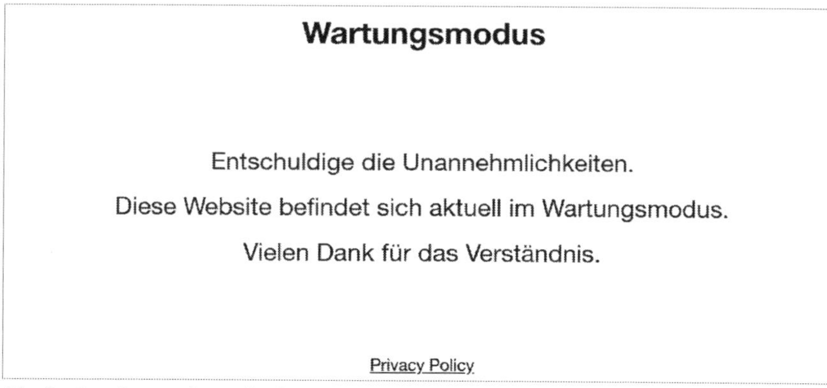

Die fertige Baustellenseite im Browser

Hat es geklappt? Schön. Dann können wir jetzt in Ruhe rumspielen und unsere Inhalte ausbauen. Loggen Sie sich wieder über »www.meineseite.de/wp-admin« in Ihre WordPress-Administration ein und weiter geht es.

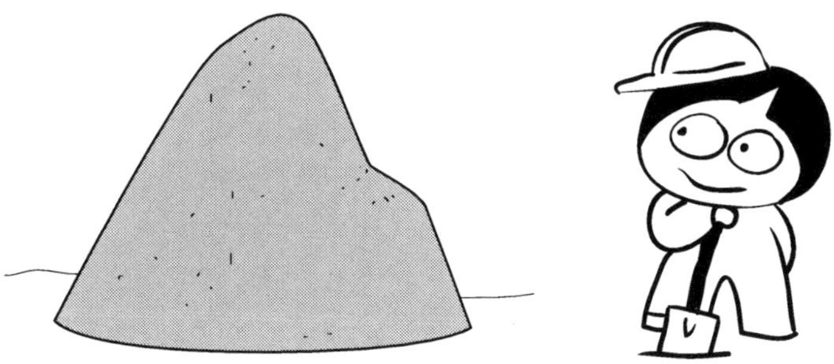

Kann das weg? Standardinhalte löschen

Als nächstes löschen wir noch die in unserer Installation vorhandenen »Default«(Standard)-Inhalte. Wählen Sie zunächst den Menüpunkt **»Beiträge«**, dort finden Sie den Beitrag »Hallo Welt!«, der immer automatisch von WordPress während einer Erstinstallation angelegt wird.

Wir haben ihn bei unserem ersten Blick auf die Website im Frontend schon gesehen. Je nach Hosting-Anbieter kann es auch einmal vorkommen, dass der Beitrag »Hello World!« heißt, zum Beispiel, wenn nicht die allerneueste WordPress-Version bei der One-Click-Installation angeboten wird. Lassen Sie sich dadurch nicht verwirren.

Übersicht aller vorhandenen Beiträge

Wenn Sie in der Übersicht mit der Maus über den Titel »Hallo Welt!« gleiten, erscheinen automatisch unterhalb die Optionen »Bearbeiten | QuickEdit | Papierkorb | Anschauen«. Klicken Sie auf »Papierkorb« und der Beitrag landet im Papierkorb.

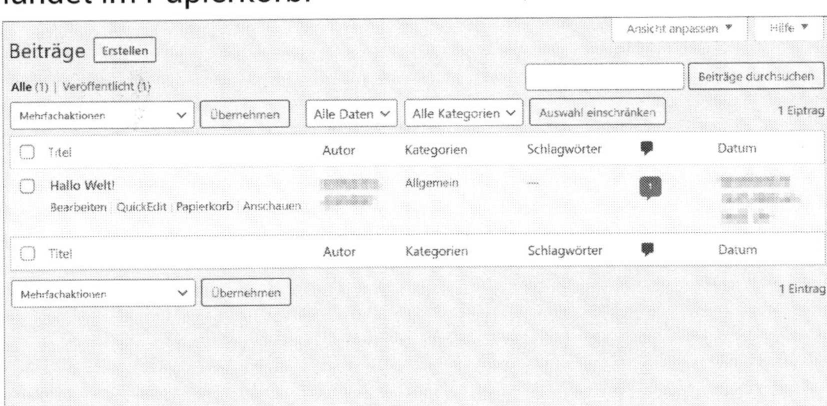

Schnellzugriff auf die wichtigsten Optionen, z. B. den Papierkorb

Alternativ können Sie das kleine Kästchen links neben den Worten »Hello world!« markieren, in das Feld »Mehrfachaktionen« darüber klicken und dort die Möglichkeit »In den Papierkorb verschieben« auswählen.

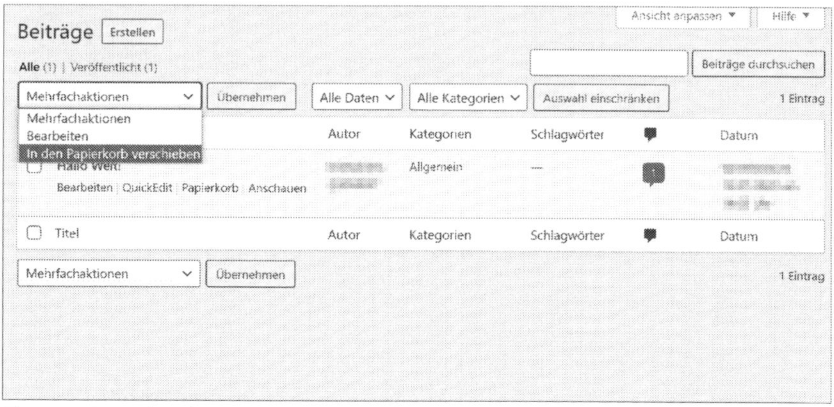

Einen Beitrag löschen über die »Mehrfachaktionen«

Um den Beitrag endgültig zu löschen, wechseln Sie dann in den Papierkorb (Link oben oberhalb von »Alle Kategorien« anklicken) und löschen dort den Beitrag aus dem Papierkorb.

Gelöschte Beiträge landen im Papierkorb, der dann geleert werden kann

Genauso verfahren wir für die vom System automatisch erzeugten **»Seiten«**: Klicken Sie auf den Menüpunkt »Seiten«. Sie kommen in die Übersicht der Seiten mit aktuell zwei Einträgen: Die Seite »Beispiel-Seite« (auf Englisch »Sample Page«) und die Seite »Datenschutzerklärung« (»Privacy Policy«, als Entwurf, das heißt unveröffentlicht). Man kann diese Seiten für die eigenen Zwecke »umarbeiten«, so können Sie zum Beispiel die Seite »Datenschutzerklärung« als Grundlage für Ihre Datenschutzinformationen verwenden. Wenn Sie aus Übungszwecken jedoch lieber mit einem leeren Blatt anfangen, dann löschen Sie eine oder alle beiden Seiten.

Übersicht der vorhandenen Seiten

Gehen Sie dabei nach der gleichen Methode wie bei dem Beitrag »Hallo Welt!« vor. Verschieben Sie die Seiten zuerst in den Papierkorb und löschen Sie diese anschließend endgültig.

Übersicht der Seiten nach dem Löschen

Unsere WordPress-Installation ist nun bereit und wir können mit unseren eigenen Inhalten loslegen.

[3] 5-Seiten-Gerüst mit Menü bauen

Wir wollen uns nun die Grundstruktur unserer Website aufbauen. Dafür legen wir als Erstes die fünf einzelnen Seiten an, aus denen unsere Website bestehen wird, und zwar zunächst ohne großen Inhalt. So sehen wir schnell ein Ergebnis.

Seiten als Platzhalter anlegen

Wählen Sie den Menüpunkt **»Seiten – Erstellen«** oder in der Menüleiste oben das Pluszeichen und »Seite«. Die linke Menüleiste verschwindet jetzt bis auf das WordPress-Icon »W« oben und meist wird ein Info-Fenster eingeblendet, das Sie freundlich im **»Gutenberg-Editor«**

begrüßt. Klicken Sie die Box einfach mit dem Kreuzchen oben rechts weg. Wir werden uns später noch ausgiebig mit dem Gutenberg-Editor beschäftigen, wenn wir unsere Seiten mit Bildern und anderen Inhalten füllen (Kapitel 5).

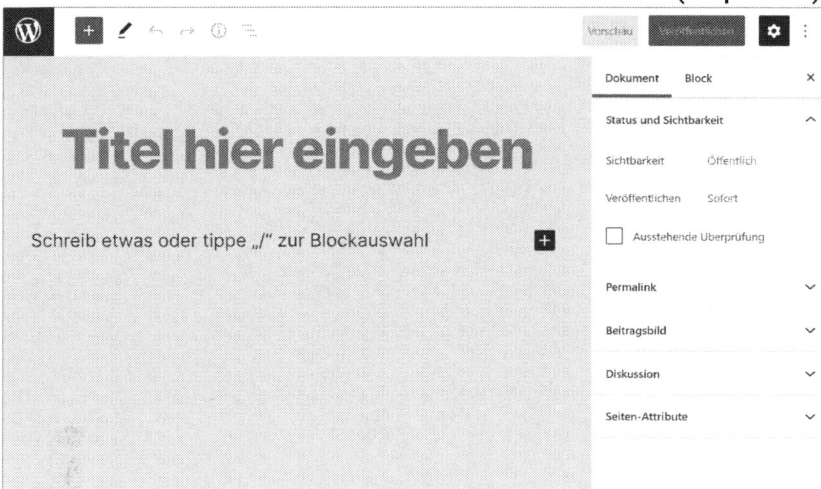

Eine erste Seite im Gutenberg-Editor erstellen

Im Moment beschränken wir uns auf zwei Punkte:

1. Der Seite an der Stelle »Titel hier eingeben« einen Titel zu geben, also »Start«, »Über mich« oder »Angebot«.

2. Etwas vorläufigen Platzhaltertext bei »Schreib etwas oder tippe / zur Blockauswahl« einzugeben.

Titel und Texte können später noch problemlos geändert werden, aber da Sie sich ja schon Gedanken dazu gemacht haben, wie Ihre fünf Menüpunkte heißen sollen, können Sie die geplante Bezeichnung ruhig gleich verwenden. Das spart Zeit und Sie haben sofort den richtigen Überblick.

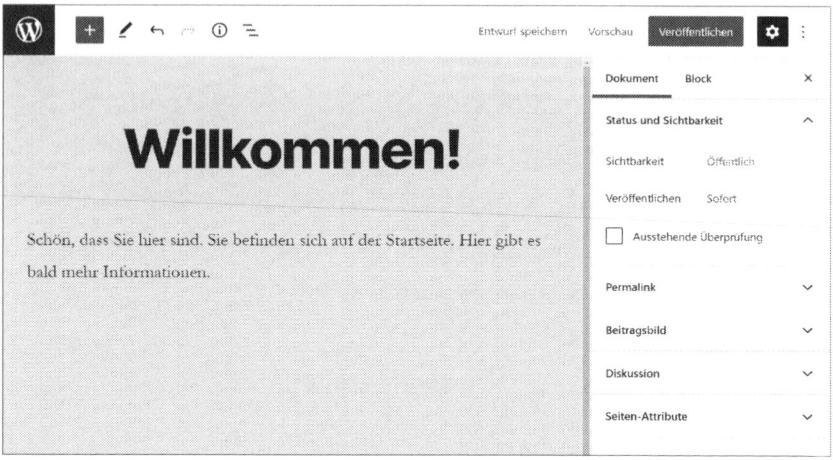

Die fertige Platzhalter-Seite im Editor

Wenn Sie den Titel und etwas Text eingegeben haben, klicken Sie anschließend auf die Schaltfläche »**Veröffentlichen**« oben rechts, und zwar zweimal nacheinander.

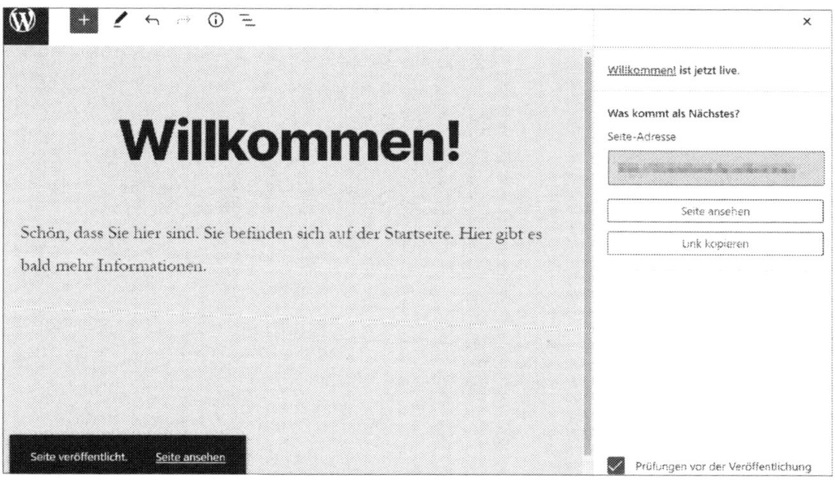

Nach der Veröffentlichung der Seite

Sie können sich eine Vorschau der Seite anschauen, aber die Seite erscheint jetzt noch nicht auf der Website als Menüpunkt. Lassen Sie sich dadurch nicht verwirren, das wird sich noch ändern.

Klicken Sie auf das »W«-Icon oben links, dann erscheint die linke Menüleiste wieder. Dann können Sie den beschriebenen Ablauf einfach viermal nacheinander wiederholen (Neue Seite erstellen – Seitentitel eingeben – kleinen Platzhaltertext eingeben – 2 x auf »Veröffentlichen« klicken). Wer mehr oder auch weniger Seiten machen möchte, kann dies selbstverständlich tun. Wenn Sie anschließend auf den Menüpunkt »Seiten« klicken, sollten in der Liste Ihre fünf neu erstellten Seiten erscheinen. In meinem Beispiel heißen sie zunächst: »Willkommen!«, »Profil«, »Angebot«, »Extras« und »Kontakt | Impressum | Datenschutz«.

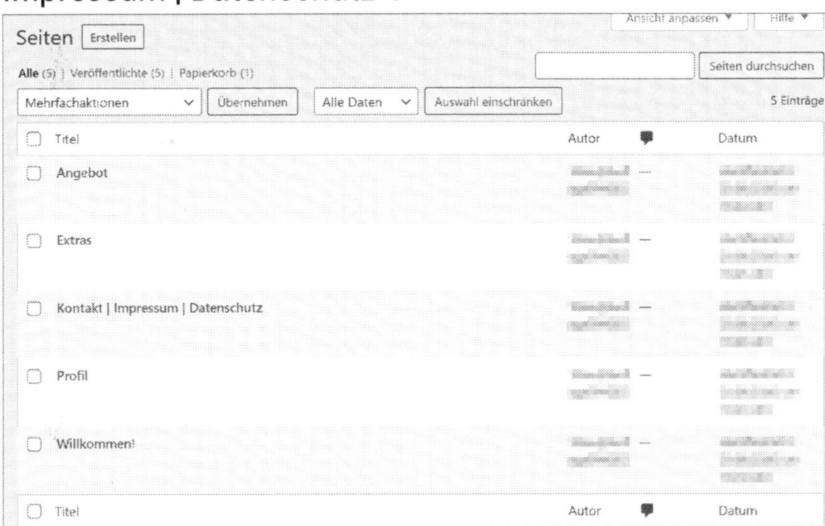

Übersicht der fünf einzelnen Seiten

Jetzt noch das passende Menü!

Diese Seiten sollen jetzt auf unserer Website die Navigation bilden, also unsere zukünftigen Menüpunkte sein. Wählen Sie dazu den Menüpunkt »**Design – Menüs**«.

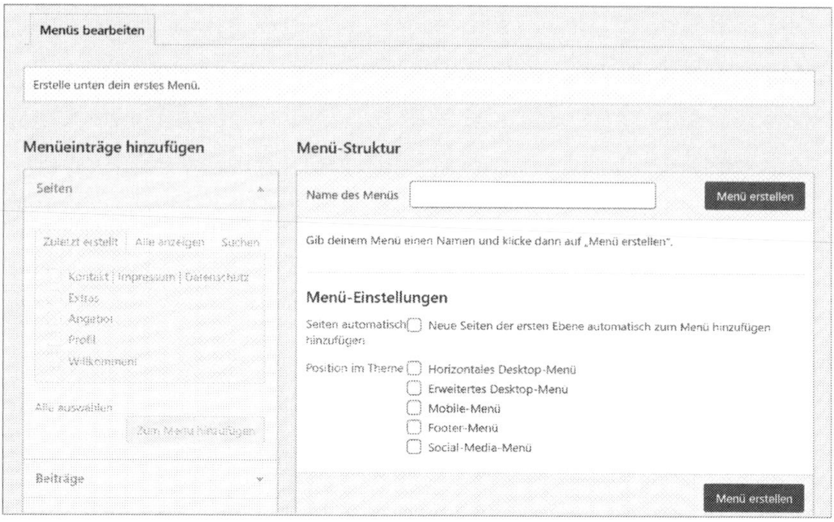

Der Menüpunkt »Design – Menüs« vor dem Anlegen des ersten Menüs

Hier können Sie festlegen, welche Seiten, Beiträge, Links, Kategorien oder Beitragsformate die Navigation der Website bilden sollen. Sie sehen diese Auswahl in der linken Spalte unter »Menüeinträge hinzufügen«. Für uns interessant sind in erster Linie natürlich wieder die »Seiten«. Manche haben vielleicht auch Verwendung für »Links« als Menüpunkte, zum Beispiel, wenn Sie einmal auf andere Webseiten oder auf die sozialen Netzwerke verlinken wollen. Wir konzentrieren uns aber vorerst auf unser Menü aus »Seiten«.

Wir müssen zunächst ein neues Menü anlegen. Klicken Sie dazu in das Formularfeld »Name des Menüs« und geben Sie einen Namen ein. Sinnvoll ist in unserem Fall zum Beispiel der Begriff »Hauptmenü«. Aktivieren Sie dann als Position im Theme »Horizontales Desktop-Menü«. Klicken Sie anschließend auf die Schaltfläche **»Menü erstellen«**.

In der Mitte gestalten Sie Ihre »Menüstruktur«. Die Menüpunkte können hierarchisch geordnet werden, also Haupt- und Unterpunkte haben. Die Reihenfolge kann untereinander beliebig verändert werden. Sie können hier »Neue Seiten der ersten Ebene automatisch zum Menü hinzufügen« aktivieren, dann werden neue Seiten automatisch in das Menü integriert. Dies gilt allerdings nicht rückwirkend für bereits erstellte Seiten, hilft uns also in unserem Fall leider nicht weiter... ;-

Außerdem können Sie festlegen, an welcher Position Ihr neu erstelltes Menü erscheinen soll. Im aktuellen Standard-Theme »Twenty Twenty« von WordPress haben wir fünf mögliche Positionen:

- **Horizontales Desktop-Menü**
  (die klassische stets sichtbare Menüleiste am oberen horizontalen Rand der Website)
- **Erweitertes Desktop-Menü**
  (ein durch drei Punkte symbolisiertes Menü, das die Nutzer bei Bedarf vertikal ausklappen können)
- **Mobile-Menü**
  (für mobile Geräte optimiert)
- **Footer-Menü**
  (ein extra Menü im Fussbereich der Seite)
- **Social-Media-Menü**
  (ein spezielles Menü mit Links aus Symbolbildern zu Ihren Präsenzen in den sozialen Medien, sofern vorhanden)

Je nach dem von Ihnen installierten Theme werden Ihnen noch weitere Menü-Positionen angeboten. Man kann dabei das gleiche Menü mehrfach verwenden. Wenn Sie zum Beispiel wollen, dass Ihr Hauptmenü im Footer noch einmal auftaucht, dann aktivieren Sie »Horizontales Desktop-Menü« und »Footer«. Wenn Sie lieber ein eigenes Menü für den Footer wünschen, dann aktivieren Sie nur »Horizontales Desktop-Menü«. Nachdem Sie Ihre Einstellungen gemacht haben, klicken Sie bitte immer auf die Schaltfläche »Menü speichern«, sonst werden die Änderungen nicht wirksam.

Anschließend können wir dem Menü unsere Menüpunkte hinzufügen. Klicken Sie in der linken Spalte auf die fünf Kästchen neben den Seitennamen und danach auf die Schaltfläche **»Zum Menü hinzufügen«**.

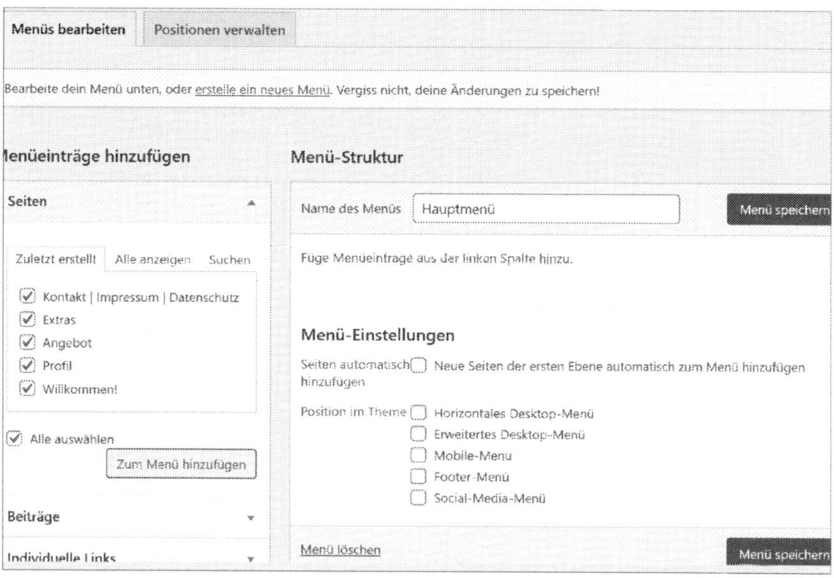

Die Seiten auswählen und zum Menü hinzufügen

In WordPress können auch Beiträge, Kategorien und

individuelle Links zu Menüpunkten werden. Das ist für unser Projekt aus fünf statischen Seiten aber nicht so relevant. Wer will, kann seine WordPress-Seite ja später problemlos entsprechend ausbauen.

Die Seiten als Menüpunkte in der Menüstruktur angelegt

Die ausgewählten Menüpunkte erscheinen jetzt im Mittelteil untereinander aufgelistet. Die Reihenfolge können Sie jederzeit durch Drag & Drop verändern. Jeder Menüpunkt hat außerdem rechts außen einen nach unten weisenden Pfeil. Hier können Sie zusätzliche Optionen öffnen, zum Beispiel, um den Menüpunkt zu löschen (»Entfernen« anklicken und weg ist der Menüpunkt!), um ihn zu verschieben (»Eine Ebene runter«), oder um den angezeigten Namen des Menüpunktes zu verändern.

In unserem Beispiel benutze ich diese Möglichkeit der Namensänderung für die Seite »Kontakt | Impressum | Datenschutz«. Im Menü soll sie nämlich nur als »Kontakt« auftauchen, damit im Menü kein Platz verschwendet wird.

Für die Inhalte von Datenschutz und Impressum werden wir später in Kapitel 5 noch einen weiteren eigenen Menüpunkt an anderer Stelle festlegen.

Änderung des angezeigten Namens

Wenn Sie Menüpunkte hierarchisch anlegen wollen, also Hauptpunkte mit Unterpunkten kombinieren wollen, dann ziehen Sie einfach den gewünschten Unterpunkt mit gedrückter Maustaste etwas nach rechts. Er wird dann dauerhaft eingerückt. Selbstverständlich können Sie das Alles jederzeit wieder ändern. Und bitte immer dran denken: Nach jeder Änderung »**Menü speichern**« anklicken.

Jetzt kommt der Test – wir rufen unsere Seite im Browser auf, oder wechseln zu unserem zweiten Tab und

drücken die F5-Taste, um alles zu aktualisieren. Ist das Menü da? Bei dem aktuellen WordPress-Standard-Theme »Twenty Twenty« erscheint das Hauptmenü ganz oben als horizontale Leiste.

Die Menüleiste der 5-Seiten-Homepage im Frontend

Wenn Sie noch Änderungen machen wollen, wechseln Sie zurück zur WordPress-Benutzeroberfläche und wählen wieder den Menüpunkt »Design – Menüs«. Machen Sie Ihre Änderungen und Ergänzungen, speichern Sie das Ganze mittels »Menü speichern« und testen Sie es erneut.

Die einzig wahre Homepage ist die Startseite

Jetzt fehlt uns nur noch, dass beim Aufrufen der Website auch als erstes die Startseite (»Willkommen!«) erscheint. Im Moment sucht WordPress noch nach Blog-Beiträgen, und da es keine findet, bleibt die erste Seite leer.

Gehen Sie zu dem Menüpunkt »**Einstellungen – Lesen**«. Dort ist unter »Deine Startseite zeigt« aller Wahrscheinlichkeit nach »Deine letzten Beiträge« aktiviert. Diese Einstellung bewirkt, dass der Besucher beim Aufrufen der Website als Erstes auf die letzten Blog-Beiträge trifft (die es bei uns ja nicht gibt).

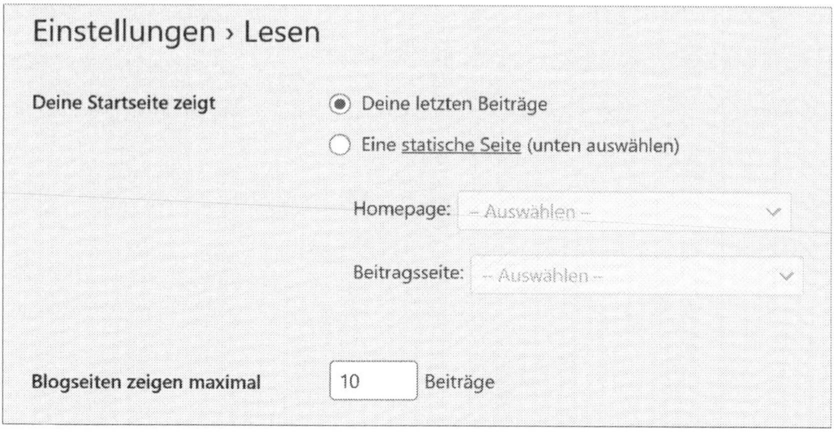

Der Menüpunkt »Einstellungen – Lesen«

Um stattdessen unsere Willkommensseite zu zeigen, aktivieren Sie die Möglichkeit »Eine statische Seite« und wählen dann in dem DropDown-Menü von »Homepage« Ihre vorhin erstellte Startseite (z. B. »Willkommen!«).

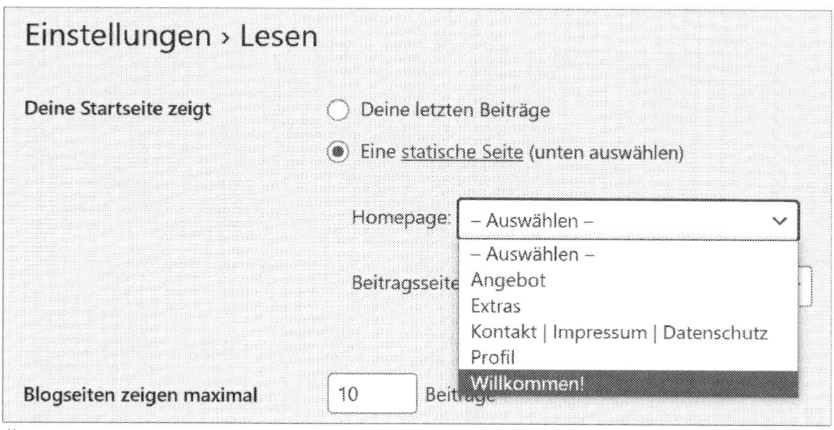

Änderung der Einstellungen auf eine statische Startseite

Den Punkt »Beitragsseite« können Sie ignorieren, da wir kein Blog haben. Die übrigen Einstellungen können Sie so lassen wie sie sind. Scrollen Sie nach unten und speichern Sie mit der Schaltfläche »Änderungen speichern« Ihre Einstellungen.

Prüfen Sie dann im Browser, ob Ihre neue Startseite (Homepage) nun erscheint. Geben Sie ggf. die Homepage-URL (www.domainname.de) neu ein, falls Sie zwischenzeitlich auf einer Unterseite Ihrer Website unterwegs waren, also »www.meinetolleseite.de«.

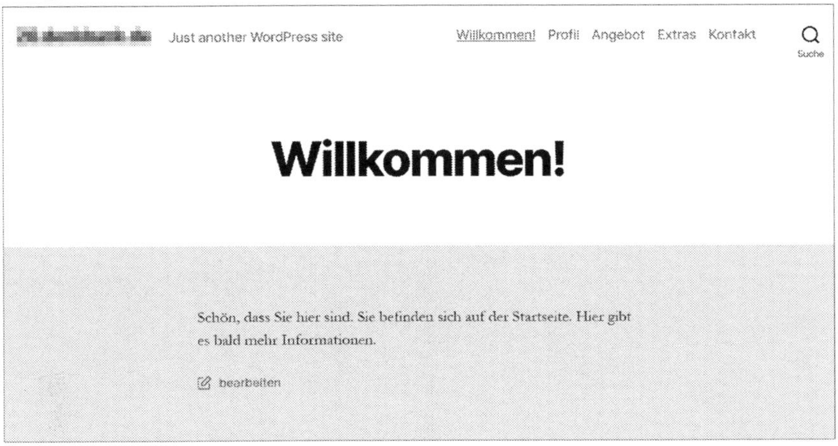

Die Willkommen-Seite als Startseite

TIPP: Da Besucher Ihrer Website jederzeit über einen Klick auf den Seitentitel wieder auf die Startseite gelangen können, ist ein eigener Menüpunkt dazu eigentlich nicht erforderlich. Wenn Sie also mehr Platz für die anderen Menüpunkte bevorzugen, können Sie den Menüpunkt (hier: »Willkommen!«) aus dem Menü entfernen. Die Seite als solche bleibt trotzdem weiterhin als Startseite erhalten.

[4] Tolle Optik: das Layout ändern

Sie haben jetzt die Grundstruktur Ihrer Seite angelegt und damit bereits einen Großteil geschafft.

Wahrscheinlich finden Sie aber die Optik noch ein bisschen dürftig, deswegen ist das unser nächster Schritt. Das Layout einer WordPress-Website – und auch Teile der Funktionen – werden durch das jeweils ausgewählte WordPress-»Theme« erzeugt. Es bestimmt, wie Ihre Inhalte im Browser (Frontend) den Besuchern angezeigt werden. Im WordPress-Basissystem sind mehrere kostenlose Themes der WordPress-Entwickler bereits vorinstalliert. Diese genügen den meisten Anwendern aber nicht

und deshalb sucht man sich ein passendes Theme im Internet, das man dann zusätzlich installiert.

In diesem Buch will ich Ihnen zeigen, wie Sie aus einem WordPress-Standard-Theme das meiste herausholen und zu einem guten Ergebnis kommen. Selbstverständlich können Sie trotzdem später ein individuelles Theme suchen und einsetzen. Da es ein riesiges Angebot an unterschiedlichsten Themes gibt, ist die Auswahl meist zeitaufwändiger als die Erstellung und Ausarbeitung der gesamten WordPress-Installation. Einige Tipps zur Auswahl von Themes finden Sie in Kapitel 7.

Unser Theme heißt Twenty Twenty

Klicken Sie auf den Menüpunkt »**Design – Themes**«. Hier sehen Sie die aktuell installierten Themes der WordPress-Programmierer*innen. Aktiv ist im Moment das Theme »Twenty Twenty«.

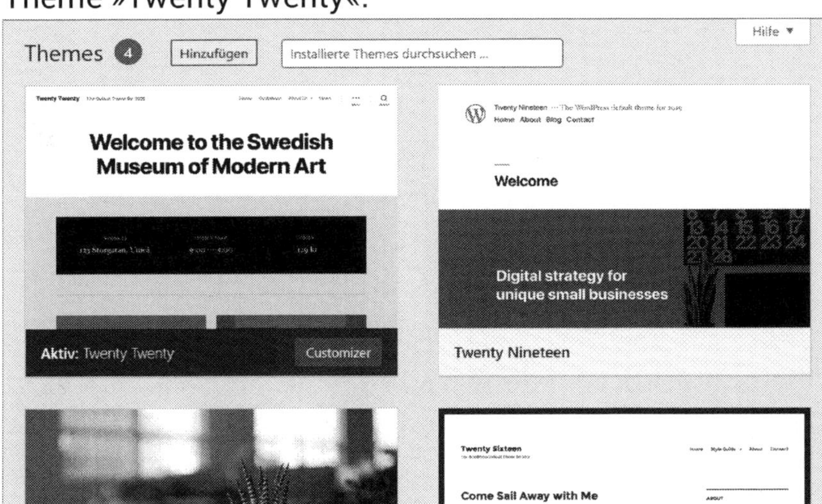

Übersicht der bereits von WordPress installierten Themes

Die Namen der Themes spiegeln übrigens einfach ihr »Herstellungsjahr« wieder. Vielleicht gibt es also im nächsten oder übernächsten Jahr ein neues Theme.

Um ein Theme weiter anzupassen, gibt es in WordPress den **»Customizer«**, auf Deutsch etwa mit »Anpasser« zu übersetzen. Wenn Sie noch in der Übersicht der Themes sind, können Sie direkt auf die Schaltfläche »Customizer« klicken. Ansonsten finden Sie den Customizer immer unter dem Menüpunkt **»Design – Customizer«**.

Es öffnet sich eine eigene Benutzeroberfläche, die sich deutlich von der uns bis jetzt bekannten WordPress-Administration unterscheidet. Der Customizer wurde erst vor einigen Jahren in das WordPress-System eingebaut, um das Anpassen der zahlreichen WordPress-Themes zu erleichtern.

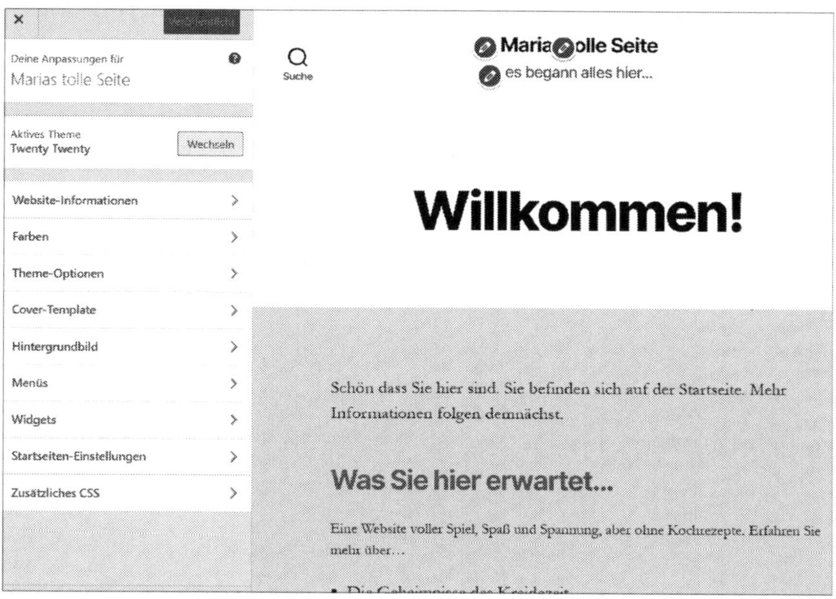

Die Oberfläche des Customizer bei Theme »Twenty Twenty«

Kann ich das noch anpassen? Der Customizer

Am linken Rand ist eine Spalte mit verschiedenen Menüpunkten, der Rest des Bildschirms ist mit einer Ansicht unserer Website ausgefüllt, so dass wir eine Live-Vorschau unserer Änderungen sehen können. Wenn Sie zwischendurch einmal die Seitenleiste wegklappen wollen, nutzen Sie den Pfeil »Ausblenden«.

Schauen Sie in der linken Seitenleiste einmal unten an den Rand – dort finden Sie drei Icons. Damit können Sie zwischen einer Vorschau Ihrer Website auf einem normalen PC-Bildschirm, auf Tabletgeräten und auf Handys wechseln. Praktisch, oder? Bereits das WordPress-Basis-Theme ist übrigens »responsiv« angelegt und passt sich den Geräten Ihrer Besucher an.

Innerhalb des Customizers können Sie je nach Theme verschiedene Elemente Ihres Layouts beeinflussen, zum Beispiel Header-Bilder, Farben, ebenso wie Menüs und spezifische Einstellungen wie Schriften.

Einige dieser Einstellmöglichkeiten im Customizer stimmen mit anderen Unterpunkten des Menüpunktes »Design« überein, wie »Menüs« und »Widgets«. Lassen Sie sich dadurch nicht verwirren, das liegt einfach daran, dass der Customizer erst später in das WordPress-System integriert wurde, die »alten« Menüpunkte aber nach wie vor erhalten geblieben sind. Sie können also Ihr Menü, Ihre Navigation, genauso gut im Customizer wie mithilfe des Menüpunktes »Design – Menüs« einstellen.

Oben wird das aktuell aktivierte Theme genannt, also »Twenty Twenty«. Daneben kann man per Schaltfläche das Theme »wechseln« und innerhalb des Customizer nach anderen Themes suchen. Diese Option wird für uns erst später interessant.

Darunter finden Sie die eigentlichen Menüpunkte. Für das Theme »Twenty Twenty« stehen Ihnen neun Bereiche zur Verfügung: »Website-Informationen«, »Farben«, »Menüs«, »Theme-Optionen«, »Cover-Template«, »Hintergrundbild«, »Widgets«, »Startseiten-Einstellungen«, »Zusätzliches CSS«.

- **Website-Informationen**

  Hier können Sie den Titel und Untertitel Ihrer Website ändern (was wir bereits im Standard-Menü unter »Einstellungen – Allgemein« gemacht haben). Außerdem können Sie ein Bild für ein Logo festlegen, es ersetzt dann den Titel und erscheint links neben dem Untertitel als rechteckiges Bild. Als Bildgröße empfiehlt WordPress 120 auf 90 Pixel. Zusätzlich können Sie ein Website-Icon auswählen. Dieses Icon erscheint nicht auf der Webseite selbst, sondern wird je nach Browser im Browser-Tab oder in den Lesezeichen des Browsers angezeigt.

  Nachdem Sie Ihre Einstellungen gemacht haben, können Sie über den Rückwärtspfeil oben links neben »Deine Anpassungen für…« wieder zurück zu der Auswahlleiste kehren. Wenn Sie den Customizer jetzt schließen, werden Ihre Änderungen nicht

gespeichert. Wollen Sie die Änderungen aktivieren, klicken Sie daher oben auf »Veröffentlichen«.

Der Bereich »Website-Informationen«

- **Farben**

  Nächster Punkt im Customizer sind die »Farben«. Hier können Sie die allgemeine Hintergrundfarbe auswählen (voreingestellt ist ein Beige), sowie die Hintergrundfarbe von Header und Footer. Für diesen Kopf- bzw. Fussbereich ist Weiss voreingestellt. Außerdem können Sie die vorgesehene Akzentfarbe Rot für Links, Buttons und Beitragsbilder hier ändern (dazu »Individuell« anklicken).

Der Bereich »Farben«

- **Theme-Optionen**

  In den »Theme-Optionen« können Sie das Suchfeld, das automatisch bei Theme »Twenty Twenty« auf der Website oben rechts neben dem Menü erscheint, ausblenden. Das spart Platz in der Menüleiste. Vor allem bei kleineren Website-Projekten ist eine Suchfunktion ohnehin ziemlich überflüssig. Ebenso können Sie die »Autor-Biografie« ausblenden. Wer ein Blog betreiben möchte, kann hier entscheiden, ob unter einem Beitrag seine zuvor in den WordPress-Einstellungen gemachten Profilinfos (Kurzbio mit Foto) erscheinen sollen oder nicht. Wer kein Blog macht bzw. Beiträge nicht nutzt, kann diese Option ignorieren oder sicherheitshalber deaktivieren. Ob Sie auf Archivseiten und Beiträgen vollständige Texte oder nur eine Zusammenfassung anzeigen wollen, ist ebenfalls nur interessant, wenn Sie ein Blog machen.

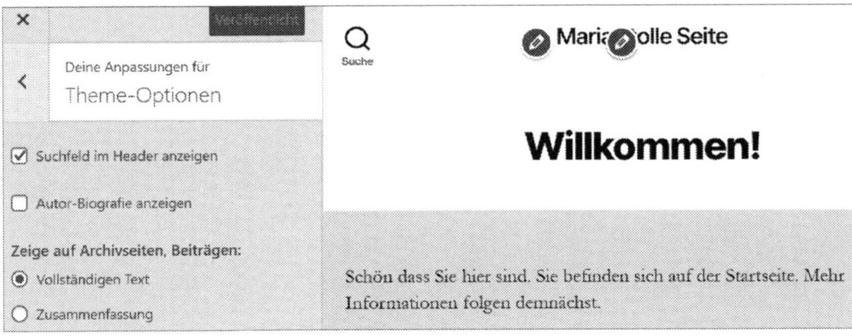

Einstellungen zu Suche und Autor-Biografie

- **Cover-Template**

  Diese Einstellung erschließt sich erst, wenn man seinen Seiten »Beitragsbilder« und das spezielle »Cover-Template« zuordnet. Sie können dann hier bestimmen, wie die Beitragsbilder angezeigt werden. Man kann die Überlagerungsfarbe und die Deckkraft nach Wunsch einstellen. Wir werden das erst im nächsten Kapitel bei der Ausgestaltung der Seiten behandeln.

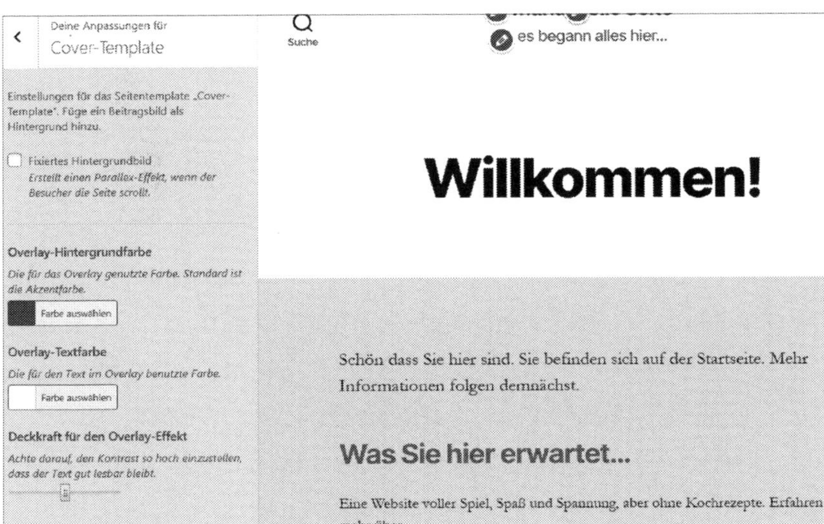

Die Einstellungen im Bereich »Cover-Template«

- **Hintergrundbild**

  Dies ermöglicht Ihnen ein Bild in den Hintergrund Ihrer einzelnen Seiten zu bringen. Nachdem Sie ein Bild ausgewählt haben, können Sie noch anpassen, wie das Bild hinsichtlich Position und Format angezeigt werden soll. Das Hintergrundbild wird jedoch nicht im Bereich des Headers oder des Footers angezeigt und ist auf jeder Seite gleich. Bedenken Sie bei Verwendung eines Hintergrundbildes bitte, dass der Text auf der Seite noch lesbar sein sollte.

- **Menüs**

  Dieser Punkt entspricht dem Ihnen bereits bekannten Menüpunkt »Design – Menüs«. Er ist im Customizer nur optisch etwas anders aufgebaut. Da Ihnen das Prinzip der Menügestaltung schon aus Kapitel 3 bekannt ist, verzichte ich hier auf eine detaillierte Beschreibung.

- **Widgets**

  Die Widgets (Window Gadgets) haben wir bereits kurz bei den Grundeinstellungen kennen gelernt (Kapitel 2), als wir vorläufig alle vorhandenen Widgets deaktiviert haben. Hier wiederholt sich also lediglich der Menüpunkt »Design – Widgets«.

- **Startseiten-Einstellungen**

  Auch diesen Punkt kennen Sie bereits durch den Menüpunkt »Einstellungen – Lesen«. Die Einstellung der Startseite ist eine wesentliche Grundentschei-

dung für eine WordPress-Website. Wir haben diese dort bereits getroffen und müssen daher hier nichts ändern. Wo Sie die Einstellung machen, ist egal.

- **Zusätzliches CSS**

  Wer von Ihnen schon einmal mit HTML zu tun hatte, dem wird CSS nicht unbekannt sein. Für alle anderen: CSS heißt Cascading Style Sheets. Es handelt sich dabei um Formatvorlagen für einzelne Elemente einer Website, also allgemeine Vorgaben, wie zum Beispiel Überschriften generell aussehen sollen, welche Farbe die Links haben, welche Schriften verwendet werden usw. Sie können Ihr Theme noch individuell anpassen und beeinflussen, indem Sie ein eigenes CSS hinzufügen. Dies ist allerdings nur zu empfehlen, wenn man wirklich weiß, was man tut und wie man mit CSS Einstellungen vornimmt. Als Neuling in der WordPress-Welt können Sie diesen Punkt daher getrost außer Acht lassen.

Wenn Sie mit Ihren Einstellungen im Customizer fertig sind, müssen Sie zum Abschluss oben links immer auf »**Veröffentlichen**« klicken. Anschließend können Sie im Browser noch kontrollieren, ob die Änderungen richtig umgesetzt werden.

Sie sehen, die Einstellmöglichkeiten für das WordPress-Standard-Theme »Twenty Twenty« im Customizer sind nicht sehr umfangreich. Sie wünschen sich vielleicht verschiedene Hintergrundfarben, andere Schriften, individuelle Seitenbreiten, oder oder oder. Das ist verständlich.

Bedenken Sie aber bitte, dass es sich hier um ein kostenlos zur Verfügung gestelltes Layout handelt, mit dem Sie eine völlig vollwertige Website erstellen können.

Alternativer Look mit Theme Twenty Seventeen

Wenn Sie sich mit »Twenty Twenty« nicht wirklich anfreunden können, können Sie einmal ein älteres Layout von WordPress probieren, das Theme »Twenty Seventeen«. Es hat eine etwas schlankere Schrifttype und bietet außerdem eine interessante Variante für die Gestaltung der Startseite.

Klicken Sie zum Ausprobieren wieder auf den Menüpunkt **»Design – Themes«** und aktivieren Sie nun das Theme »Twenty Seventeen«, das dadurch an die erste Stelle der Übersicht kommt. Wenn Sie Ihre Website jetzt wieder im Browser aktualisieren, sollten Sie die Änderung sofort bemerken.

Die Website im Look von Theme »Twenty Seventeen«

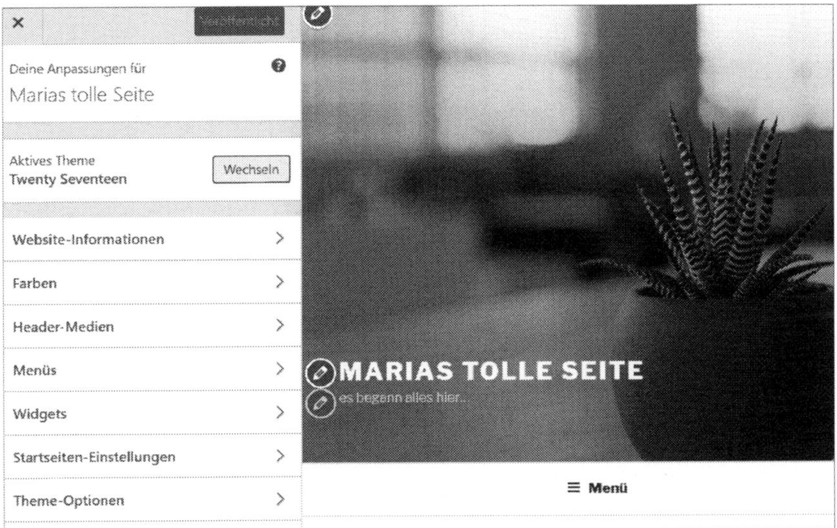

Die Möglichkeiten von »Twenty Seventeen« im Customizer

Sechs Bereiche stehen für »Twenty Seventeen« zur Verfügung: »Website-Informationen«, »Farben«, »Header-Medien«, »Menüs«, »Widgets«, »Startseiten-Einstellungen«, »Theme-Optionen« und »Zusätzliches CSS«.

Der Bereich »Website-Informationen«

Schauen wir uns die einzelnen Punkte an:

- **Website-Informationen**

  Hier können Sie den Titel und Untertitel Ihrer Website ändern (wie im Standard-Menü unter »Einstellungen – Allgemein«). Außerdem können Sie ein Website-Icon auswählen. Dieses Icon erscheint nicht auf der Webseite selbst, sondern wird je nach Browser im Browser-Tab oder in den Lesezeichen des Browsers angezeigt. Sicher sind Ihnen diese Mini-Logos beim Surfen schon einmal aufgefallen.

- **Farben**

  Das voreingestellte Farbschema ist hell. Das dunkle ist quasi die Umkehrung dazu. Sie können auch individuell eine Farbe auswählen, allerdings wird diese nicht, wie man es vielleicht erwartet oder erhofft, für den ganzen Hintergrund verwendet, sondern nur für aktive Menüpunkte und zusätzlich für die Textfarbe im Header. Kurz gesagt: So farbig wie »Twenty Twenty« können Sie das Theme »Twenty Seventeen« leider nicht gestalten.

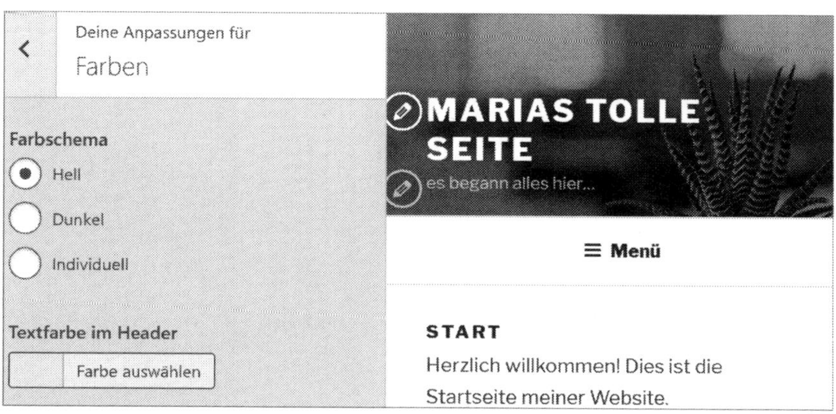

Der Bereich »Farben«

- **Header-Medien**

  Hier wird es für uns interessanter, denn wir können dem Header (= Kopfbereich der Website) ein eigenes Bild zuweisen, oder auch ein Video. Klicken Sie auf die Schaltfläche »Neues Bild hinzufügen«. Sie gelangen in den Bilder-Upload (hierzu später noch mehr in dem Abschnitt über die Mediathek in Kapitel 5) und können dort eine Datei von Ihrem PC auswählen. Wenn Sie sich an die vorgeschlagene Bildgröße von 2000 auf 1200 Pixel halten, wird das Bild optimal eingepasst. Tipps zur Vorbereitung von Bildern finden Sie im Kapitel Goodies. Vielleicht ist es für Sie sinnvoll, eine spezielle Header-Grafik mit zusätzlichen Informationen zu erstellen, also vorab ein Bild zu erstellen mit Angaben zu Telefonnummern, Öffnungszeiten und Adresse. Das hat den Vorteil, dass diese Informationen dann immer gut sichtbar sind.

- **Menüs**

  Dieser Punkt entspricht dem Ihnen bereits bekannten Menüpunkt »Design – Menüs«.

- **Widgets**

  Hier wiederholt sich entsprechend der Menüpunkt »Design – Widgets«.

- **Startseiten-Einstellungen**

  Auch diesen Punkt kennen Sie bereits durch den Menüpunkt »Einstellungen – Lesen«.

- **Theme-Optionen**

  In den Theme-Optionen finden sich die interessantesten Möglichkeiten des Themes »Twenty Seventeen«. Sie können im oberen Bereich (»Seitenlayout«) entscheiden, ob Sie Ihre einzelnen Seiten einspaltig oder zweispaltig anzeigen wollen.
  Einspaltig heißt, dass der Seitentitel (z. B. »Start«) über dem Text der Seite angezeigt wird. Zweispaltig dagegen bedeutet, dass der Seitentitel links neben dem Text erscheint.

Einspaltige Anzeige des Seiteninhaltes

Zweispaltige Anzeige des Seiteninhaltes

Etwas weiter unten (»Inhalt im Startseiten-Abschnitt 1-4«) geht es um die Startseitenabschnitte. Hier kann man aus seiner Website einen sogenannten **»One-Pager«** (**»Eine-Seite-Layout«**) machen. Bei einem One-Pager werden alle einzelnen Seiten auf der Startseite untereinander angezeigt, so dass man die Inhalte nach unten durchscrollen kann. Die Startseite wird dazu in einzelne Abschnitte aufgeteilt (manchmal spricht man auch von Sektionen). Diesen Abschnitten werden dann die einzelnen Seiten zugeordnet. Bei anderen Themes sind dies unter Umständen auch Beiträge oder eigene Module. Sie müssen diese Möglichkeit nicht nutzen, das ist Geschmackssache. Es handelt sich einfach um eine alternative Layout-Gestaltung.

One-Page-Look bei Theme Twenty Seventeen

Eine Startseite haben wir ja schon, die Seite »Willkommen!«. Ihre Inhalte werden auch im One-Page-Layout automatisch als oberste angezeigt. Daher macht es keinen Sinn, die Startseite noch in einen eigenen Abschnitt zu packen.

Deshalb wählen wir für den »Startseitenabschnitt 1« die Seite, die im Menü neben dem Menüpunkt »Start« steht, also zum Beispiel die Seite »Angebot«, für den »Startseitenabschnitt 2« die Seite, die den nächsten Menüpunkt bildet, für den »Startseitenabschnitt 3« wiederum die nächste und so fort. Sie können die Zuordnung auch unabhängig von der Menü-Reihen-

folge machen, aber das kann für die Besucher*innen irritierend sein. Das Theme »Twenty Seventeen« bietet uns vier Plätze als Startseitenabschnitte an. Sie müssen nicht jeden Platz belegen. Wenn er leer bleibt, wird einfach nichts angezeigt.

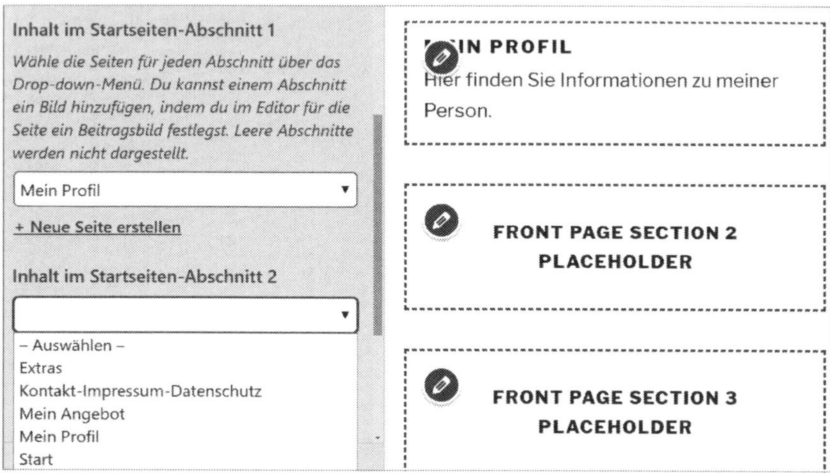

Abschnitt »Theme-Optionen« für den One-Page-Look von »Twenty Seventeen«

Wenn Sie die Startseitenabschnitte zugeordnet haben, klicken Sie oben auf die Schaltfläche »Veröffentlichen«, schließen Sie anschließend den Customizer und überprüfen Sie im Browser, wie die Website nun dargestellt wird. Wenn Sie lieber zu der alten Variante zurückkehren wollen, starten Sie den Customizer wieder über den Menüpunkt »Design – Customizer« und setzen die Auswahl der einzelnen Startseitenabschnitte zurück auf »Auswählen«.

Etwas schicker wird das One-Page-Layout noch, wenn zwischen den einzelnen Startseitenabschnitten ein Bild angezeigt wird. Dazu müssen Sie der jeweiligen Seite ein sogenanntes »Beitragsbild«

zuweisen. Dieses Thema wird uns noch im nächsten Kapitel beschäftigen. Falls Sie es probieren wollen: Schließen Sie den Customizer. Klicken Sie dann auf den Menüpunkt »Seiten« in der WordPress-Administration. Rufen Sie nach und nach jede Seite einzeln auf, um sie zu bearbeiten. Achten Sie darauf, dass die rechte Seitenleiste »Dokument« aktiv ist.

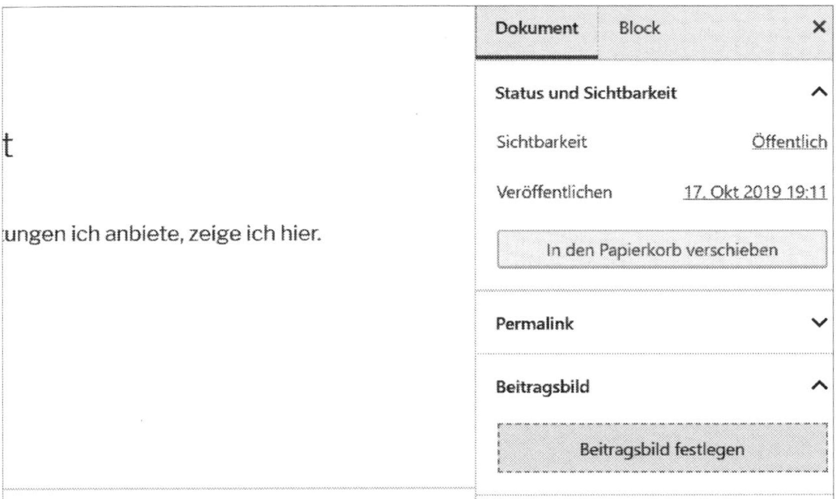

Einstellen eines Beitragsbildes für eine Seite im Gutenberg-Editor

Dort finden Sie den Abschnitt »Beitragsbild«. Wenn Sie darauf klicken, erscheint ein Feld »Beitragsbild festlegen«. Klicken Sie dieses Feld an, Sie gelangen in die Mediathek und können dort ein Bild auswählen oder auch neu hochladen. Aktualisieren Sie die Seite und prüfen Sie wieder im Browser die Änderungen.

- **Zusätzliches CSS**

  Diese letzte Option ist die gleiche wie bei Theme »Twenty Twenty«. Sie können sie also ignorieren.

Für den Moment bleiben wir vorerst bei unserem Theme »Twenty Twenty« und gestalten unsere Website weiter aus. Das hat den Vorteil, dass Sie bei einem späteren Theme-Wechsel die Hauptarbeit schon getan haben und dadurch besser beurteilen können, ob das neu ausgesuchte Theme Ihre Vorstellungen erfüllt. Dabei lernen wir den sogenannten Gutenberg-Editor näher kennen, seit Anfang 2019 das Herzstück von WordPress 5 zur Gestaltung von Seiten und Beiträgen.

[5] Die Seiten mit Inhalt ausbauen

Bis jetzt sehen unsere Seiten noch sehr bescheiden aus, da sie nur etwas Text enthalten. Das wird sich gleich ändern!

Schließen Sie den Customizer, wenn nicht schon geschehen, und wählen Sie in der Menüleiste links den Menüpunkt **»Seiten«**. Sie sehen eine Übersicht der von Ihnen angelegten Seiten. Möchten Sie eine Seite verändern, können Sie den Seitentitel in dieser Liste einfach direkt anklicken – Sie gelangen dann wieder in den Gutenberg-Editor. Oder Sie fahren mit der Maus über den Seitentitel, dann erscheinen darunter verschiedene Auswahlmöglichkeiten, unter anderem »Bearbeiten«. Auch das

führt uns wieder zum Gutenberg-Editor. Vielleicht haben Sie eben neben dem Wörtchen »Bearbeiten« auch das Wort »Quickedit« entdeckt. Klicken Sie darauf, können Sie einige allgemeine Aspekte Ihrer Seite einstellen, ohne den Gutenberg-Editor starten zu müssen. Vergessen Sie nicht, auch diese Änderungen immer zu »Aktualisieren«.

Die Möglichkeiten des »Quick-Edit« (Schnell-Edition)

Um die fünf Seiten inhaltlich auszuarbeiten, müssen wir aber wieder in den Gutenberg-Editor. Dort werden wir wahrscheinlich (aber auch nicht immer...) mit der Infobox begrüßt, die Sie bereits kennen und einfach wegklicken können. Sie können aber auch gerne einmal die einzelnen Hinweise darin durchlesen.

Textelemente im Gutenberg-Editor

Das Kennzeichen des Gutenberg-Editors ist es, dass das Layout von Seiten mithilfe von einzelnen »Blöcken« gemacht wird. Bitte verwechseln Sie dabei »Block« nicht mit »Blog« – die Namenswahl ist etwas unglücklich, zugegeben. Für jede Art von Layout-Element können Sie

in WordPress einen spezifischen **Block-Typ** verwenden. Es gibt Blöcke für Absätze, Überschriften, Bilder, Galerien, Listen, Zitate etc. Dadurch erhält WordPress einen leichten WYSIWYG («What You See Is What You Get«)-Charakter, den ich persönlich sehr gut finde.

In der Mitte ist der Bereich, in dem wir unsere Blöcke auswählen und zu einer Seite gestalten. Rechts ist eine weitere Spalte, dort können wir zusätzliche Einstellungen zu der ganzen Seite oder zu einzelnen Blöcken treffen – wir werden uns später noch damit beschäftigen.

Bisher besteht unsere Seite aus dem Titel der Seite (z. B. »Willkommen!«) und etwas Platzhaltertext darunter (z. B. »Schön dass Sie hier sind...«). Beides können wir jederzeit abändern. Text auf unserer Seite wird, wenn wir nichts anderes auswählen, automatisch als **»Absatz«-Block** angelegt. Das ist die Bezeichnung in WordPress für einfachen (Fließ)-Text.

Der Block-Typ »Absatz« für normalen Fließtext

Um einen neuen Block auszuwählen, klicken Sie auf das blaue quadratische Icon mit dem Pluszeichen ganz oben links. Dort können Sie verschiedene Arten von Blöcken auswählen. Es wird Ihnen jeweils eine kurze Erklärung mit Vorschau eingeblendet, wenn Sie mit der Maus darüber fahren. Alternativ können Sie das gleiche Icon rechts unterhalb Ihres bereits erstellten Absatzes anklicken, nur ist dort die Auswahl zunächst eingeschränkt.

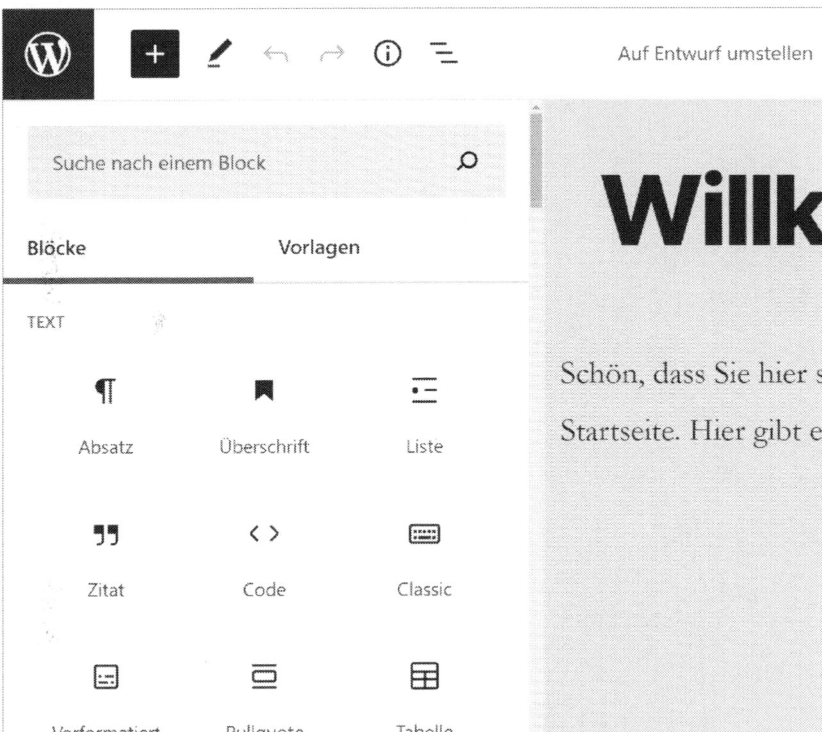

Blockauswahl über das Pluszeichen

Ganz oben in der Auflistung finden Sie die Blöcke zu »**TEXT**«, es folgen die »**MEDIEN**«-Blöcke«, die »**DESIGN**«-Blöcke, die »**WIDGETS**«-Blöcke und schließlich als letzte Abteilung »**EINBETTUNGEN**«. Das klingt jetzt vielleicht

etwas verwirrend. Für den Anfang reicht es völlig, wenn Sie sich aus dem Fundus der »TEXT« bzw. »MEDIEN«-Blöcke bedienen.

Wir wollen unsere Startseite jetzt etwas aussagekräftiger gestalten. Nach dem Einführungssatz »Schön, dass Sie hier sind...« machen wir daher eine Überschrift, indem wir auf das Pluszeichen klicken, den Block **»Überschrift«** aus der Abteilung »TEXT« auswählen und einen entsprechenden Überschriftstext eingeben. Mit solchen eingeschobenen Überschriften können Sie einen längeren Text in sinnvolle kurze Einheiten strukturieren. Dann ist er für Ihre Seitenbesucher*innen besser lesbar.

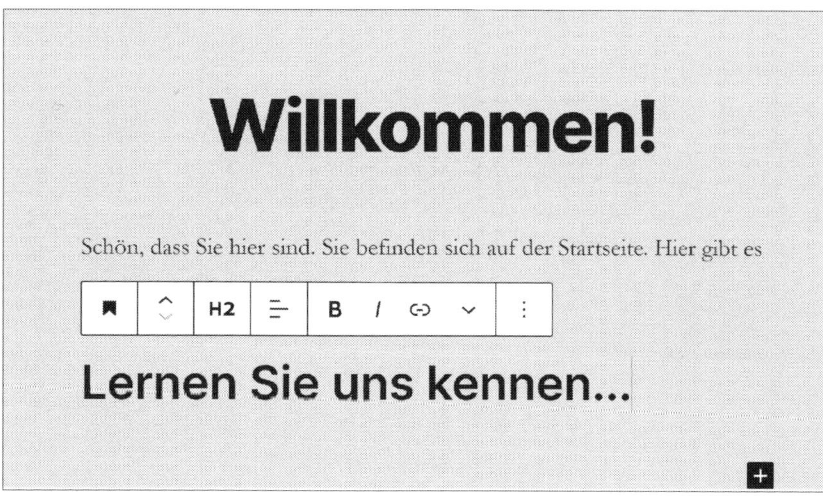

Der Block-Typ »Überschrift«

Oberhalb der von Ihnen eingegebenen Überschrift erscheint ein horizontaler Menüstreifen. Hier können Sie die Überschrift in verschiedenen Größen einstellen. Das H steht dabei für »Heading«, das englische Wort für Überschrift, wobei H1 die größte, H6 die kleinste Größe ist.

Wer schon einmal mit HTML zu tun hatte, dem wird das vielleicht bekannt vorkommen. Sie können die Überschrift außerdem unterschiedlich ausrichten, fett oder kursiv machen oder mit einem Link versehen. Probieren Sie es einfach aus. Nach jeder Änderung klicken Sie am besten oben rechts auf die Schaltfläche »Aktualisieren«, um Ihre neue Version der Seite zu speichern.

Danach wählen wir wieder den Block-Typ »Absatz« und geben einen weiteren Text ein. Daran anschließen wollen wir eine sogenannte »Liste«. Klicken Sie also wieder auf das Pluszeichen oben links, und wählen Sie den **Block-Typ »Liste«**. Es wird automatisch ein sogenannter »Bullet Point« eingesetzt. Sie können diese Listenpunkte auch in Ordnungszahlen umwandeln, je nach Bedarf.

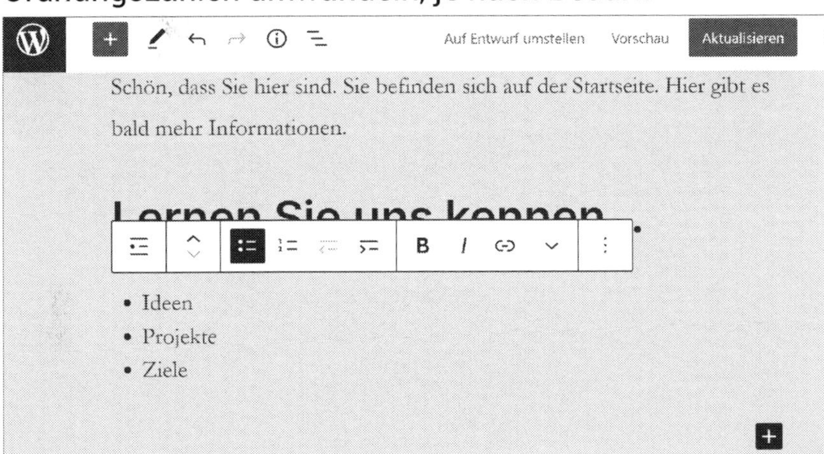

Der Block-Typ »Liste«

Geben Sie jetzt ein Wort oder einen Satz ein, drücken Sie die Enter-Taste und schon sind Sie beim nächsten Listenpunkt. Listen bzw. Listenpunkte können übrigens ineinander verschachtelt werden mithilfe der Einrück-

symbole. Sie können sie fett oder kursiv machen oder mit einem Link belegen.

Zum Schluss wollen wir noch ein Zitat hinzufügen und wählen den **Block »Zitat«**. Ein Zitat besteht immer aus dem Zitatinhalt und der Quelle, der Autorin bzw. dem Autor. Tragen Sie beliebige Angaben ein, aktualisieren Sie oben rechts und prüfen Sie die Ansicht im Browser.

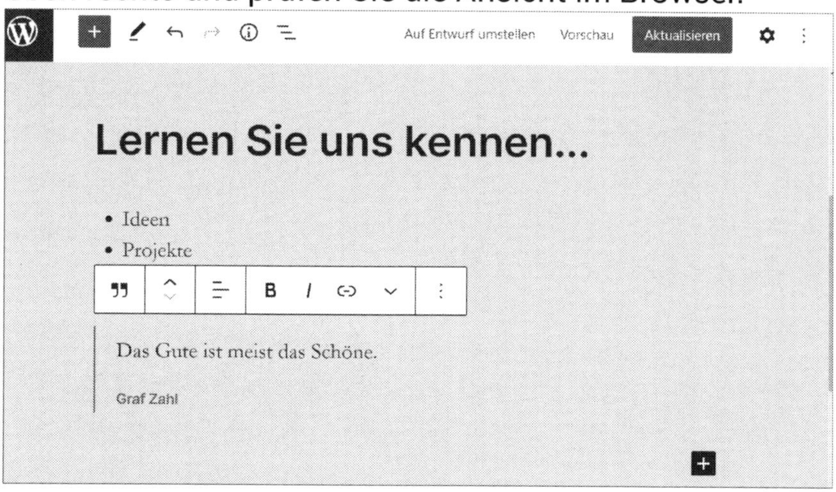

Der Block-Typ »Zitat«

Damit haben wir jetzt einige wesentliche Textelemente ausprobiert. Sie können Blöcke (in Grenzen) in andere Blocktypen umwandeln. Das ist ganz nützlich, wenn Sie sich einmal vertan haben oder aus anderen Gründen eine Änderung wünschen. Klicken Sie dazu, wenn ein Block aktiv ist, auf das erste Icon links in dem kleinen Menüstreifen oberhalb des Blocks.

Die Blöcke sollen – genau wie die Gutenberg-Lettern aus dem 15. Jahrhundert – Flexibilität ermöglichen. Deshalb kann man die **Reihenfolge der Blöcke** verändern.

Nutzen Sie dazu die kleinen Pfeile in dem horizontalen Menüstreifen, die nach oben und unten weisen (jeweils direkt nach dem ersten Icon). Damit können Sie den Block eine Stufe nach unten oder oben versetzen.

Das ist sehr praktisch, wenn man aus Versehen einen Block an die falsche Stelle gesetzt hat oder wenn man im Nachhinein feststellt, dass die Reihenfolge andersherum besser wäre. Das Verschieben von Blöcken können Sie auch über ein kleines Zusatzmenü machen, das ausklappt, wenn Sie auf das Icon mit den drei Punkten rechts außen klicken. Damit können Sie auch Blöcke duplizieren, den Inhalt in die Zwischenablage kopieren oder den Block ganz löschen.

Was zunächst nicht geht: Die Blöcke nebeneinander stellen oder ganz frei auf der Fläche verteilen. Aber wir können auf verschiedene Arten Blöcke miteinander kombinieren und als Gruppe wieder verwenden. WordPress 5.5. bietet hier interessante neue Möglichkeiten. Schauen Sie dazu einmal unter dem Reiter »**Vorlagen**« nach, rechts neben dem Reiter »Blöcke«. Wir sind schon beweglich, nur eben in Grenzen.

Wenn Sie gerne komplexere Layouts bauen, ist es manchmal schwierig, den entsprechenden Block mit der Maus anzuklicken. Im Fussbereich der WordPress-Administration finden Sie Hilfe: Der Gutenberg-Editor hat dort eine »Breadcrum« (Brotkrümel)-Navigation, mit der Sie sich leicht zurecht finden können.

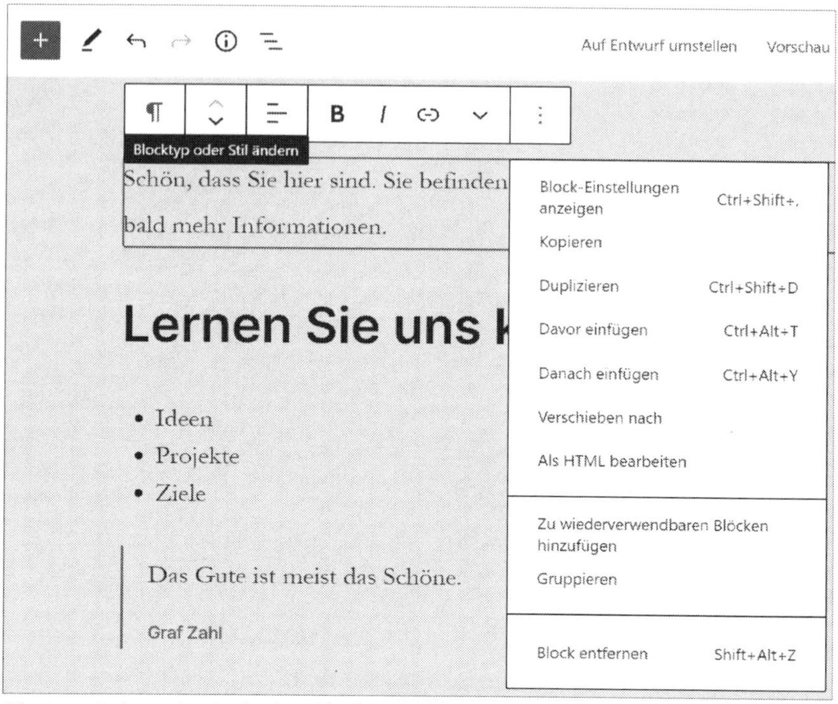

Die Icon-Leiste oberhalb des Blocks und ihre Funktionen (hier Typ »Absatz«)

Bilder auf die Seite bringen

Seiten nur mit Text sind auf die Dauer etwas eintönig, und bestimmt haben Sie den dazugehörigen Block-Typ »Bild« vorhin schon entdeckt. Damit können wir Bilder auf unsere Seiten bringen. Wir klicken also auf das Pluszeichen, wählen den **Block-Typ »Bild«** aus der Abteilung »MEDIEN« und haben nun zum Einfügen der Bilddatei drei Möglichkeiten: »Hochladen«, »Mediathek« und »von URL einfügen«.

Der Block-Typ »Bild«

Bilder aus der Mediathek einzufügen macht vor allem dann Sinn, wenn dort bereits Bilder vorhanden sind. Da unsere Mediathek aber noch weitgehend leer ist, entscheiden wir uns zunächst für das »Hochladen«. Dadurch kommt das Bild automatisch in die Mediathek und kann später auch an anderen Stellen der Internetseite verwendet werden. Zur Mediathek selbst gelangen wir über den Menüpunkt **»Medien«** in der linken Menüleiste – dazu später mehr (nicht verwechseln mit dem Blocktyp »MEDIEN«).

Klicken Sie also auf **»Hochladen«** – anschließend wird das Dialogfenster des Computer-Arbeitsplatzes geöffnet. Im Idealfall haben Sie schon ein paar Bilder mit einem Bildbearbeitungsprogramm vorbereitet und in Ihren Projektordner abgespeichert.

Suchen Sie den Ordner, in dem die Bilder liegen, wählen Sie ein Bild aus und laden Sie es hoch (bei Windows durch Klick auf die Schaltfläche »Öffnen« unten rechts im

Dialogfenster). Das Bild wird automatisch auf die Seite eingefügt.

Der eingefügte Block-Typ »Bild«

Oberhalb des Bildes sehen Sie wieder verschiedene Icons. Von links nach rechts gesehen, können Sie damit:

- Den **Block-Typ des Bildes umwandeln**. So kann Text neben einem Bild platziert werden, indem man hier den Block-Typ »Medien und Text« wählt (ein anderer Block aus der Abteilung »MEDIEN«). Oder das Bild kann statt eines Rechtecks in einer ovalen Form angezeigt werden.
- Das **Bild** in der **Reihenfolge** der Blöcke verschieben.
- Das **Bild anders ausrichten** oder darstellen (linksbündig, zentriert oder rechtsbündig usw.).
- Das **Bild verlinken**. Das kann zu einer internen oder externen Internetseite geschehen, zu einer speziellen »Anhang-Seite« oder das Bild kann eigenständig im Browser angezeigt werden (»Medien-Datei«).

- Das **Bild zuschneiden.** Sie haben verschiedene Vorgaben und können das Bild drehen.
- Das **Bild ersetzen**. Hier gelangen Sie wieder in die Mediathek oder können ein anderes Bild hochladen.

Unterhalb des Bildes können Sie eine Beschriftung eintragen, die dann in kleiner Schrift angezeigt wird. Vergessen Sie nicht, Ihre Seite im Anschluss zu »Veröffentlichen« bzw. zu »Aktualisieren« und wieder im Browser zu überprüfen.

Als wir den Block-Typ »Bild« ausgewählt haben, wurde uns noch eine dritte Möglichkeit angeboten, »von URL einfügen«. Sie können damit von einer anderen Internetseite Bilder auf Ihre Website einfügen. Die URL (»uniform resource locator«) ist die komplette Internetadresse in der Adresszeile des Browsers, also zum Beispiel: »http://www.andereadresse.de/fotos/mallorca2020.jpg«. Dieses Bild wird dann allerdings nicht in die Mediathek hochgeladen. Es wird nur von der externen Seite zu uns verlinkt. Sollte es von der externen Seite gelöscht werden, wird es auch auf Ihrer Seite nicht mehr erscheinen. Ich würde daher von dieser Variante abraten, da Sie einerseits keine Kontrolle über das Bild haben und vor allem die Bildrechte problematisch sein können.

Grundsätzlich sollten Sie nur Bilder verwenden, an denen Sie die Bildrechte haben, entweder weil Sie das Bild selbst gemacht haben, oder weil Sie es über eine kommerzielle Bilddatenbank lizensiert haben. Es gibt auch viele Angebote kostenfreier Bilder im Internet.

Da es sich bei Bildern aber um digitale Daten handelt, die jeder beliebig kopieren und weitergeben kann, gibt es keine Garantie, dass ein Bild, das als »Common Licence« oder »Creative Commons« vertrieben wird, nicht doch ursprünglich aus einer anderen, gebührenpflichtigen Quelle stammt. Sie müssen deshalb immer genau prüfen, ob ein Bild wirklich kostenlos verwendet werden kann.

Tipps zur Nutzung der Mediathek

Unsere Website füllt sich langsam mit Inhalten, das Menü ist ebenfalls angelegt. Ich hoffe, Sie sind mit dem bisher Erreichten zufrieden und auch ein bisschen stolz, schon so viel geschafft zu haben. Wir wollen uns jetzt noch näher mit der Mediathek beschäftigen. In der Mediathek werden alle hochgeladenen Dateien abgelegt, Bilder, Videos, Audiodateien oder auch Dokumente, zum Beispiel im PDF-Format.

Bilder und andere Mediendateien, die Sie hochladen, sollten aussagekräftige Dateinamen haben, denn Suchmaschinen können diese besser auswerten – und für Sie selbst bleibt es auch übersichtlicher. Der Dateiname »Waldi-beisst-den-Nachbarn.jpg« macht mehr Sinn als »DSC12389xls.jpg«, »Mozarts-kleine-Nachtmusik.mp3« mehr als »mozna01.mp3«. Prinzipiell können Sie jeden Dateityp in die Mediathek hochladen, aber nicht alle können vom Browser angezeigt werden. Als Dateiformat für Bilder und Grafiken empfiehlt sich das JPG (JPEG), PNG oder GIF, für Audiodateien MP3, für Videodateien MP4.

Sie gelangen zur Mediathek über den Menüpunkt **»Medien«** in der linken Menüleiste und sehen dort sämtliche von Ihnen hochgeladene Dateien in einer Übersicht aus Miniaturbildern. Sie können alternativ eine Listenansicht wählen und außerdem die Mediathek nach Dateinamen durchsuchen oder nach Dateitypen und monatlichen Ordern filtern. Über die Schaltfläche **»Datei hinzufügen«** oben links neben dem Wort »Mediathek« können Sie Dateien direkt hochladen.

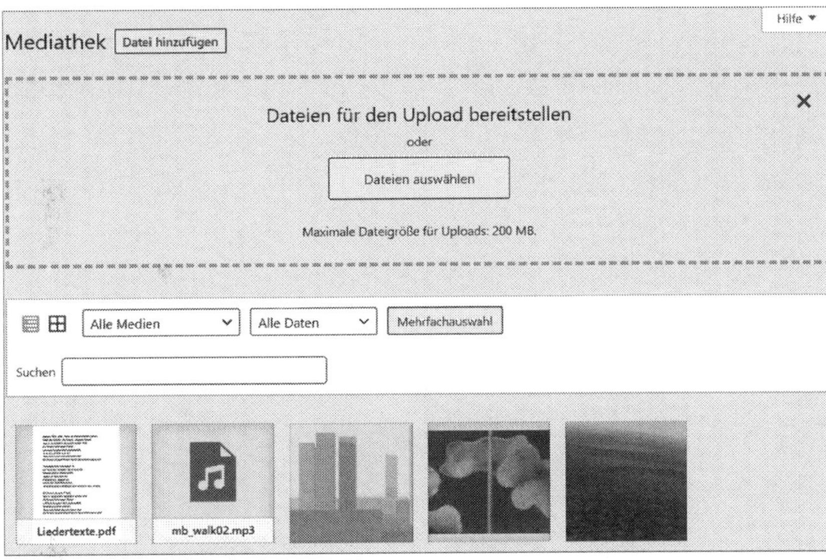

Dateitypen in der Mediathek

Alle Bilddateien kann man in der Mediathek noch in beschränktem Maß bearbeiten. Klicken Sie dazu auf die Miniaturansicht des Bildes, das Sie bearbeiten wollen. Es öffnet sich ein neues Fenster »Anhang-Details« mit einer großen Ansicht des Bildes. In der Spalte am rechten Rand können Sie für das Bild einen **»Alternativen Text«** (Alt-Text für HTML-Kenner) hinzufügen. Darunter versteht man

den Text, der in einer Infobox angezeigt wird, wenn Nutzer mit der Maus über ein Bild auf einer Webseite gleiten. Spezielle Lesegeräte (Screenreader) können Sehbehinderten diese Texte außerdem vorlesen. Die Verwendung eines Alt-Textes ist daher für eine möglichst barrierefreie Nutzung Ihres Angebotes sinnvoll. Auch Suchmaschinen werten diese Texte aus. Achten Sie also darauf, hier etwas einzutragen.

Als »**Titel**« wird üblicherweise der Dateiname des Bildes übernommen. Sie können ihn hier für die Anzeige im Internet abändern. Das ist vor allem dann interessant, wenn Sie Ihre Bilder zu einer sogenannten »Anhang-Seite« verlinken (das ist eine eigene Seite im »Look« Ihrer Website mit Menüleiste).

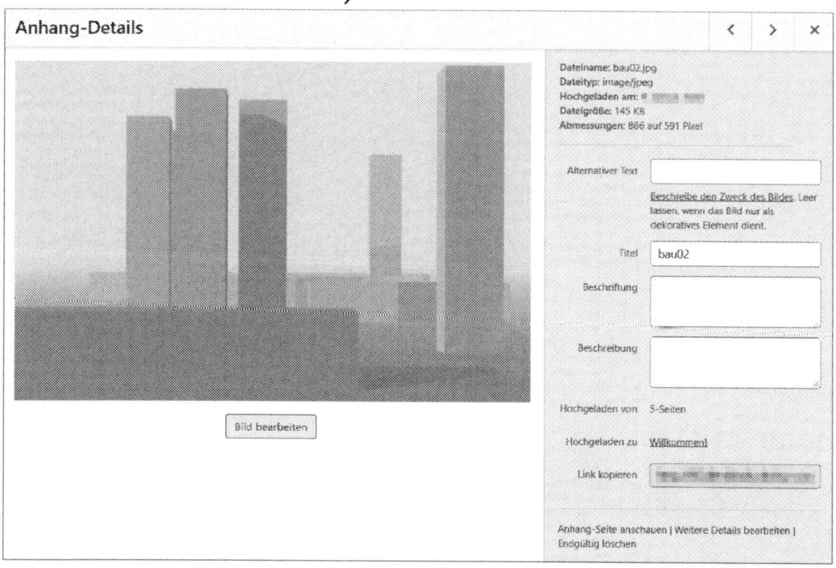

Bilddatei mit Anhang-Details

Falls Sie eine »**Beschriftung**« eintragen, wird diese später auf der Website direkt unter dem Bild angezeigt, wenn

Sie dieses mit dem Block-Typ »Bild« in eine Seite einfügen. Bei dem Block-Typ »Galerie« wird die Beschriftung auf das Bild gelegt. Wenn Sie also keine Beschriftung in dieser Art wünschen, sollten Sie dieses Feld leer lassen.

Dann gibt es noch das Feld **»Beschreibung«**. Die »Beschreibung« (wie auch der »Titel«) erscheinen nur dann, wenn sich das Bild beim Anklicken später auf der Webseite als **»Anhang-Seite«** öffnet. Diese Einstellung kann man einem »Bild«-Block beim Erstellen der Seite als Link-Einstellung (»Anhang-Seite«) zuweisen, wenn man das möchte (siehe Block-Typ »Bild«). Wenn die Besucher*innen dann auf das Bild klicken, öffnet sich eine Seite im Layout der Website. Der Titel wird dann als Seitentitel dargestellt, die Beschreibung steht als Text unter dem Bild. Wenn Sie diese Möglichkeiten der Darstellung nicht benötigen, brauchen Sie weder bei Titel, noch bei Beschriftung oder Beschreibung etwas einzutragen. Beschränken Sie sich dann einfach auf den Alt-Text.

Zu weiteren Bearbeitungsmöglichkeiten des Bildes, die für uns etwas interessanter sind, gelangen Sie über die Schaltfläche **»Bild bearbeiten«** unterhalb des Bildes. Anschließend werden oberhalb des Bildes dann verschiedene Icons angezeigt.

Klicken Sie auf das Icon ganz links, bekommt das Bild einen gestrichelten Rahmen und in den Ecken und Seitenmitten erscheinen kleine Quadrate. Diesen Rahmen können Sie beliebig verändern, außerdem verschieben und damit einen Ausschnitt des Bildes festlegen. Um den

Ausschnitt zu bestätigen, klicken Sie ein weiteres Mal auf das linke Icon. Sind Sie nicht zufrieden und wollen einen neuen Versuch wagen, klicken Sie auf das vorletzte Icon, den Zurück-Button. Soll der Rahmen eine bestimmte feste Proportion oder Pixelmaße haben, können Sie das in der rechten Spalte unter »**Bildausschnitt**« festlegen.

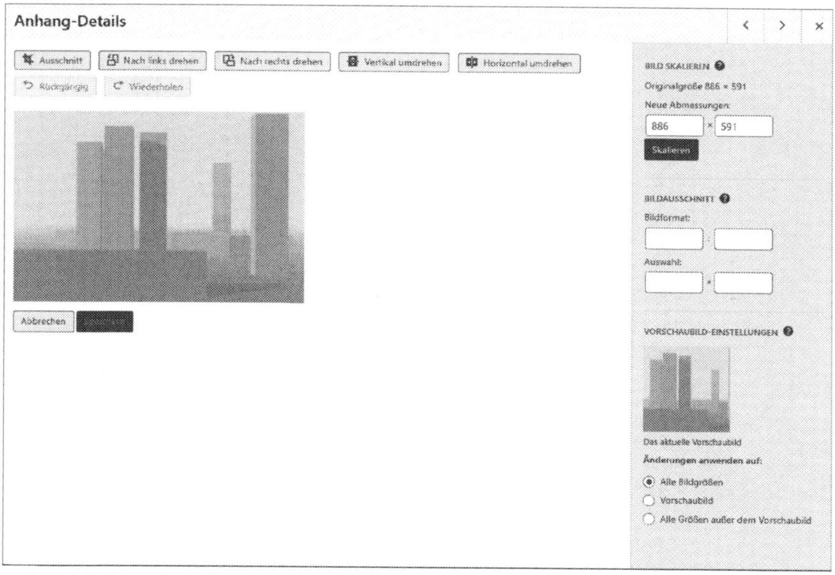

Möglichkeiten der Bildbearbeitung in der Mediathek

Mit den beiden nächsten Icons über dem Bild können Sie das Bild jeweils um 90 Grad drehen, auch mehrfach nacheinander, mit den anschließenden Icons das Bild horizontal und vertikal spiegeln. Bestätigen Sie Ihre Änderungen durch Klick auf die Schaltfläche »Speichern«.

Ist ein Bild von den Pixelmaßen her zu groß für die Seite, haben Sie außerdem die Möglichkeit in der rechten Spalte unter »**Bild skalieren**« eine neue Größe einzugeben. Die Proportionen bleiben dabei erhalten, es genügt, wenn Sie den ersten Wert eintragen. Sollen sich die Änderungen nur

auf das Vorschaubild beziehen, lässt sich das ebenfalls in der rechten Spalte (unten) festlegen.

Bedenken Sie: das Bild wird dadurch dauerhaft in der Mediathek verändert. Wenn Sie es später noch einmal in der ursprünglichen Größe oder dem Ausschnitt benötigen, müssen Sie es erneut hochladen. Mehr Bildbearbeitung ist in WordPress nicht möglich. Prinzipiell ist es am sinnvollsten, sein Bildmaterial vorab mit einem der einschlägigen Bildbearbeitungsprogramme oder Apps vorzubereiten (siehe das Kapitel Goodies).

Extras für Seiten und Blöcke

Wenn Sie eine neue Seite im Gutenberg-Editor erstellen oder eine bereits vorhandene bearbeiten, haben Sie am rechten Rand eine Seitenleiste, in der Sie zusätzliche Einstellungen machen können, und zwar entweder zum »Dokument« als Ganzes oder zu einem einzelnen »Block«.

Im Reiter »Dokument« können Sie Einstellungen für die ganze Seite auswählen, und zwar zu »Status und Sichtbarkeit«, »Permalink«, »Beitragsbild«, »Diskussion« und »Seiten-Attribute«. Diese Möglichkeiten wollen wir uns kurz ansehen, auch wenn sie für unser konkretes Projekt nicht alle von Bedeutung sind.

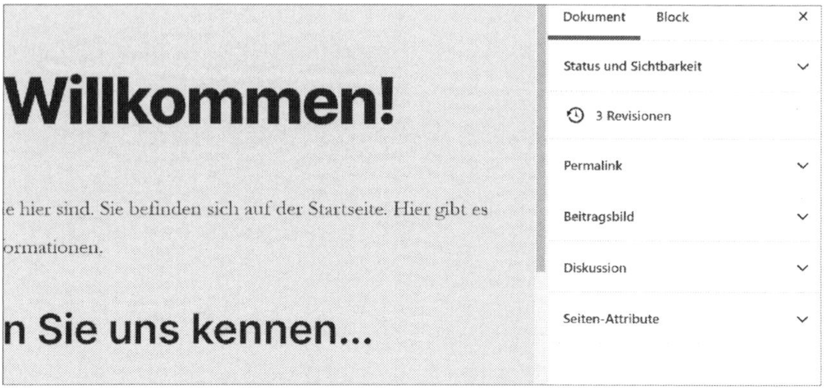

Die rechte Seitenleiste mit Einstellungen für Dokument und Block

- **Status und Sichtbarkeit**

  Normalerweise ist eine Seite sofort online, wenn Sie sie veröffentlichen, das haben wir bereits gesehen. Da das nicht immer gewünscht ist, können Sie in »Status und Sichtbarkeit« festlegen, dass die Seite vorerst nur »privat« oder »passwortgeschützt« sichtbar sein soll. Oder Sie können ein Veröffentlichungsdatum in der Zukunft festlegen, wenn Sie eine Seite zwar vorab anlegen, aber erst zu einem bestimmten Datum online stellen wollen. Diese Möglichkeit könnte man alternativ zu dem von uns eingesetzten Wartungsmodus-Plugin nutzen.

- **Permalink**

  Der Permalink ist ein dauerhafter (Hyper)Link, sozusagen eine feste Adresse Ihrer einzelnen Seite (z. B. »Start«, »Profil« etc.) im Internet. Durch Anklicken können Sie hier eine Vorschau der jeweiligen Seite in einem neuen Browserfenster aufrufen.

- **Beitragsbild**

  Das Beitragsbild gehört, wie der Name schon sagt, eigentlich eher zu den Beiträgen als zu den Seiten, kann aber auch bei Seiten angewendet werden. Das »Beitragsbild« gehört nicht zum direkten Inhalt der Seite. Es dient als eine Art »Teaser« (Blickfang), der oberhalb des Seitentitels angezeigt wird. Beitragsbilder können außerdem je nach dem von Ihnen gewählten Layout-Theme unterschiedlich verwendet werden. Betrachten Sie das Beitragsbild wie eine Einstimmung in die zugehörige Seite. Wir haben bereits eine mögliche Nutzung des Beitragsbildes in Kapitel 4 kennen gelernt, als wir auf das Theme »Twenty Seventeen« gewechselt sind und unsere Website in ein »One-Page-Layout« geändert haben. Auch das Theme »Twenty Twenty« bietet eine spezielle Einsatzmöglichkeit für Beitragsbilder, und zwar wenn Sie den Seiten als Template das »Cover-Template« (siehe übernächster Punkt »Seiten-Attribute«) zuweisen.

- **Diskussion**

  Zu Beginn unseres Homepage-Abenteuers hatten wir ja die Kommentare unter »Einstellungen – Diskussion« allgemein deaktiviert. An dieser Stelle könnten Sie Kommentare individuell für eine Seite erlauben, falls das für Sie aus spezifischen Gründen Sinn macht.

- **Seiten-Attribute**

  Dieser Punkt klingt erstmal rätselhaft, ist aber für die sinnvolle Nutzung des Themes sehr wichtig. Sie können einer Seite ein bestimmtes Template zuweisen, eine Art Layout-Vorlage. Wie dieses Template aussieht, was es bewirkt und ob es überhaupt ein Template zur Auswahl gibt, das wiederum hängt – Sie ahnen es vielleicht schon – von den Möglichkeiten ab, die das ausgewählte Theme bietet. Häufig finden Sie die Variante »fullwidth« (volle Breite des Browsers), »boxed« (Layout in festgelegter Seitenbreite), oder es gibt Templates mit verschiedenen »Sidebar« (Seitenleisten)-Varianten. Manche Themes bieten spezielle Startseiten-Templates (One-Pager, Magazin-Look).

  In unserem aktuellen Standard-Theme »Twenty Twenty« haben wir als Templates die Möglichkeiten **»Standard-Template«**, **»Cover-Template«** und **»Template für weite Breite«**. Vor allem das »Cover-Template« ist ein schöner Effekt für visuell orientierte Internetseiten (wie zum Beispiel die einer Märchenerzählerin, einer Werbeagentur, eines Reisebüros).

Eine Seite nach Anwendung der Einstellung »Cover-Template«

Um die Wirkung zu testen, müssen Sie der Seite außerdem ein Beitragsbild zuordnen. Das Beitragsbild wird dann mit der zuvor im Customizer (dort im Abschnitt »Cover-Template«) eingestellten Farbe und Deckkraft überlagert und auf die ganze Seitenbreite gestreckt.

Neben einem solchen Template kann man außerdem in den Seiten-Attributen eine vorläufige Seitenhierarchie festlegen (»Eltern-Kind-Beziehung«). Dies kann später im Menü und innerhalb des Themes eine Rolle spielen, ist aber vor allem dann sinnvoll, wenn Ihre Webpräsenz aus vielen einzelnen Seiten besteht. Diesen Aspekt können wir daher im Fall der 5-Seiten-Homepage ignorieren.

Neben den Einstellungen für das »Dokument« finden Sie in der rechten Seitenleiste Einstellungen für den ein-

zelnen »**Block**«. Diese hängen von dem gerade ausgewählten Block-Typ ab und unterscheiden sich daher sehr. Wir haben schon einige davon im vorigen Abschnitt kennen gelernt. Wenn Sie in Ihrer Seite einen »Absatz«-Block markieren, erscheinen in der rechten Spalte mögliche zusätzliche Einstellungen zu diesem Block. Sie können dort die Schriftgröße ändern, den Absatz mit einer Initiale beginnen lassen oder die Schrift- und Hintergrundfarbe des Blocks verändern. Wenn Sie einen »Überschrift«-Block auswählen, können Sie hier die Überschriftgröße und ihre Farbe beeinflussen.

Da auf einer Internetseite meistens viele Bilder eingesetzt werden, wollen wir uns die Möglichkeiten für den **Block-Typ »Bild«** genauer ansehen.

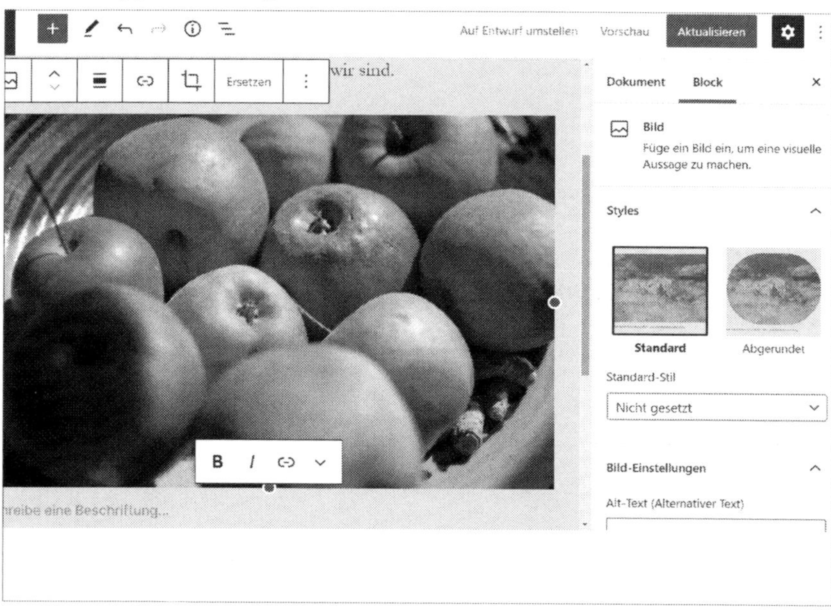

Die Einstellungen zum Block-Typ »Bild« in der rechten Seitenleiste

Sie können unter »**Styles**« das Bild als klassisches

Rechteck oder in einem ovalen Ausschnitt darstellen lassen. In den **»Bild-Einstellungen«** können Sie einen alternativen Text (Alt-Text) für das Bild eintragen, so wie dies auch in der Mediathek möglich ist. Außerdem lässt sich hier in »Bildgröße« die angezeigte Größe des Bildes auf mehrere Arten beeinflussen. Den letzten Abschnitt »Erweitert«, können Sie wieder links liegen lassen, weil er nur für Menschen mit guten CSS-Kenntnissen nützlich ist.

Audio, Video, Galerie, Cover, Spalten und mehr!

Sie haben bereits gesehen, dass es außer den bereits bekannten noch eine Vielzahl weiterer Block-Typen gibt, von denen ich Ihnen einige vorstellen möchte.

Am meisten werden Sie zunächst die Blöcke aus den Kategorien »TEXT« und »MEDIEN« nutzen. Im Bereich »TEXT« kann der Block-Typ **»Tabelle«** hilfreich sein. Mit einer Tabelle können Sie Inhalte in Reihen und Zeilen neben- und untereinander ordnen und präsentieren. Sie eignet sich daher für Übersichten von Öffnungszeiten, Teamverzeichnisse oder Preislisten.

Wenn Sie Mediendateien einfügen wollen, stehen Ihnen in »MEDIEN« neben dem schon bekannten Block-Typ »Bild« noch die Blöcke **»Galerie«, »Audio«, »Cover«, »Datei«, »Medien und Text«** und **»Video«** zur Verfügung.

Wenn Sie mehrere Bilder in einer angeordneten Form präsentieren wollen, bietet sich der Block-Typ **»Galerie«** an. Sie können wieder wählen, ob Sie die Bilder neu hochladen oder aus der Mediathek verwenden wollen.

Der Block-Typ »Galerie« mit den Einstellungen für den Block

Klicken Sie auf »Hochladen«, so öffnet sich der Arbeitsplatz Explorer und Sie können mit der Shift- bzw. mit der STRG-Taste gleich mehrere Bilder aus einem Ordner auswählen und hochladen. Die Bilder werden anschließend auf der Seite angeordnet. Art und Weise der Anordnung bestimmen Sie in der rechten Seitenleiste. Hier können Sie die Spaltenzahl festlegen, ob die Bilder passend zugeschnitten werden sollen und wie die Verlinkung sein soll (die Möglichkeiten sind ähnlich wie bei dem Block-Typ »Bild«).

Eine andere Möglichkeit zur Anlage einer Galerie ist die Option »Mediathek«. Dann wählen Sie bereits vorhandene Bilder direkt aus der Mediathek aus oder laden zusätzlich weitere Bilder hoch.

Die Galerie-Funktion in WordPress ist eher einfach gehalten. Wenn Sie eine Galerie in der Art einer **»Diashow«** oder eines »Bilderkarussells« wünschen, in der die

Besucher*innen sich von Bild zu Bild durchklicken können, müssen Sie dazu ein zusätzliches Plugin installieren. Diese Möglichkeit lernen Sie in Kapitel 6 kennen.

»Audio« und **»Datei«** funktionieren ähnlich wie der Block »Bild«, das heißt, Sie laden entweder eine Audio-Datei (z. B. MP3), eine Video-Datei (z. B. MP4) oder eine Datei beliebigen Typs (z. B. PDF/ DOC/ PPT) in Ihre Mediathek hoch und fügen diese in Ihre Seite ein. Je nach Dateityp können dann später die Besucher die Datei anhören, abspielen, aufrufen oder downloaden. Bedenken Sie bitte, dass ein Browser nicht jeden Dateityp verarbeiten kann und auch nicht alle Menschen auf ihren Computern die Software für ein spezielles Dateiformat haben. Es macht deshalb wenig Sinn, eine programmspezifische Datei wie zum Beispiel das Photoshop-Format PSD auf die Website zu stellen.

Ein bisschen eigen funktioniert der Block-Typ **»Cover«**. Hier laden Sie wieder ein Bild hoch und können dann auf das Bild direkt einen Text »drauf schreiben«. Diesen Text können Sie noch zusätzlich mit einem Link versehen. Der Block-Typ »Cover« lässt sich daher gut für einen Bild-Text-Hinweis nutzen, der zu anderen Inhalten führt, wie zum Beispiel eine kleine Werbeanzeige, einen Veranstaltungshinweis oder einfach ein Bild mit einem flotten Spruch.

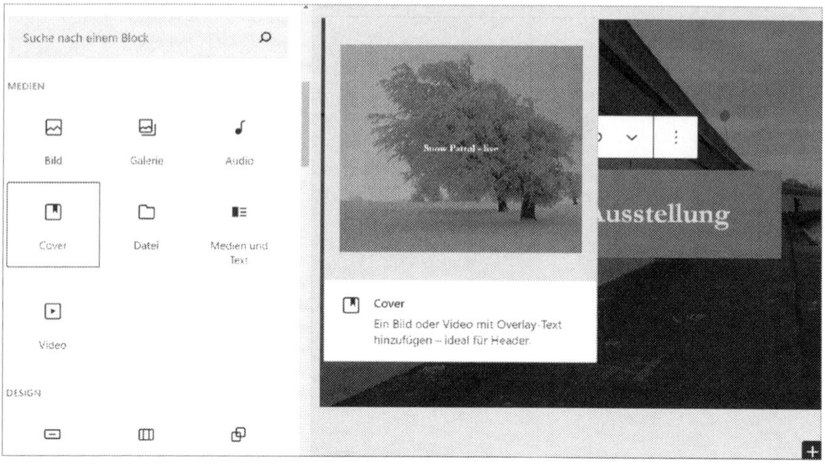

Der Block-Typ »Cover«

Die Block-Typen unter »**DESIGN**« bieten ebenfalls einige interessante Möglichkeiten. Hier können Sie zum Beispiel »**Spalten**« wählen, wenn Sie in Ihrem Beitrag Inhalte nebeneinander positionieren wollen. Es werden Ihnen verschiedene Varianten angeboten, die Sie anschließend noch individuell beeinflussen können. Jede Spalte kann Ihrerseits wieder mit den bekannten Block-Typen wie Absatz, Überschrift, Bild, etc. gefüllt werden, (und auch mit Spalten, ja, aber ob das so sinnvoll ist...?).

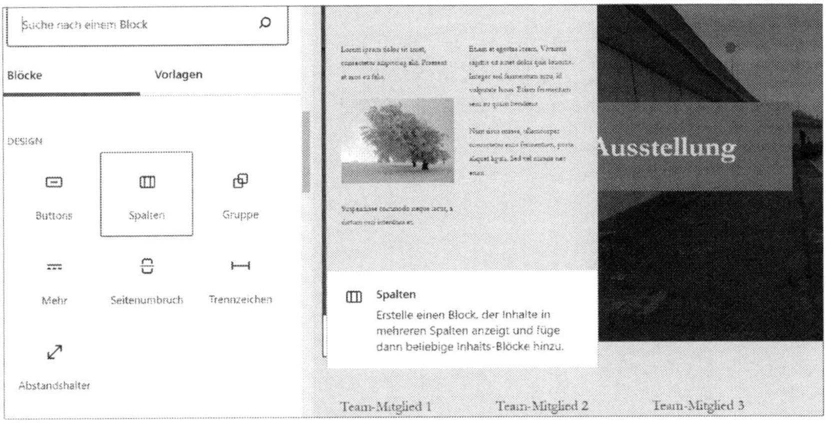

Der Block-Typ »Spalten« in der Vorschau der Block-Typen

Außerdem finden Sie in »DESIGN« verschiedene Hilfen zur Textstrukturierung sowie die Möglichkeit direkt einen **»Button«** einzufügen, den Sie beliebig auf Inhalte innerhalb oder außerhalb Ihrer Webpräsenz verlinken können.

Kommen wir zu den **»WIDGETS«**. Das Thema der Widgets (»Window Gadgets«, Zusatz- oder Spielzeugfenster) wird uns in Kapitel 7 noch beschäftigen. Widgets finden sich normalerweise in eigens dafür vorgesehenen Widget-Bereichen des Themes. Mit Gutenberg wurden einige dieser Widgets als eigene Blöcke angelegt, so dass sie jetzt überall auf der Website eingesetzt werden können. Sie können das gerne ausprobieren. Wenn Sie später mehr über die Widgets erfahren haben, werden auch diese Block-Typen kein Rätsel mehr für Sie darstellen.

Die Block-Typen in **»EINBETTUNGEN«** erlauben Ihnen, auf Ihrer Seite bequem Inhalte von anderen Plattformen einzubetten (z. B. von Facebook, YouTube, Twitter, Pinterest, Instagram etc.).

Zunächst wählen Sie die gewünschte Plattform aus der Liste aus und erzeugen damit den entsprechenden Block. In einem zweiten Browser-Tab sollten Sie nun die Webseite mit dem gewünschten Inhalt (z. B. ein spezielles YouTube-Video oder einen Facebook-Link) aufrufen. Markieren Sie in der Adressleiste des Browsers die vollständige URL und kopieren Sie diese mit STRG+C oder über das Kontextmenü. Dann wechseln Sie wieder zurück zu der WordPress-Administration und fügen die URL dort mit STRG+V in die Maske ein. Fertig!

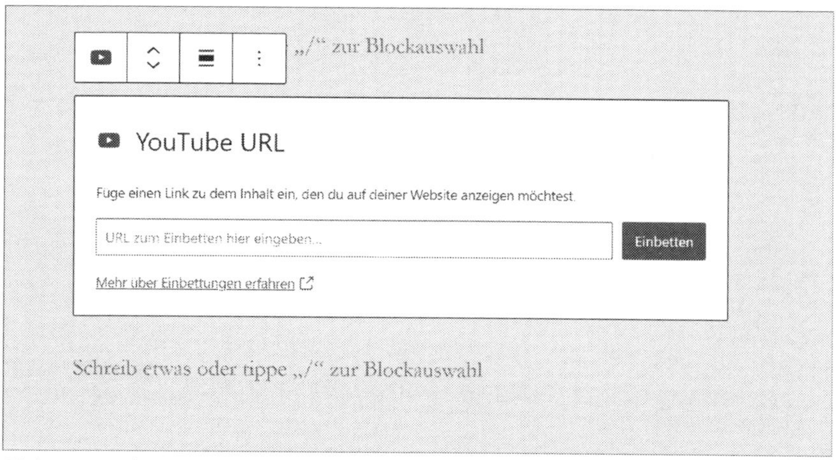

Einbettung eines YouTube-Videos mit dem entsprechenden Block-Typ

Damit haben Sie die wesentlichen Block-Typen in WordPress kennen gelernt und können nun Ihre einzelnen Webseiten mit Texten und Bildern nach und nach ausgestalten. Zu den zwingend erforderlichen Inhalten einer Website gehören die Informationen zum Datenschutz und das Impressum, auf die ich an dieser Stelle kurz eingehen will.

Hinweise zu Impressum und Datenschutz

Internetseiten müssen ein Impressum und die erforderlichen Datenschutzhinweise enthalten. Die Texte hierfür können Sie mithilfe sogenannter »Generatoren« erstellen, zum Beispiel bei »www.e-recht24.de« oder »www.datenschutz-generator.de«. Wenn Sie ein größeres Unternehmen haben, sollten Sie ggf. eine Rechtsberatung dazu in Anspruch nehmen. Die online erzeugten Texte können Sie anschließend auf die dafür vorgesehene Seite (z. B. »Kontakt - Impressum - Datenschutz«) kopieren.

Der erforderliche Text im **Impressum** hängt unter anderem von der rechtlichen Form Ihres Unternehmens ab. Auch Seiten von Privatpersonen und Freiberuflern müssen ein Impressum haben, das allerdings deutlicher einfacher gestaltet sein kann. Wenn Sie für die Erzeugung Ihres Impressums einen Generator nutzen, werden Sie auf der entsprechenden Internetseite durch einen Abfrageprozess geführt, in dem genau diese Aspekte abgeklärt werden.

Der Text der **Datenschutzhinweise** dagegen ergibt sich aus den auf Ihrer Website verwendeten Scripten und eingebundenen Diensten, wie beispielsweise Google Analytics, Google Maps, Kontaktformulare, Affiliate Marketing, YouTube-Videos, Twitter-Feeds etc. Es geht hier unter Anderem darum, ob von Besuchern auf der Website gemachte Eingaben (z. B. in Formularen) oder durch die Nutzung der Website verursachte »Datenspuren« an andere Unternehmen weiter geleitet und verarbeitet werden.

Darüber müssen Sie die Nutzer*innen informieren. Das macht die Erstellung der Datenschutzhinweise deutlich aufwändiger als die Gestaltung des Impressums, denn Sie müssen sich mit den auf Ihrer Website eingesetzten Softwarefunktionen auskennen.

Auf der erwähnten Datenschutz-Generator-Website werden Sie schrittweise danach befragt. Wenn Sie Ihre WordPress-Seite einmal umbauen und / oder zusätzliche Plugins (siehe Kapitel 6) installieren, müssen Sie anschließend Ihre Datenschutzerklärung dahingehend überprüfen, ggf. entsprechend anpassen und ergänzen.

Die Texte von Impressum und Datenschutzhinweisen können ohne Weiteres auf einer gemeinsamen Seite stehen, Sie können aber auch zwei getrennte Seiten anlegen. Ganz egal, ob Sie eine Seite oder zwei Seiten dafür verwenden, Sie sollten die Menüpunkte »Impressum« und »Datenschutz« eindeutig, dauerhaft und gut sichtbar einsetzen. Außerdem können Sie in WordPress angeben, welche Seite die Datenschutzerklärung beinhaltet.

Das erzeugt allerdings keinen eigenen Menüpunkt! Klicken Sie dazu auf »**Einstellungen – Datenschutz**« und

wählen Sie aus, welche Seite als Ihre Datenschutzerklärung in WordPress verwendet werden soll, in unserem Fall ist dies z. B. »Kontakt | Impressum | Datenschutz«.

5 Seiten – aber 6 Menüpunkte?

Für unsere 5-Seiten-Homepage habe ich Ihnen empfohlen, die Texte von Impressum und Datenschutz direkt mit auf die Kontakt-Seite zu packen. Allerdings möchte ich den oben erwähnten Link »Impressum | Datenschutz« nur im Footer der Website einsetzen. In der Hauptmenüleiste soll lediglich der Menüpunkt »Kontakt« stehen, um dort nicht zu viel Platz einzunehmen.

Ich brauche also einen zweiten Platz für ein weiteres **Menü im Footer**. Wie viele Menüpositionen wir zur Verfügung haben, bestimmt immer unser Theme. Das Theme **»Twenty Twenty«** bietet uns zum Glück eine eigene Position für ein solches Footer-Menü.

Klicken Sie auf den Menüpunkt **»Design – Menüs«.** Sie kommen in die Übersicht zu Ihrem Hauptmenü. Unterhalb der Reiter »Menüs bearbeiten« und »Positionen verwalten« finden Sie eine Textzeile mit dem Angebot »Erstelle ein neues Menü«. Klicken Sie auf diesen Link. Tragen Sie als Namen des Menüs »Footer« ein, aktivieren Sie als Position im Theme unten »Footer-Menü« und speichern Sie dann das neue Menü über die Schaltfläche »Menü erstellen«. Anschließend fügen Sie die Seite »Kontakt-Impressum-Datenschutz«, die Sie in Kapitel 3 angelegt haben, zu dem Footer-Menü hinzu.

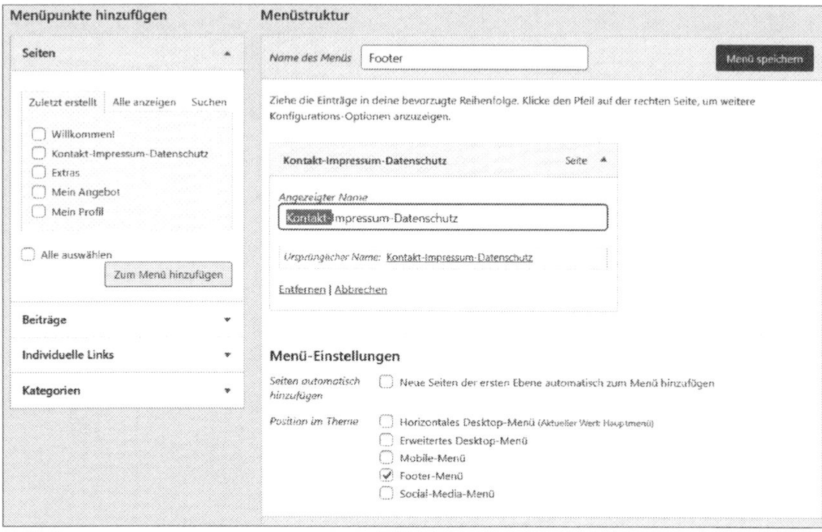

Das Footer-Menü von Theme »Twenty Twenty« anlegen

Wenn Sie den Namen etwas verkürzen und in »Impressum + Datenschutz« ändern wollen, gehen Sie dazu wie in Kapitel 3 beschrieben vor und ändern Sie den angezeigten Namen (Klick auf das nach unten weisende Dreieck rechts außen). Speichern Sie alles über die Schaltfläche »Menü speichern« und prüfen Sie im Browser, ob das Menü korrekt angezeigt wird.

Das fertige Footer-Menü auf der Website (Frontend)

Im vorigen Kapitel haben wir alternativ zu »Twenty Twenty« das Theme **»Twenty Seventeen«** für die Website ausprobiert. Wenn Sie lieber dieses Theme verwenden wollen, finden Sie dort leider nur zwei Menü-Positionen: ein »Oberes Menü« (unser Hauptmenü) und das »Social-Links-Menü«. Das Social-Links-Menü können wir nicht für den »Impressum | Datenschutz«-Link verwenden, da es anders funktioniert als ein normales Menü und keine Textlinks erlaubt. Deswegen müssen wir hier etwas in die Trickkiste greifen, indem wir ein zusätzliches kleines »Menü« mithilfe eines Widgets erzeugen.

Dazu müssen Sie zunächst wieder das Footer-Menü anlegen. Klicken Sie in der Menüleiste links auf den Menüpunkt **»Design – Menüs«** und dort auf »Erstelle ein neues Menü«. Geben Sie dem Menü den Namen »Footer« und speichern Sie das Menü. Dieses Menü besetzt keine der vorgesehenen Positionen im Theme, Sie müssen also unterhalb nichts weiter ankreuzen. Dann fügen Sie diesem neuen Menü als einzigen Menüpunkt die Seite »Kontakt | Impressum | Datenschutz« hinzu. Ändern Sie anschließend den angezeigten Namen des Menüpunktes auf »Impressum | Datenschutz«. Klicken Sie dazu auf das kleine Dreieck rechts, so dass sich die zusätzlichen Optionen ausklappen. Speichern Sie das Menü wieder.

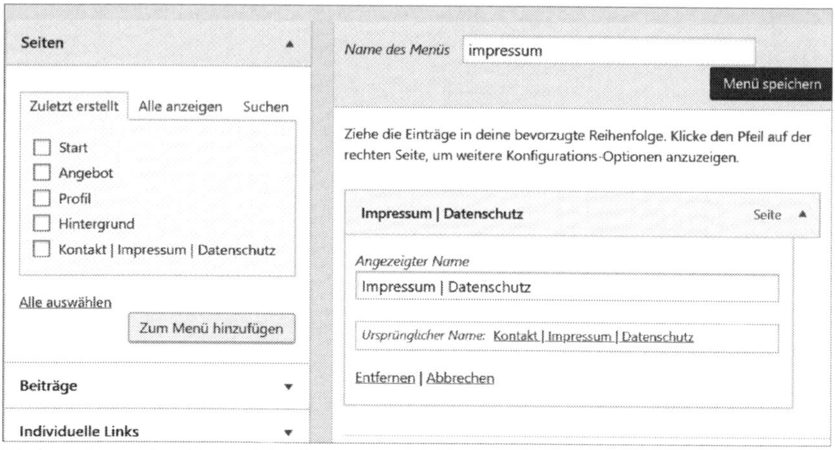

Vorbereitung des Extra-Menüs »Impressum«

Damit haben wir unser Menü angelegt, jetzt müssen wir es nur noch auf der Website anzeigen lassen.

Klicken Sie dazu in der Menüleiste links auf den Menüpunkt **»Design – Widgets«**. Wir haben bei dem Theme »Twenty Seventeen« drei Widget-Bereiche (Widget Areas): »Blog-Seitenleiste«, »Footer 1« und »Footer 2«. Für unser extra Mini-Menü nutzen wir den Bereich von »Footer 1«.

Scrollen Sie in der Übersicht der Widgets nach unten, bis Sie das Widget »Navigationsmenü« gefunden haben. Klicken Sie auf das kleine nach unten zeigende Dreieck am rechten Rand. Es erscheint die Auswahl der möglichen Widget-Bereiche. Aktivieren Sie den Bereich »Footer 1« durch Anklicken und klicken Sie dann auf die Schaltfläche »Widget hinzufügen«.

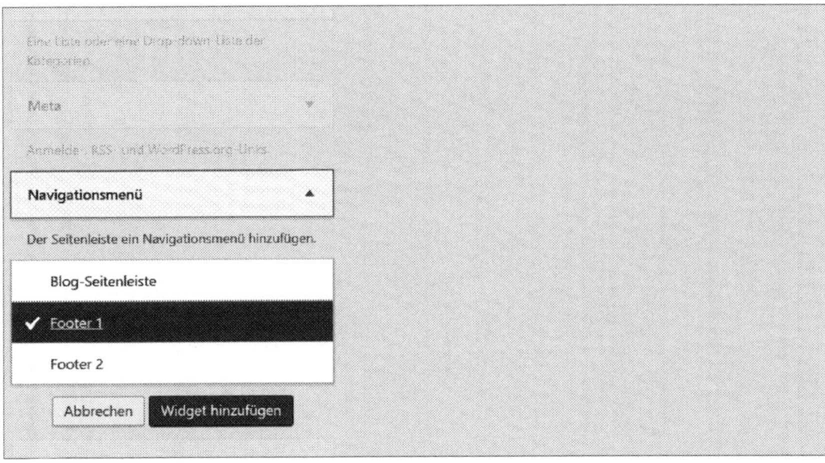

Das Widget »Navigationsmenü«

Danach scrollen Sie wieder etwas hoch, bis Sie den Bereich »Footer 1« vor sich sehen. Dort sollte jetzt das Widget »Navigationsmenü« abgelegt sein. Jetzt können Sie in diesem Widget das gewünschte Menü auswählen, also das soeben angelegte Menü »Footer«. Einen Titel brauchen wir in unserem Fall nicht zu vergeben, das ist eher dann sinnvoll, wenn man ein Menü mit mehreren Menüpunkten verwenden will.

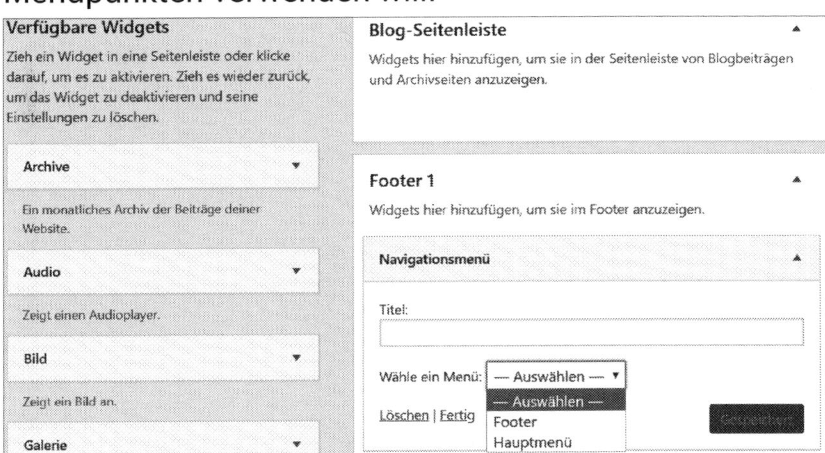

Das Widget »Navigationsmenü« im Footer-Bereich

Vergessen Sie nicht auf die Schaltfläche »Speichern« zu klicken und prüfen Sie anschließend im Browser, ob das Menü wie gewünscht am unteren Ende der Seite angezeigt wird.

Wie wäre es mit einem Social-Media-Menü?

Falls Sie außer Ihrer Website noch Präsenzen in den sozialen Medien (Facebook, Twitter, Instagram, Pinterest, etc.) haben, können Sie diese auch von Ihrer Seite aus verlinken. Dafür gibt es ein spezielles Social-Media-Menü. Es zeigt die Links in Form der jeweiligen Social-Media-Icons an, sofern es keine ganz exotischen Plattformen sind. Wir haben dieses Menü gerade schon bei Theme »Twenty Seventeen« als Menüposition kennen gelernt.

In **Theme »Twenty Twenty«** erscheint dieses Menü im Footer der Seite. In anderen Themes ist das Menü auch schon einmal am oberen Rand positioniert. Es hängt, Sie merken es immer wieder, eben alles vom Theme ab.

Das Social-Media-Menü im Footer der Website

Sie müssen bei »Twenty Twenty« (und auch bei »Twenty Seventeen«) die URLs Ihrer Social-Media-Präsenzen den einzelnen Menüpunkten zuordnen. Bei manchen Themes ist das Social-Media-Menü bereits vorgefertigt und Sie müssen nur noch den genauen Link eingeben. Öffnen Sie

dazu am besten im Browser einen neuen Tab und gehen Sie zu Ihrer Facebook-, Twitter-, Instagramseite.

Markieren Sie in der Adressleiste die URL, z. B. »https://twitter.com/IhrTwittername«, kopieren Sie diese, gehen Sie dann wieder zurück in die WordPress-Administration und fügen Sie die kopierte Adresse ein.

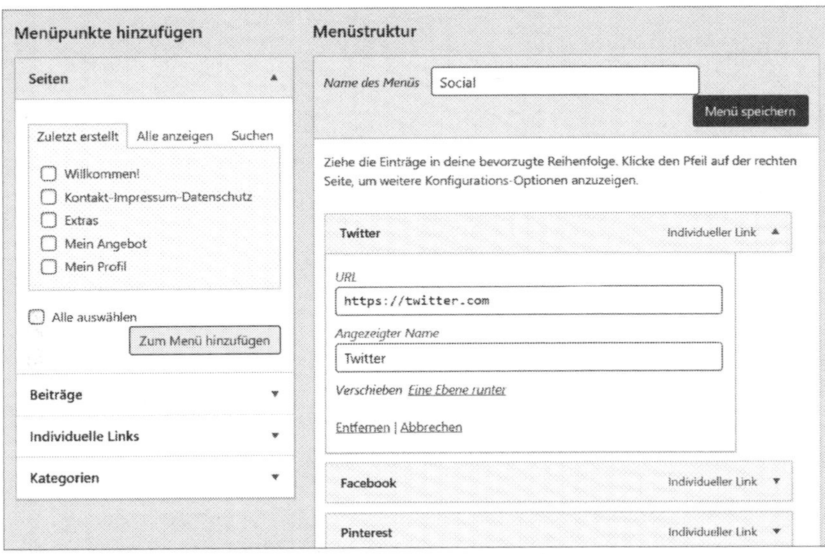

Die Eingabe der Social Media Links in der Menüstruktur

Ist kein Social-Media-Menü vorbereitet, klicken Sie in **»Design – Menüs«** einfach auf »erstelle ein neues Menü«, geben dem Menü einen Namen, aktivieren das Kästchen »Social-Media-Menü« unten und speichern das Menü. Dann wählen Sie links den Abschnitt »Individuelle Links«, geben bei »URL« die exakte Adresse Ihrer Social-Media-Präsenz ein und bei »Link-Text« den Namen der Plattform (dient nur zu Ihrer Orientierung). Fügen Sie so nach und nach die einzelnen Social-Media-Seiten hinzu.

Prüfen sie im Frontend, ob die Symbole angezeigt werden und funktionieren. Wenn statt eines Bildchens nur eine Kette (=Link) gezeigt wird, hat WordPress kein Icon für die Plattform im System vorliegen oder Sie haben vielleicht bei der URL-Eingabe einen Fehler gemacht. Nobody is perfect!

Wenn Sie kein Social-Media-Menü nutzen wollen, oder erst später, dann schalten Sie das Menü einfach komplett aus. Dazu wählen Sie in »**Design – Menüs**« den Reiter »**Positionen verwalten**« und ändern dort für das Social-Media-Menü die Einstellung von »Social« auf »Wähle ein Menü«. Speichern Sie die Änderung – das Menü ist jetzt von der Website verschwunden, kann aber bei Bedarf in gleicher Weise reaktiviert werden. Wenn Sie dagegen das Menü löschen, ist es ganz weg und kann nicht mehr aufgerufen werden.

Jetzt fehlen uns zur Komplettierung der Seite nur noch ein paar sinnvolle Plugins...

[6] Extras mit Plugins hinzufügen

Wir haben uns bereits zu Beginn mit den Plugins beschäftigt, als wir das Wartungsmodus-Plugin »WP Maintenance Mode« installiert haben. Plugins sind kleine Extra-Programme oder Scripte, die von anderen Anbietern für das WordPress-System hergestellt werden (englisch »plug« = Stecker). Sie gehören nicht zu der Basis-Ausstattung von WordPress und sie gehören auch nicht zu dem ausgewählten Theme. Manche Themes benötigen allerdings für ein optimales Funktionieren die Installation bestimmter Plugins. Wenn dies der Fall ist, werden Sie in der WordPress-Oberfläche darauf hingewiesen.

Wenn Sie bestimmte Wunschfunktionen haben, die Ihnen Ihr Theme nicht bietet, lassen sich solche »Extrawürste« meist mithilfe eines Plugins lösen, ähnlich der Sonderausstattung beim Auto. Plugins gibt es für die verschiedensten individuellen Zusatzfunktionen wie Veranstaltungskalender, spezielle Kontaktformulare, SEO (das ist die Optimierung für Suchmaschinen, »Search Engine Optimization«), Sicherheitschecks, spannende Bildergalerien, oder die Integration von Sozialen Netzwerken, den im Rahmen der DSGVO erforderlichen Cookie-Hinweis usw.

Dabei sollte man darauf achten, das System »schlank« zu halten, sprich: sich auf die wirklich erforderlichen Plugins zu beschränken. Denn je mehr Plugins, desto mehr interne Rechenoperationen müssen ausgeführt werden. Dies verlangsamt unter Umständen die Seite oder beeinträchtigt sie in ihrer Funktionalität. Plugins können auch potenzielle Angriffspunkte für Schadsoftware oder Hacker sein. Plugins müssen regelmäßige Updates erhalten – genauso wie das WordPress-System insgesamt und das von Ihnen ausgewählte Theme.

Welche Plugins bereits als Standard im System installiert sind, können Sie unter dem Menüpunkt »Plugins« nachsehen. Das ist üblicherweise das Plugin »Akismet Anti-Spam« und »Hello Dolly«. Beide sind jedoch (noch) nicht aktiviert.

»Akismet Anti-Spam« ist vor allem für Blogger interessant, denn es schützt den Blog vor ungewolltem Spam. »Hello Dolly« ist dagegen ein Spaß-Plugin.

Wenn Sie es aktivieren, erscheinen nach dem Zufallsprinzip ausgewählte Wortfetzen aus dem Musical »Hello Dolly« rechts oben im WordPress-Administrationsbereich. Beide Plugins können Sie getrost löschen.

Plugins suchen und installieren

Wie finden und installieren wir ein neues Plugin? Entweder wählen Sie direkt den Menüpunkt »**Plugins – Installieren**« oder, wenn Sie noch in der Übersicht der installierten Plugins sind, klicken Sie oben auf die Schaltfläche »**Installieren**«. Sie kommen in einen Bereich, in dem Ihnen verschiedene Plugins vorgestellt oder empfohlen werden, und in dem Sie nach Plugins suchen können (Eingabefeld am rechten Rand).

Alternativ können Sie die WordPress-Website »www.wordpress.org« nutzen oder mit einer Internetsuchmaschine nach sinnvollen Plugins recherchieren. Dort können Sie eher mit etwas unklareren oder deutschsprachigen Suchbegriffen Erfolg haben. Oft stößt man dabei auf Internetseiten, auf denen andere Internetnutzer verschiedene Plugins miteinander vergleichen oder eine Art Bes-

tenliste machen. Auch die Plattform YouTube kann bei der Suche nach sinnvollen Plugins helfen, Sie haben dann gleich ein Video, das Ihnen das Plugin präsentiert und können eine gezieltere Entscheidung treffen.

Für eine erfolgreiche Suche in der WordPress-Administrationsoberfläche verwendet man am besten englische Suchbegriffe. Vor der Installation sollte man sich über das Plugin genauer informieren: Was bietet es, wie wird es von anderen Nutzern bewertet, wie oft wurde es bereits herunter geladen, wann wurde es zum letzten Mal aktualisiert. Es ist wichtig, dass ein Plugin regelmäßig von seinen Entwicklern an die neueste WordPress-Version angepasst wird.

Wenn Sie ein Plugin mithilfe einer Suchmaschine gefunden haben, dann notieren Sie sich den genauen Namen und geben diesen anschließend wieder in das Suchfeld unter »Plugins – Installieren« ein. Wahrscheinlich wird es Ihnen dann angezeigt. Haben Sie in der WordPress-Oberfläche ein Plugin gefunden, das Ihnen vertrauenswürdig erscheint, dann klicken Sie auf die Schaltfläche **»Jetzt installieren«**. Das Plugin wird installiert und erscheint anschließend in der Plugin-Liste. Sie müssen es noch über die Schaltfläche **»Aktivieren«** anschalten, um es nutzen und einstellen zu können.

Je nach Funktion taucht ein Plugin an unterschiedlichen Stellen in den Menüpunkten der WordPress-Administration auf: Es kann in einen der vorhandenen Menüpunkte als weiterer Unterpunkt integriert werden, es kann

aber auch ein eigener neuer Menüpunkt entstehen. Manche Plugins finden sich auch als zusätzliche Funktionen direkt im Gutenberg-Editor. Man muss unter Umständen also ein bisschen auf die Suche gehen. Wenn Sie Schwierigkeiten haben, die Einstellmöglichkeiten des Plugins zu entdecken, dann klicken Sie in der Auflistung der Plugins («Plugins – Installierte Plugins«) auf das Wort »**Einstellungen**« unter dem jeweiligen Plugin-Namen.

Es gibt sehr einfache Plugins, bei denen Sie nur wenige Einstellmöglichkeiten haben und mit ein paar Klicks das Plugin konfigurieren können, aber es gibt auch Plugins, die über sehr umfangreiche Optionen verfügen. Sie müssen sich also immer in das jeweilige Plugin und seine Möglichkeiten einarbeiten. Dabei sollten Sie auf die Informationen und Anleitungen des Anbieters zurückgreifen. Allerdings ist es auch im Bereich der Plugins so, dass – je nach Hersteller – die Dokumentation häufig nur auf Englisch vorliegt.

Wichtig ist, dass Sie die installierten Plugins, auch die inaktiven, nach Bedarf aktualisieren. Wenn Plugins aktualisiert werden sollen, zeigt WordPress Ihnen das in dem Menüpunkt »**Dashboard – Aktualisierungen**« an. Es erscheint ein roter Punkt mit einer Zahl.

Manchmal möchte man verschiedene Plugins für die gleiche Funktion testen, zum Beispiel verschiedene Galerie-Plugins. Dann können Sie das gerade nicht genutzte Plugin vorübergehend deaktivieren, wenn Sie sich noch nicht sicher sind, was damit geschehen soll.

Wenn Sie sich dann für ein Plugin entschlossen haben, sollten Sie die anderen Plugins löschen, die nicht Ihren Erwartungen entsprechen. Das vermeidet Datenmüll auf Ihrem Webspace, der zu Sicherheitsproblemen führen kann. Sowohl das Deaktivieren wie das Löschen machen Sie in der Übersicht der Plugins unter dem Menüpunkt »Plugins – Installierte Plugins«.

Sinnvolle Plugins für die 5-Seiten-Homepage

Da wir unser Projekt bewusst einfach angelegt haben, wollen wir uns auf wenige sinnvolle Plugins beschränken. Ausgewählt habe ich diese vor allem nach den Kriterien »Verständlichkeit für Anfänger« und »deutschsprachige Benutzeroberfläche«. Es ist eine rein subjektive Auswahl und keine Bewertung alternativer Plugins!

Brauchen alle: den Cookie-Hinweis

Auch wenn wir WordPress nur in seiner einfachsten Form einsetzen, sobald Plugins im Spiel sind, ist davon auszugehen, dass Cookies im Browser des Benutzers gespeichert werden. Aufgrund der Datenschutzgrundverordnung (DSGVO) sind alle Website-Betreiber dazu verpflichtet, die Besucher darüber zu informieren. Dieses Problem lösen wir mit einem sogenannten »Cookie Notice«-Plugin (= Cookie Hinweis). Klicken Sie in der Menüleiste links auf den Menüpunkt **»Plugins – installieren«** und geben Sie in dem Suchfeld rechts außen »DSGVO Tools« ein (Tool = Werkzeug).

Das Plugin »**DSGVO Tools: Cookie-Hinweis + Datenschutz**« (von fabian heinz webdesign) sollte jetzt ziemlich weit oben angezeigt werden.

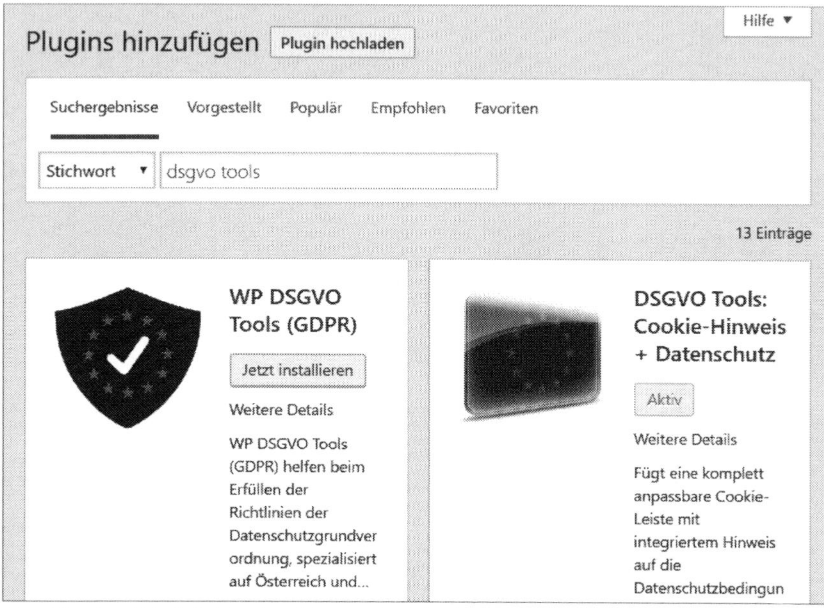

Das Plugin »DSGVO Tools« (hier rechts) in der Plugin-Suche

Klicken Sie auf die Schaltfläche »Jetzt Installieren« und anschließend auf »Aktivieren«. Sie kennen das ja bereits von unserem Wartungsmodus-Plugin aus Kapitel 2. Das Plugin macht einen eigenen Menüpunkt links namens »Cookie-Hinweis und Datenschutz«. Klicken Sie diesen an, gelangen Sie zu den Einstellmöglichkeiten. Sie können hier die grundsätzliche Position auswählen (oben oder unten), und dieser – falls gewünscht – einen Abstand zum oberen oder unteren Rand geben. Damit ist es möglich eine Banderole zu erzeugen, die sich quasi vor die Seite legt und den Benutzer zu einer Bestätigung zwingt, so wie dies aus Gründen des Datenschutzes gewünscht ist.

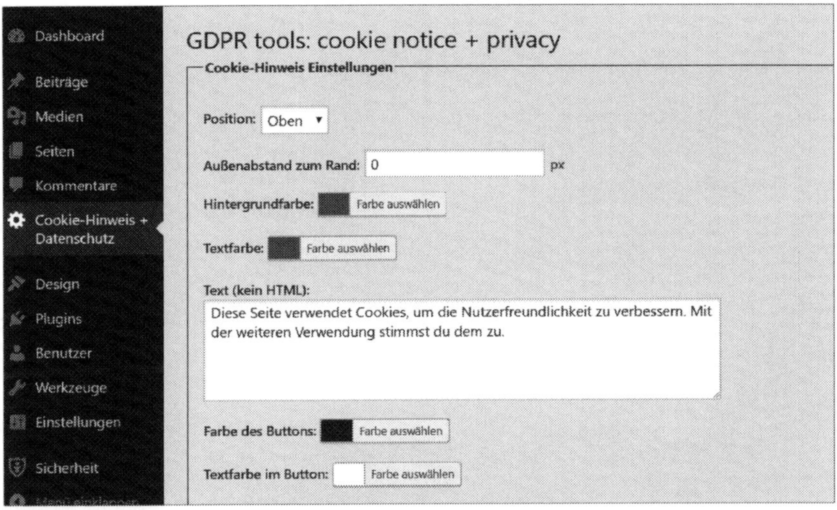

Der neue Menüpunkt in der Menüleiste und die Optionen des Plugins

Weitere Einstellmöglichkeiten für das DSGVO-Plugin

Die Hintergrundfarbe und die Schriftfarbe des Banners können ebenso festgelegt werden wie die Farbe und Schriftfarbe des Zustimmungs-Buttons. Ebenso können Sie die Texte der Links und den allgemeinen Hinweistext selbst eingeben. Man kann außerdem direkt zu der Seite der Datenschutzerklärung verlinken (also z. B. zu einer zuvor angelegten Seite »Impressum | Datenschutz«) und

dies als Textlink oder Button gestalten. So kann sich der Besucher ohne Schwierigkeiten informieren. Damit sind die wesentlichen Erfordernisse für eine »Cookie Notice« erfüllt. Denken Sie daran, Ihre Einstellungen über die Schaltfläche »Änderungen speichern« (unten) zu speichern. Der Cookie Hinweis ist damit aktiv und Sie können Sie ihn im Browser überprüfen. Beachten Sie bitte: Rechtliche Änderungen können hier Anpassungen erfordern. Halten Sie sich also auf dem Laufenden.

Sollten alle haben: das Sicherheits-Plugin

Sicherheit ist auch bei WordPress ein wichtiges Thema und es ist sinnvoll, für eine solche Website ein Sicherheits-Plugin einzusetzen. Ich habe mich für unser Projekt für **»iThemes Security«** entschieden, ein beliebtes Plugin, das sich durch eine übersichtliche Handhabung und deutschsprachige Oberfläche auszeichnet.

Klicken Sie in der Menüleiste links auf den Menüpunkt **»Plugins – Installieren«** und geben Sie in dem Suchfeld rechts außen »iThemes« ein. Das gesuchte Plugin sollte als Erstes angezeigt werden. Klicken Sie auf die Schaltfläche »Jetzt Installieren« und anschließend auf »Aktivieren«. Dieses Plugin macht links einen eigenen Menüpunkt **»Sicherheit«**.

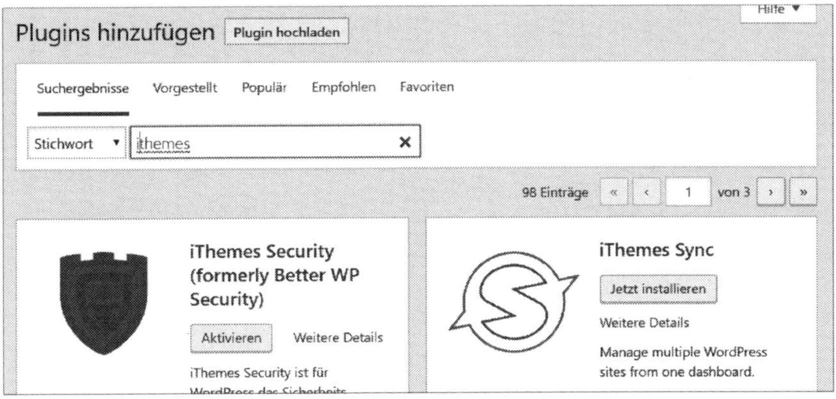

Das Plugin »iThemes Security« in der Plugin-Suche

Nach dem Aktivieren gelangt man zunächst automatisch auf die Möglichkeit die grundlegende Sicherheitsüberprüfung durchzuführen.

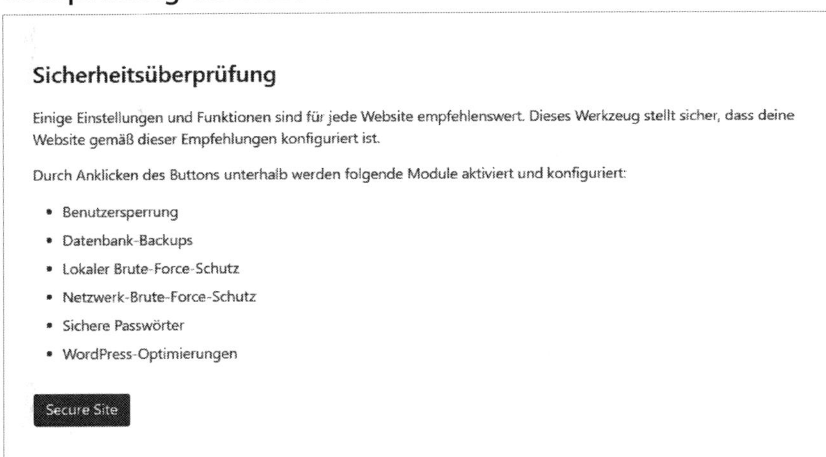

Sicherheitsüberprüfung durch iThemes Security

Dabei werden die Punkte »Benutzersperrung, Datenbank-Backups, Lokaler Brute-Force-Schutz, Netzwerk-Brute-Force-Schutz, Sichere Passwörter und WordPress-Optimierungen« automatisch konfiguriert, was für den Anfänger durchaus empfehlenswert ist. Sie erhalten im Anschluss eine Bestätigungs-E-Mail an die von Ihnen für

die WordPress-Installation angegebene E-Mail-Adresse. Speichern Sie deren Inhalt am besten in Ihren Website-Ordner ab oder kopieren Sie die Informationen in Ihr Konzept-Dokument. Es kann vorkommen, dass anschließend bei einer erneuten Anmeldung am WordPress-Dashboard das bisherige Passwort als zu unsicher nicht akzeptiert wird. Sie müssen dann ein neues Passwort vergeben, das den Sicherheitsanforderungen entspricht. Sollte dies der Fall sein, werden Sie bei der Anmeldung darüber informiert und können ein neues Passwort eingeben.

Wenn Sie die Einstellungen von iThemes Security lieber einzeln von Hand machen wollen, können Sie dieses Fenster der automatischen Sicherheitsüberprüfung auch zunächst schließen. Sie sehen dann die jeweiligen Einstellmöglichkeiten aufgelistet vor sich und können diese nach und nach konfigurieren, aktivieren oder auch wieder deaktivieren. iThemes Security bietet außerdem einen Newsletter mit regelmäßigen Sicherheitsinfos zum Abonnement an (in der rechten Spalte).

Wenn es auf Ihrer Website zu Aussperrungen bestimmter IP-Adressen aufgrund von Hackingversuchen kommt, erhalten Sie dazu ebenfalls eine Information per E-Mail. Absolute Sicherheit kann ein solches Plugin natürlich nicht bieten, aber Sie haben damit zumindest eine sehr gute Basis gelegt. Wer sich intensiver mit dem Thema beschäftigen will, kann von i-Themes eine Premium-Version erwerben, die dann noch zusätzliche Einstellmöglichkeiten anbietet.

Kann was bringen: ein Kontaktformular

Wenn Sie gerne ein **Kontaktformular** auf Ihrer Website einsetzen wollen, können Sie zum Beispiel das Plugin **»Kontaktformular von WPForms – Drag & Drop Formular Baukasten für WordPress«** (von WPForms) verwenden. Es bietet Ihnen einige bereits vorgefertigte Formulartypen, die Sie schnell und unkompliziert einsetzen können. Fortgeschrittene können die Formulare auch ganz nach eigenen Wünschen gestalten (zum Beispiel Newsletter-Anmeldungen oder Bestellformulare).

Klicken Sie wieder in der Menüleiste links auf den Menüpunkt **»Plugins – installieren«** und geben Sie in dem Suchfeld rechts außen **»WPForms«** ein (»Form« ist der englische Begriff für ein Formular). Das gesuchte Plugin sollte als eines der Ersten angezeigt werden.

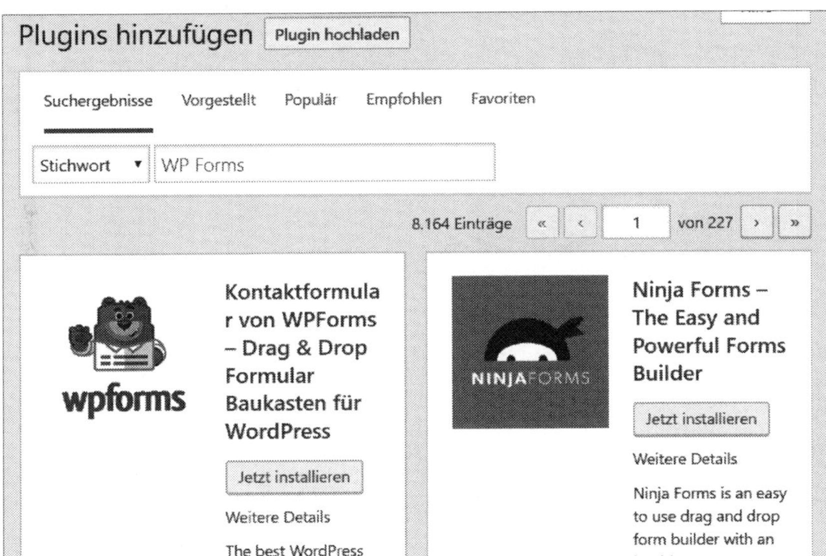

Das Plugin »WPForms«

Klicken Sie auf die Schaltfläche »Jetzt Installieren« und anschließend auf »Aktivieren«. Dieses Plugin macht ebenfalls einen eigenen Menüpunkt in der linken Menüleiste namens »WPForms«. Klicken Sie auf diesen Menüpunkt und dann auf »Neues Formular hinzufügen«. Sie gelangen auf die Benutzeroberfläche des Plugins. Geben Sie im oberen Bereich einen Formularnamen ein, zum Beispiel »E-Mail« und wählen Sie dann eine Vorlage durch Anklicken aus, in unserem Fall »Einfaches Kontaktformular«.

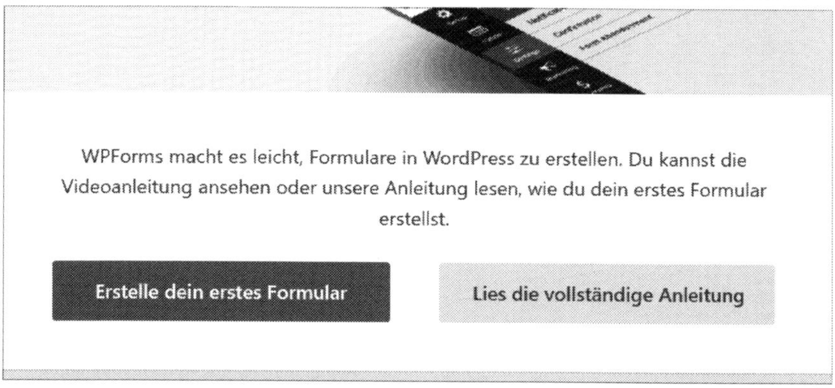

Die Startseite des Plugins »WPForms«

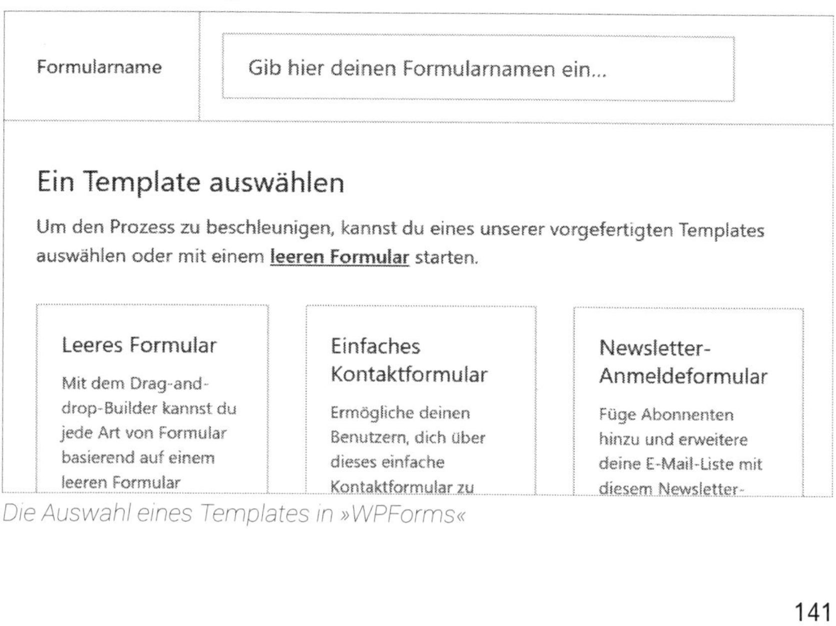

Die Auswahl eines Templates in »WPForms«

In der rechten Hälfte wird Ihnen anschließend das Formular angezeigt, links könnten Sie noch weitere Elemente hinzufügen oder in den »Feldoptionen« zusätzliche Einstellungen treffen. Für den Anfang reicht uns das dargestellte Formular völlig aus.

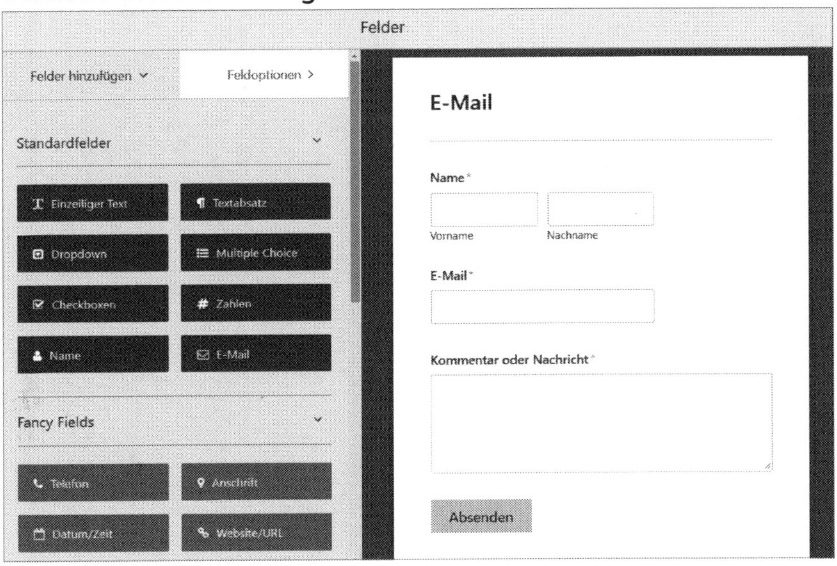

Das ausgewählte E-Mail-Formular in »WPForms«

Wir klicken daher oben rechts auf die Schaltfläche »**Speichern**« und anschließend auf die Schaltfläche »**</>EMBED**«, dem englischen Wort für »**Einbetten**«.

Unser Formular muss noch, damit wir es auf der Website sehen und auch benutzen können, in eine einzelne Seite eingebettet werden. Dafür erzeugt das Plugin einen sogenannten »Shortcode«, also einen kurzen Codeschnipsel, den wir kopieren müssen und auf der Seite einfügen, auf der das Formular später angezeigt werden soll.

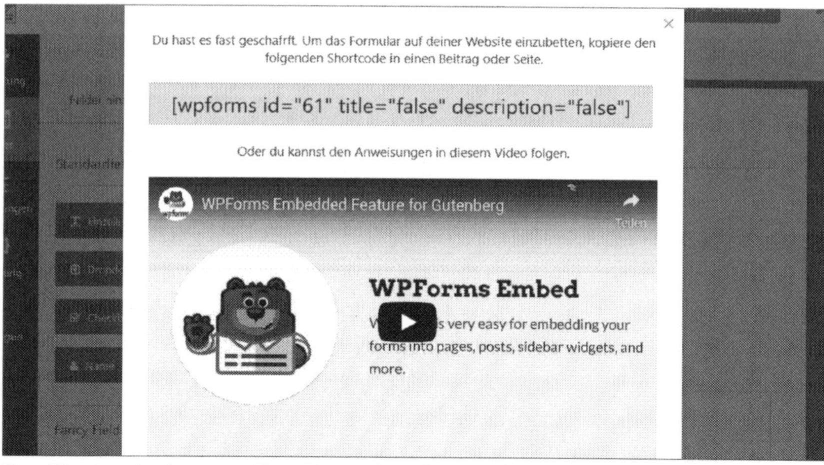

Der Shortcode des erstellten Formulars (Beispiel)

Markieren Sie also mit gedrückter Maustaste den angezeigten Shortcode (komplett, inklusive der rechteckigen Klammern!) und kopieren Sie ihn mit der Tastenkombination STRG+C oder per Kontextmenü in den Zwischenspeicher. Dann schließen Sie die Benutzeroberfläche des Plugins mit dem Kreuz oben rechts und kehren damit zur WordPress-Administration zurück.

Klicken Sie anschließend auf den Menüpunkt »**Seiten**«. Wählen Sie aus den vorhandenen Seiten diejenige aus, auf der Sie das Kontaktformular einfügen wollen, also zum Beispiel »Kontakt | Impressum | Datenschutz«. Jetzt sollten Sie im Gutenberg-Editor sein. Fügen Sie hier mithilfe des Plus-Symbols einen einfachen Absatz-Block hinzu. In diesen können Sie dann den Shortcode hinein kopieren, zum Beispiel mit STRG+V oder mit dem Kontextmenü. Das Formular wird Ihnen nicht direkt optisch angezeigt, Sie sehen nach wie vor nur den Shortcode!

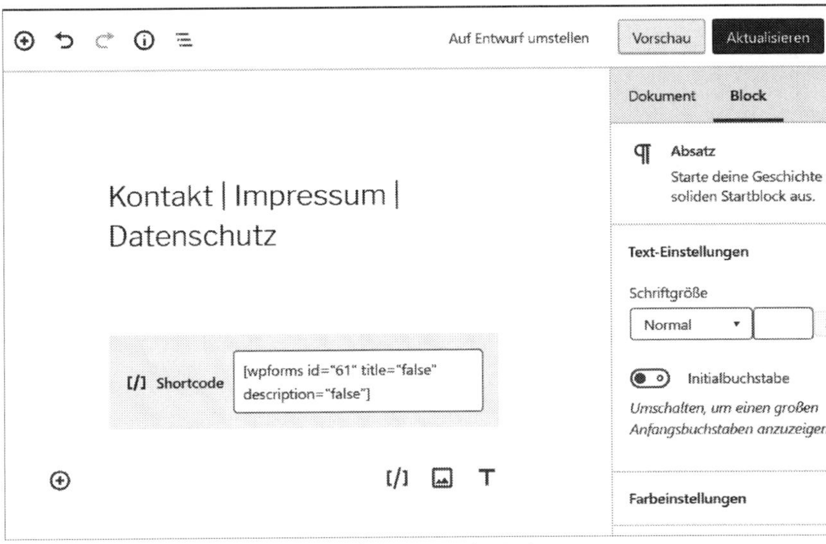

Das Einsetzen des Shortcodes auf der Kontakt-Seite

Aktualisieren Sie die Seite wie immer über die Schaltfläche oben rechts, wechseln Sie anschließend (am Besten in einem zweiten Tab) zur Ansicht der Website und prüfen Sie, ob das Formular auf der entsprechenden Seite erscheint. Wenn Sie kein Formular sehen, sondern nur den Shortcode oder Teile davon, haben Sie den Shortcode vielleicht nicht vollständig kopiert. Prüfen Sie das also noch einmal in der WordPress-Administration nach und korrigieren Sie gegebenenfalls. Wenn das Formular richtig angezeigt wird auf der Website, dann testen Sie das Formular mit ein paar Eingaben und schicken es ab.

Das Plugin verwendet zum Senden der E-Mail die von Ihnen in den WordPress-Grundeinstellungen (»Einstellungen – Allgemein«) angegebene E-Mail-Adresse. Wenn Alles geklappt hat, sollte hier Ihre Test-E-Mail ankommen.

Schön für viele: die Galerie als Diashow

Da die WordPress-Galerie vom Standard her sehr eingeschränkt ist, kommt häufig die Frage nach einer »guten« Galerie oder einem **Diashow-Plugin**. Hier gibt es unzählige Angebote, wobei die meisten Plugins so funktionieren, dass man spezielle Galerien mithilfe des Plugins anlegt und diese (wie eben bei dem Formular) mit einem Shortcode auf den Seiten oder Beiträgen einfügt. Da ich das Projekt der 5-Seiten-Homepage so einfach wie möglich gestalten wollte, habe ich mich hier für ein Plugin entschieden, das automatisch alle Galerien, die Sie in WordPress anlegen, mit einer »Diashow« aufwertet. Da keine zusätzliche Galerie-Verwaltung gemacht werden muss, bietet sich das besonders für Einsteiger*innen an.

Klicken Sie wie gehabt in der Menüleiste links auf den Menüpunkt **»Plugins – installieren«** und geben Sie in dem Suchfeld rechts außen **»Gallery Lightbox«** ein (bitte achten Sie auf die exakte Schreibweise, sonst bekommen Sie abweichende Ergebnisse).

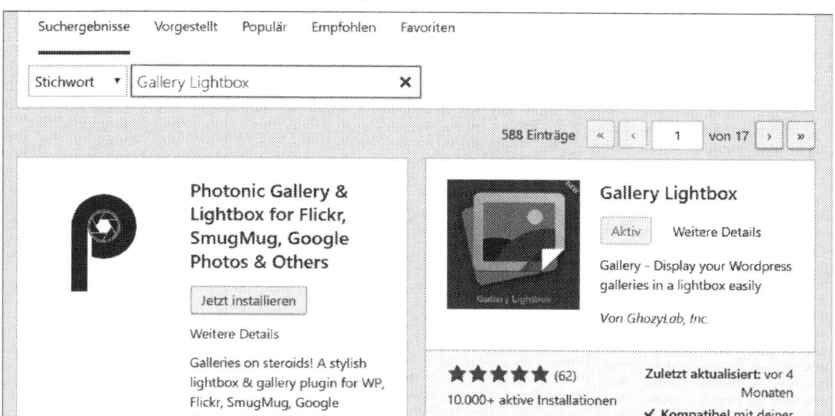

Das Plugin »Gallery Lightbox« (hier rechts)

Klicken Sie auf die Schaltfläche »Jetzt Installieren« und anschließend auf »Aktivieren«, Sie gelangen dann automatisch auf die Seite mit den Einstellungen des Plugins. Außerdem macht das Plugin einen eigenen Menüpunkt links (»Gallery Lightbox«), so dass Sie die Einstellungsseite auch darüber aufrufen können. Die Oberfläche des Plugins ist weitgehend auf Deutsch übersetzt. Die Leuchtkasten (Diashow)-Funktion ist bereits automatisch aktiviert. Wenn Sie also schon Galerien auf Ihren Seiten angelegt haben, sollte das Plugin sofort problemlos funktionieren. Prüfen Sie es einfach nach.

Sie können für das Plugin noch verschiedene Einstellungen treffen: Automatische Wiedergabe, Anzeigedauer der einzelnen Bilder (Diaschau-Intervall), die Anzeige von Vorschaubildern, ob und wie eine Beschriftung angezeigt wird, sowie die Überlagerungsfarbe. Testen Sie die Einstellungen durch und entscheiden Sie sich für die Variante, die Ihnen am ehesten zusagt. Vergessen Sie nicht, Ihre Einstellungen jeweils zu speichern.

Wenn Sie einmal auf einer Seite die Leuchtkasten/Diashow-Funktion nicht verwenden wollen, können Sie das noch individuell auf der jeweiligen Seite im Gutenberg-Editor wieder abschalten.

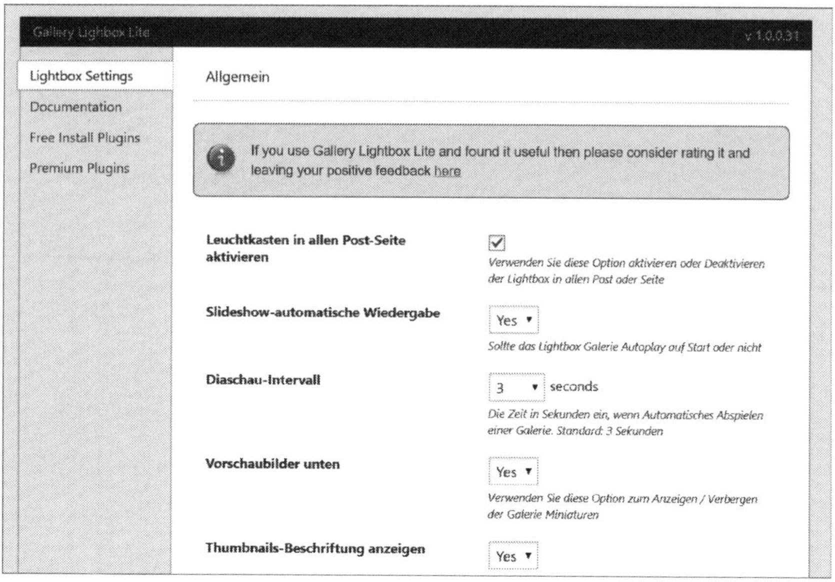

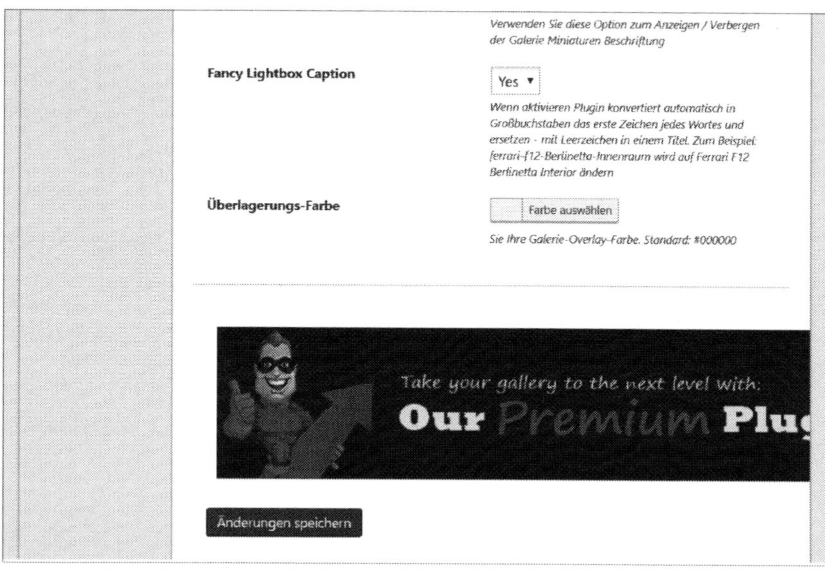

Einstellmöglichkeiten des Plugins »Lightbox Gallery«

Gut für Suchmaschinen: ein SEO-Plugin

Ich nehme sehr gerne Hinweise von Lesern auf, deshalb habe ich diese Ausgabe um einen Plugin-Tipp zu SEO (= Search Engine Optimization = Suchmaschinenoptimierung) ergänzt. Wer möchte nicht bei Google ganz oben stehen? Das können Ihnen die Plugins natürlich nicht versprechen, aber sie können Sie unterstützen, Ihre Website noch besser zu machen. Wer auf neue Kundschaft aus Internetsuchen hofft, sollte sich damit beschäftigen. Ich stelle Ihnen dazu das Plugin **Yoast SEO** vor, eine gute Alternative ist **All in One SEO**.

Grundsätzlich gilt immer noch »Content is king«, also je mehr spezifischen, nützlichen, aktuellen Inhalt Sie auf Ihrer Homepage haben, desto besser können Suchmaschinenroboter ihn auslesen und verwerten.

Leider weiß man bei kaum einer Suchmaschinenseite genau, wie und ob Schlüsselbegriffe von den Algorithmen erfasst und ausgewertet werden. Für Google ist neben etwa 200 anderen Faktoren die Ladezeit der Website wichtig, der Pagespeed. Sie können das über »Google Pagespeed Insights« testen. Lassen Sie sich von dem Ergebnis nicht erschüttern, meine ist auch nicht optimal...

Was außerdem zu einem guten Ranking bei Google & Co. beiträgt, sind sinnvolle Domainnamen (URLs) und eine Optimierung auf mobile Geräte. Letztere erledigen wir ja bei WordPress durch die kluge Wahl unseres Themes.

Wenn Sie das Plugin Yoast SEO installieren wollen, gehen Sie zu »**Plugins – installieren**«, geben in das Suchfeld rechts außen »**Yoast SEO**« ein, anschließend installieren und aktivieren Sie das Plugin. Es macht einen eigenen Menüpunkt »**SEO**« in der Menüleiste links und hat eine durchgängig deutschsprachige Benutzeroberfläche. Auf der Ausgangsseite (Allgemein) wird etwas Werbung für die Premium-Version des Produktes gemacht.

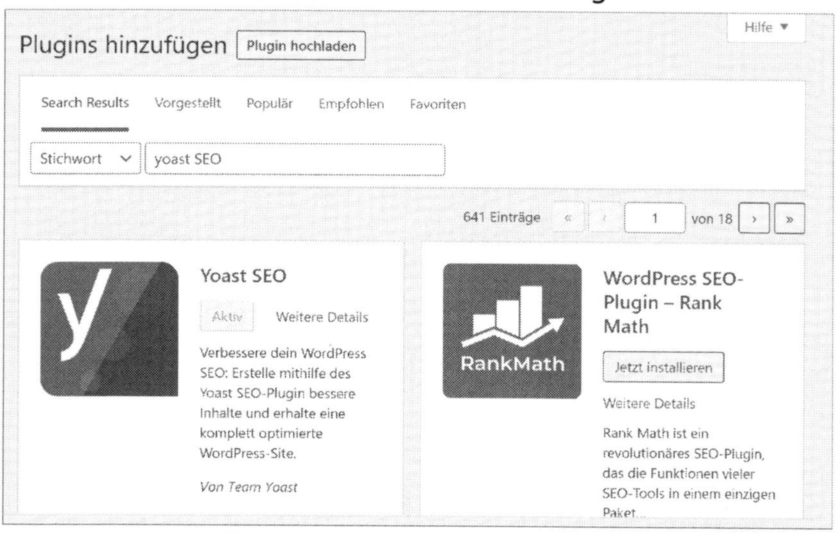

Das Plugin »Yoast SEO«

Wählen Sie als erstes den Konfigurationsassistenten, um die grundlegenden Einstellungen zu machen. Sie werden durch eine Abfolge von Schritten geführt. Sollten Sie einige erforderliche Angaben noch nicht zur Hand haben, können Sie den Assistenten trotzdem durchlaufen, abschließen und später ergänzen.

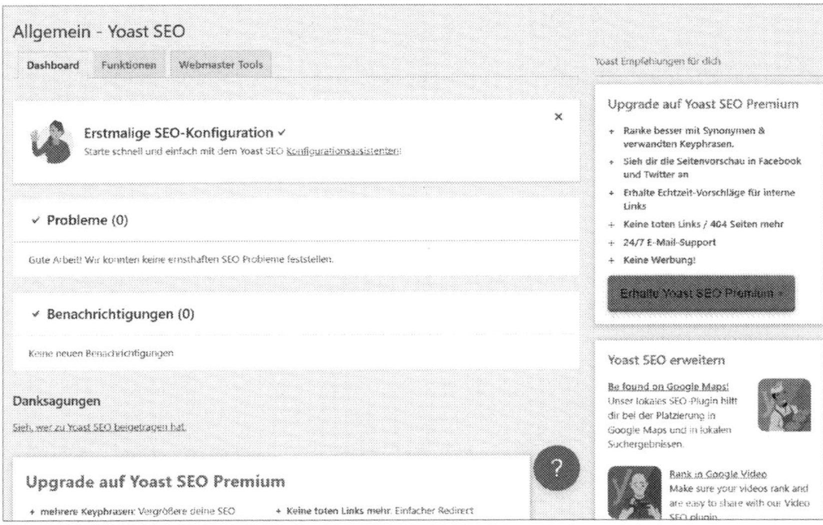

Die Ausgangsseite von »Yoast SEO«

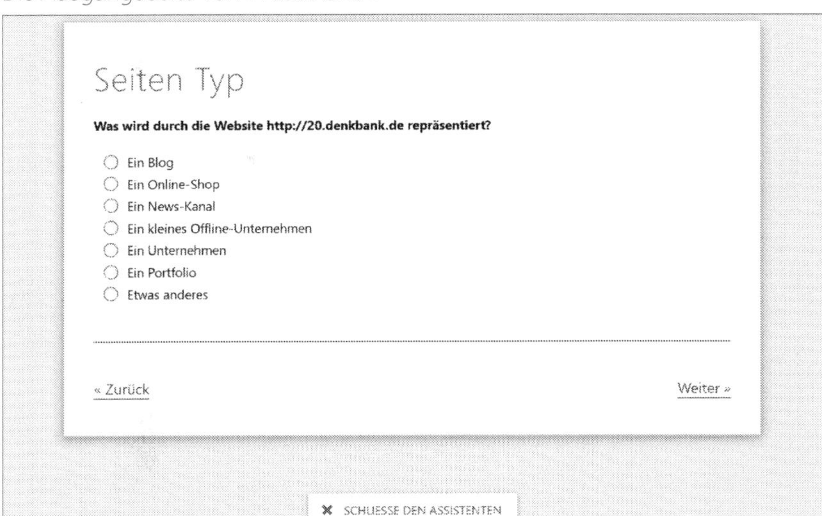

Ein Schritt aus dem Konfigurationsassistenten

Yoast SEO erweitert außerdem den Gutenberg-Editor um zusätzliche Funktion. Wenn Sie Seiten (oder Beiträge) erstellen bzw. überarbeiten, können Sie im Gutenberg-Editor direkt Keywords (Schlüsselbegriffe) mit anlegen, die für Suchmaschinen relevant sind. Grundsätzlich sollte

man bei Suchbegriffen immer von den Kunden her denken - wonach sucht jemand, was sind dessen Suchworte, was will der Kunde, die Kundin wissen.

Yoast SEO macht Ihnen außerdem Verbesserungsvorschläge, die Sie gleich umsetzen können. In der Übersicht Ihrer Seiten finden Sie jetzt zusätzliche Spalten, die Ihnen mit einem Ampelsystem einen Überblick zu Lesbarkeit und SEO-Wert geben.

Im Dashboard des Plugins können Sie eine Art Kurzinfo für soziale Medien anlegen. Wird in Facebook, Pinterest oder Twitter ein Link zu Ihrer Website geteilt, erscheint automatisch ein von Ihnen festgelegter Text mit Bild.

Für Fans von Twenty Seventeen

Falls Sie sich für das etwas ältere Theme »Twenty Seventeen« begeistern können, aber mit den Gestaltungsmöglichkeiten noch unzufrieden sind, können Sie das Plugin »**Options for Twenty Seventeen**« von webd.uk ausprobieren. Es stattet das Theme mit verschiedenen Zusatzoptionen aus. Allerdings gibt es die Benutzeroberfläche nur auf Englisch. Wenn Sie dieses Plugin installiert haben (gehen Sie einfach den bereits beschriebenen Weg und geben Sie diesmal in das Suchfeld »Options for Twenty Seventeen« ein), finden Sie unter dem Menüpunkt »**Design – Customizer**« im Customizer einige zusätzliche Einstellmöglichkeiten. Sie erkennen Sie an dem kleinen Zahnrad vor dem jeweiligen Menüelement.

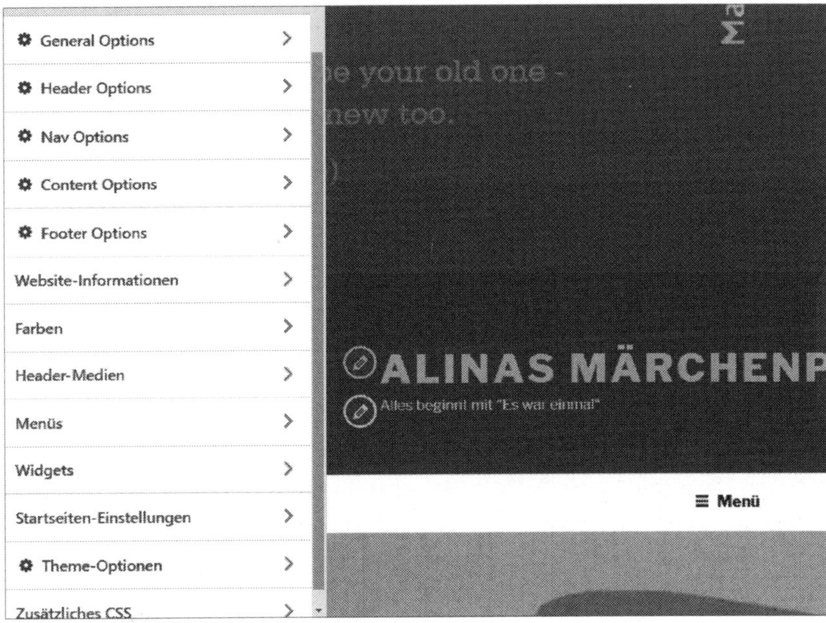

Zusätzliche Funktionen im Customizer durch »Options for Twenty Seventeen«

Die Punkte heißen:

- **General Options**
  Allgemeine Optionen / Einstellungen für die Website
- **Header Options**
  Den Kopfbereich (Header) der Seite ändern
- **Nav Options**
  Die Navigation anders gestalten
- **Content Options**
  Zusätzliche Möglichkeiten für den Inhalt
- **Footer Options**
  Den Footer (Fuß-)Bereich einstellen
- **Theme-Optionen**
  Einstellungen für das Theme an sich

Allerdings sind viele der Möglichkeiten, die dieses Plugin bietet, um das Theme »Twenty Seventeen« an die eigenen Vorstellungen anzupassen, nur in der Bezahl-Version aktiviert. Diese kostet etwa 20 £ (Stand August 2020) und ist erhältlich über den Hersteller Webd.uk (https://webd.uk/product/options-for-twenty-seventeen-upgrade/). Dort finden Sie außerdem Plugins, mit denen Sie das Theme »Twenty Twenty« oder »Twenty Nineteen« ausbauen können.

Wenn Sie mit den Gestaltungsmöglichkeiten des Themes »Twenty Seventeen« oder »Twenty Twenty« nicht zufrieden sind, empfehle ich Ihnen, nach einem anderen Theme Ausschau zu halten, das Ihren Vorstellungen besser entspricht. In den Weiten des Internets gibt es hier eine nahezu unendliche Auswahl. Da Sie die Grundstruktur Ihrer Website bereits aufgebaut haben, können Sie jetzt auch gezielter danach suchen. Einige Tipps, wie Sie dabei am besten vorgehen, gebe ich Ihnen im nächsten Kapitel.

[7] Live schalten und weiter machen

Wir haben nun unsere 5-Seiten-Homepage mit allen Seiteninhalten, dem gewünschten Menü sowie den erforderlichen Plugins eingerichtet und können diese live schalten. Dazu müssen Sie lediglich das Wartungs-Plugin deaktivieren. Klicken Sie auf den Menüpunkt **»Einstellungen – WP Maintenance Mode«** und ändern Sie den Status von »Aktiviert« auf »Inaktiv«. Denken Sie noch daran, weiter unten auf »Speichern« zu klicken.

Ab jetzt kann jeder Ihre Homepage direkt im Browser aufrufen. Wenn Sie später noch einmal etwas an Ihrer Website ändern wollen, können Sie jederzeit das Wartungsmodus-Plugin wieder aktivieren. Sie können Ihre Website übrigens auch mobil vom Smartphone oder Tablet aus mit Beiträgen füllen. Benutzen Sie dazu die App »WordPress« aus dem Google Play Store (Android) oder dem Apple Store (I-Phone).

In diesem Kapitel gebe ich Ihnen noch Hinweise zur Pflege Ihrer Website und zeige Ihnen, wie Sie ein eigenes Theme finden, wenn Ihnen die WordPress Standard-Themes nicht genügen.

Worauf man achten sollte – Pflege

Eine Website, egal ob man sie mit WordPress betreibt oder einem anderen System, ist eine Daueraufgabe. Sie müssen nicht nur Inhalte immer wieder ergänzen oder verändern, sondern auch die Entwicklung der Technik im Auge behalten. Das erfordert die Bereitschaft, sich zumindest überblicksmäßig auf dem Laufenden zu halten, Neues zu integrieren, Altes zu verwerfen, immer wieder dazu zu lernen.

Grundsätzlich sollten Sie alle vom System angezeigten erforderlichen **Aktualisierungen** zeitnah durchführen. Dies betrifft das WordPress-System selbst, das Theme und die einzelnen Plugins. Stellen Sie möglichst die automatischen Aktualisierungen ein. Das können Sie für die Plugins in der Plugin-Übersicht tun, für die Themes unter »Design-Themes« (dort die »Theme-Details« aufrufen).

Ist Ihre Website sehr umfangreich, sollten Sie ggf. vorher ein Daten-Backup machen, um Verluste zu vermeiden. Hierzu gibt es spezielle Backup-Plugins. Ist Ihnen das für unser 5-Seiten-Projekt zu aufwändig, würde ich Ihnen zumindest empfehlen, Screenshots der einzelnen Seiten zu machen und diese im Projektordner abzuspeichern. Damit haben Sie eine Dokumentation Ihres Layouts. Außerdem sollten die Textinhalte der Website in Ihrem Konzeptdokument vorliegen.

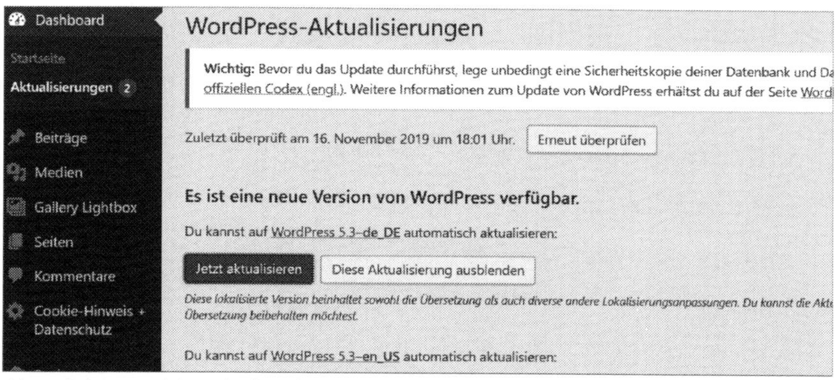

Aktualisierungshinweis für eine neue WordPress-Version

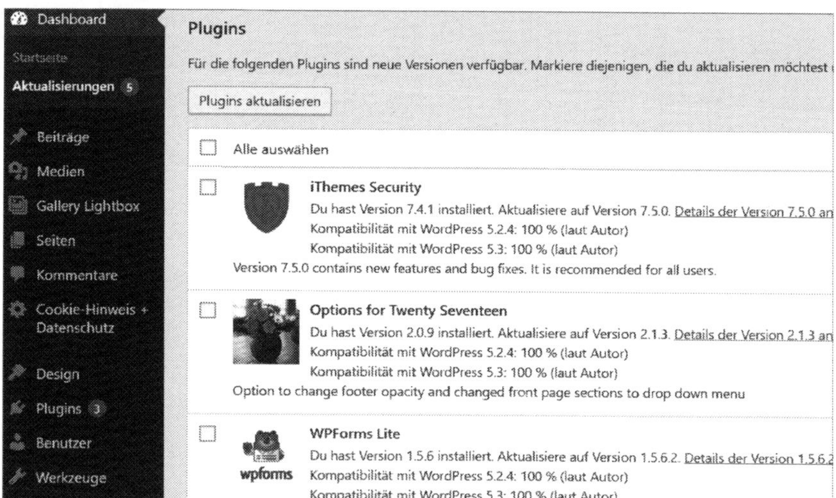

Aktualisierungshinweis für installierte Plugins

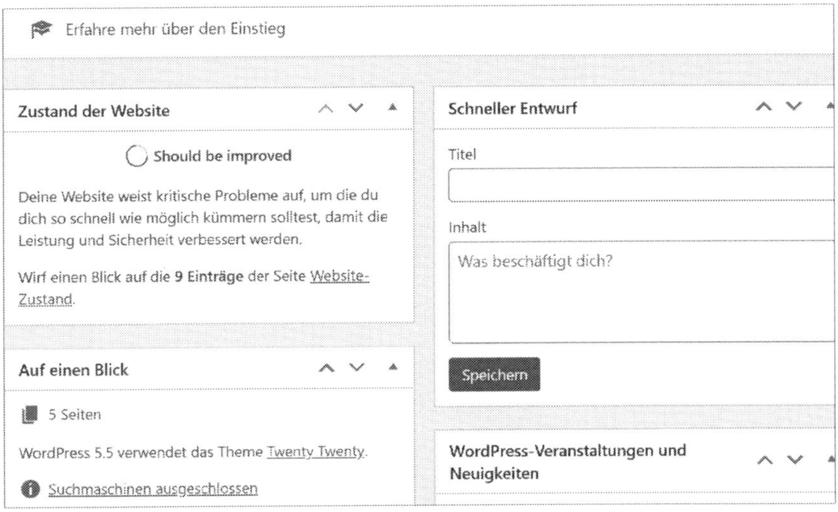

Information über den Website-Zustand

Unter dem Menüpunkt »**Dashboard – Startseite**« wird Ihnen der »**Zustand der Website**« angezeigt. Werden dort Probleme gemeldet, sollten Sie diese beheben.

Sie wollen lieber ein ganz anderes Layout?

Wenn Ihnen die hier beschriebenen Themes »Twenty Twenty« oder »Twenty Seventeen« nicht ausreichen und Sie ein passenderes Layout wünschen, müssen Sie ein anderes Theme installieren. Klicken Sie auf den Menüpunkt »**Design – Themes**« und dann dort oben auf »**Hinzufügen**«. Sie gelangen zu einer Auflistung unterschiedlichster Themes, und zwar zunächst in die Rubrik »Vorgestellt«. Das sind Themes, die von WordPress aktuell ausgewählt und präsentiert werden.

Gefällt Ihnen eines davon, können Sie mithilfe der Schaltfläche »**Vorschau**« einen ersten Eindruck der Optik gewinnen.

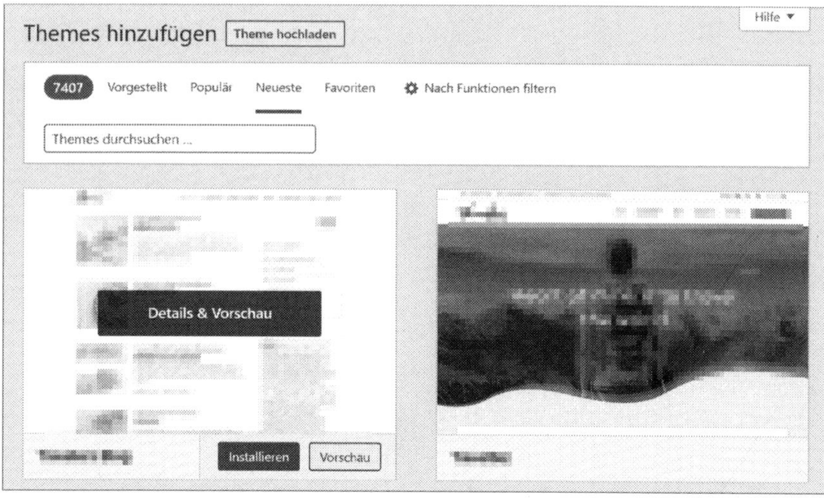

Die Auswahl unter »Themes hinzufügen« (hier der Bereich »Neueste«)

Allerdings ist diese Vorschau meistens weder sehr attraktiv noch entspricht sie exakt dem zuvor in der Übersicht angezeigten Miniaturbild. In der Vorschau sind die von uns bisher erzeugten Inhalte auch gar nicht vorhanden. Stattdessen werden die Standard-Elemente von WordPress dargestellt: die Blog-Seite, Menüpunkte, Grundfarben, eine Beispiel-Seite. Das führt bei WordPress-Neulingen häufig zu verständlicher Enttäuschung und Irritation.

Erst nach der Installation des Themes sehen Sie in einer **»Live-Vorschau«** die vorläufige Umsetzung mit Ihren eigenen Inhalten und können dann im Customizer prüfen, welche Einstellmöglichkeiten das Theme bietet.

Sie müssen sich einfach klar machen, dass die Theme-Hersteller ihre Themes mit speziell angefertigten Demo-Inhalten befüllen. Diese erzeugen dann das beeindruckende Layout, das wir in dem Miniaturbild sehen.

Die Inhalte dagegen, die Sie selbst bisher in WordPress angelegt haben (in unserem Fall vorwiegend die fünf Seiten), sind noch gar nicht für dieses spezielle Theme konfiguriert. Jedes Theme muss individuell ausgearbeitet, an die eigenen Inhalte angepasst bzw. mit eigens dafür erzeugten Inhalten befüllt werden. Das geschieht leider nicht automatisch, sondern erfordert von uns, dass wir uns mit den Anforderungen und Möglichkeiten des Themes intensiv auseinander setzen.

Um ein Theme auf seine Eignung hin beurteilen zu können, sollte man sich nicht auf die Vorschau in der WordPress-Administrationsoberfläche verlassen, sondern im Internet direkt nach dem Theme-Namen und dem Hersteller suchen. Die meisten Hersteller zeigen auf ihren Webseiten ausführliche Demo-Versionen mit speziell dafür angefertigten Inhalten und bieten zusätzliche Infos.

Da WordPress ein sehr beliebtes CMS ist, haben sich inzwischen zahlreiche Programmierer*innen auf die Produktion von WordPress-Themes spezialisiert. Die Suche nach einem passenden Theme gleicht daher wirklich der berühmten Suche nach der Stecknadel im Heuhaufen. Sie sollten für diese Recherche ausreichend Zeit veranschlagen und sich vorher über Ihre Wünsche und Anforderungen an das Theme klar geworden sein. Dann können Sie gezielter suchen und werden nicht von der Vielzahl der Möglichkeiten völlig überwältigt.

Lassen Sie sich nicht von einer vordergründig schönen oder passend scheinenden Optik verführen, sondern prü-

fen Sie genau die Funktionalitäten des Themes.

Generell können Sie auch direkt per Suchmaschine nach interessanten Themes suchen. Geben Sie die für Ihren Zweck passenden Stichworte ein, wie »WordPress Theme Business« oder »WordPress Theme Portfolio Gra-Designer« oder »WordPress Theme mit Veranstaltungskalender«. Das Stichwort »minimal« kann zusätzlich sinnvoll sein, vor allem wenn Sie an optisch übersichtlich gehaltenen Themes interessiert sind.

Wir bleiben aber zunächst einen Moment in der Suche innerhalb der WordPress-Oberfläche. Sie können versuchen, durch das Filtern nach Funktionen das passende Theme zu finden. Dabei treffen Sie eine Auswahl in den Bereichen Thema / Funktionen / Layout und wenden die entsprechenden Filter an. Oder Sie können mit Suchbegriffen arbeiten, am besten auf Englisch. Erwarten Sie bitte keine Wunder. Sollten keine Themes angezeigt werden, heißt das nicht, dass es kein Angebot gibt. Nicht alle am Markt befindlichen Themes finden Eingang in die WordPress-Suchfunktion. Suchen Sie also auf alle Fälle parallel immer mit einer Suchmaschine.

Haben Sie ein Theme in der WordPress-Administrations-Oberfläche gefunden, das Sie ausprobieren wollen, klicken Sie entweder in dem kleinen Übersichtsbild oder in der großen Vorschau auf die Schaltfläche **»Installieren«**. Das Theme wird dann automatisch installiert und erscheint im Anschluss in der Übersicht der installierten Themes unter **»Design – Themes«**. Dort können Sie

mit der Schaltfläche »**Live-Vorschau**« in den Customizer wechseln und prüfen, ob das Theme den von Ihnen gewünschten Anforderungen entspricht und welche Einstellmöglichkeiten es hat. Auch hier wird das optische Erscheinungsbild noch nicht perfekt sein, da jedes Theme individuell angepasst werden muss.

Wollen Sie das Theme verwenden, dann klicken Sie anschließend in der Live-Vorschau oben auf die Schaltfläche »**Aktivieren und Veröffentlichen**«. Prüfen Sie die neue Ansicht Ihres Website-Frontends im Browser und gestalten Sie die einzelnen Elemente des Themes nach und nach mithilfe des Customizers. Einige Themes erzeugen sogar eigene Menüpunkte in der linken Menüleiste der Administrationsoberfläche, in denen Sie zusätzlich zum Customizer weitere Änderungen machen können. Informieren Sie sich dazu auf der Website der Theme-Produzenten.

Tipps für die Theme-Auswahl

Hier beispielhaft einige interessante Optionen, die ein Theme im Customizer bieten kann, und die Sie bei der Auswahl eines Themes berücksichtigen können:

- **Allgemeine Layoutmöglichkeiten** sowie unterschiedliche Layout-Templates für Seiten und Beiträge, zum Beispiel »boxed layout« (festgelegte Breite), Möglichkeiten für Sidebars (Seitenleisten) oder Spalten.
- **Spezielle Startseiten-Layouts**, zum Beispiel One-Page-Startseiten, Magazin-Charakter oder Business-Templates.

- **Typografische Optionen:** zusätzliche Schriftangebote, zum Beispiel mit Google Fonts, erweiterte Formatierungsmöglichkeiten von Text.
- **Eigene Gestaltungselemente**, zum Beispiel Slider (Diashow), Kacheln, Infoboxen, Call-to-Action-Buttons, integrierte Kontaktleisten.
- **Farbgestaltung**, Hintergrundbilder, Header(Kopfleiste)-Gestaltung mit Bildern, Slidern und/oder Videos.
- **Menüvarianten**, zusätzliche Menüleisten / Menüpositionen für unterschiedliche Zwecke, Flexibilität der Menüs, vorbereitete Menüs für soziale Netzwerke (Social Media / Links Menu).
- **Spezielle Widgets** für Zusatzfunktionen.

Vorsicht bei einem Theme-Wechsel!

Eine Theme-Änderung kann sich auf die Sichtbarkeit von Inhalten auswirken. Seien Sie also darauf gefasst, dass das eine oder andere vertraute Element auf Ihrer Website anschließend etwas anders aussieht oder vielleicht zunächst gar nicht mehr sichtbar ist. Die von Ihnen erstellten Seiten und Menüs bleiben in jedem Fall erhalten, denn Sie sind Bestandteil des WordPress-Basissystems. Aber je nachdem, wie das Theme Menüs organisiert, Widgets behandelt oder eigene Einstellungen mitbringt, kann es zu Abweichungen kommen, die man dann jeweils im Customizer abklären und richtig einstellen muss.

Manche Themes enthalten eigene sogenannte »Builder« oder **»Page Builder« (»Seitenbauer«)**. Das kann ganz praktisch sein, weil sich die Gestaltungsmöglichkeiten dadurch erweitern, kann aber auch Probleme bereiten, weil bei einem Theme-Wechsel diese Spezialeinstellungen unter Umständen nicht »mitgenommen« werden können. WordPress-Anfängern rate ich von solchen Buildern eher ab. Lernen Sie lieber zunächst den sicheren Umgang mit den WordPress-eigenen Elementen anhand eines überschaubaren Themes, so vermeiden Sie Frust.

Je mehr Möglichkeiten im Customizer angeboten werden, desto mehr Zeit werden Sie brauchen, um sich in die Einstellmöglichkeiten des Themes einzuarbeiten. Gut dokumentierte Themes mit verständlichen Anleitungen sind gerade für Anfänger sehr hilfreich. Achten Sie also auch auf diesen Aspekt.

Goodies

Bilder vorbereiten mit IrfanView

Wenn man seine Webseiten selbst gestaltet und mit Bildern befüllt, kommt man um etwas Bildbearbeitung im Vorfeld meist nicht herum. Da nicht jeder die Möglichkeit hat, sich in ein professionelles Programm einzuarbeiten, will ich an dieser Stelle kurz ein paar Hinweise für die Arbeit mit dem Programm **IrfanView** geben. IrfanView ist ein für die private Nutzung kostenloses Programm, mit dem man die allernotwendigsten Bearbeitungen durchführen kann.

Wenn Sie tiefer in die Materie einsteigen wollen, sich eine differenzierte Bildretusche wünschen, Collagen machen oder Text in Ihre Bilder einfügen wollen, könnten Sie das kostenlose Programm **GIMP** nutzen oder sich einmal **AFFINITY PHOTO** anschauen, das recht günstig zu erwerben ist. Das sind natürlich rein subjektive Empfehlungen – wenn Sie mit einem anderen Programm gute Erfahrungen gemacht haben und es beherrschen, lohnt sich ein Umstieg meistens nicht.

Das Programm Irfan View können Sie im Internet von der Website **irfanview.com** herunterladen. Dort können Sie oben rechts auf die deutsche Sprache umschalten oder Sie nehmen den direkten Link »https://www.irfanview.com/main_what_is_ger.htm«. Leider glänzt der Download-Prozess auf der Website nicht durch Übersichtlichkeit, weil man zu einer anderen Website geführt wird – wer damit Schwierigkeiten hat, kann den Download auch über die deutsche Seite von Heise machen, unter »www.heise.de/download«. Die Dateien dort sind virengeprüft. Nach dem Download installieren Sie das Programm auf Ihrem Computer durch Doppelklick auf die herunter geladene EXE-Datei. Beim ersten Programmstart ist das Menü noch englisch. Um auf Deutsch umzuschalten, wählen Sie den Menüpunkt »Options« und dann »Change Language«. Wählen Sie in dem nachfolgenden Dialogfenster »Deutsch« aus, bestätigen Sie mit OK. Das Menü sollte jetzt deutsch sein.

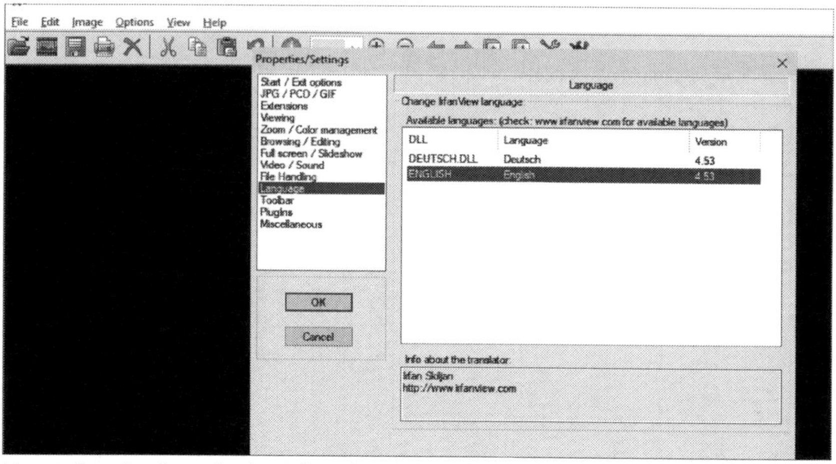

Umstellen der Sprache in »Irfan View«

Um ein Bild in IrfanView zu bearbeiten, öffnen Sie es über den Menüpunkt »Datei – Öffnen« und suchen das Bild im Arbeitsplatz Explorer aus. IrfanView bietet viele verschiedene Möglichkeiten, ich will hier nur auf drei Funktionen eingehen, die bei jeder Bildbearbeitung immer wieder benötigt werden:

- **Bildgröße verändern:**

  Häufig sind Bilder, die wir mit der Digitalkamera oder dem Smartphone machen, zu »groß«, das heißt, sie haben zu viele Pixel, die für Standard-Internetseiten gar nicht erforderlich sind.

  Klicken Sie auf den Menüpunkt »**Bild**« und dann »**Größe ändern**«. Sie sehen folgendes Dialogfenster:

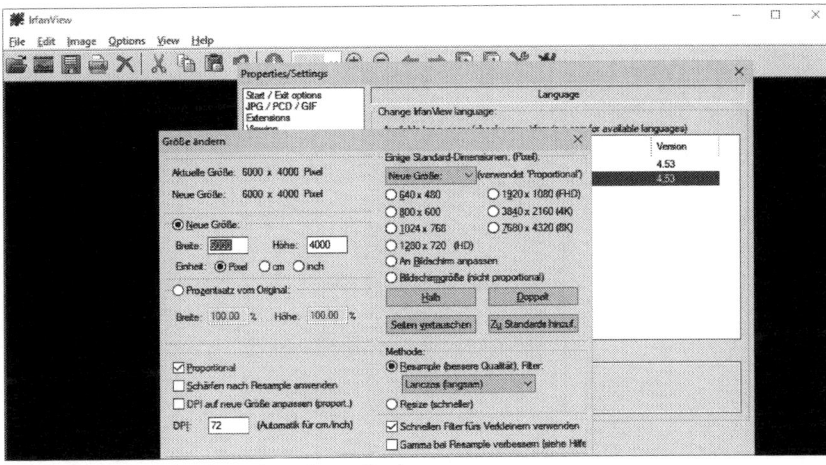

Größe eines Bildes in »Irfan View« ändern

Im oberen linken Bereich werden Ihnen die aktuelle und die neue Größe angezeigt, die zu Beginn natürlich beide gleich sind. Nun können Sie die Größe ändern, indem Sie entweder die Pixelzahl selbst eintragen, oder einen Prozentsatz eintragen oder eine der Standard-Größen links auswählen.

Grundsätzlich werden diese Änderungen immer proportional durchgeführt, um das Bild nicht zu verzerren. Daher ist diese Option bereits markiert, und das sollten Sie auch so belassen. Wenn Sie ein anderes Verhältnis von Länge zu Breite für Ihr Bild wünschen, dann müssen Sie Ihr Bild entsprechend zuschneiden (siehe nächster Punkt). Bestätigen Sie Ihre Änderung der Bildgröße mit OK. Wenn die Änderung nicht sehr groß ist, werden Sie vielleicht keinen großen Unterschied bemerken. Denken Sie aber daran, dass Sie damit Pixel aus Ihrem Bild entfernt haben! Das wird Ihnen auch in der Titelleiste oben angezeigt.

Sie sollten daher das Bild anschließend unbedingt unter einem anderen Namen speichern, am besten direkt in den ganz zu Beginn angelegten Projektordner für Ihre Website. Klicken Sie dazu auf »**Datei**« und dann »**Speichern unter...**« und wählen Sie den richtigen Speicherort aus. Rechts neben dem Dialogfenster »Speichern unter« können Sie sich einige Speicheroptionen anzeigen lassen. Wählen Sie zum Speichern eines JPGs immer eine Qualität von mindestens 80 oder setzen Sie die Qualität gleich auf 100. So vermeiden Sie die berühmten JPG-Artefakte, die ein Bild bröselig und unprofessionell aussehen lassen.

- **Ausschnitte machen:**

Für Headerbilder oder Beitragsbilder in WordPress ist es manchmal besser, Bilder auf ein eher langgestrecktes Format zuzuschneiden. So nehmen Sie auf dem Bildschirm weniger Platz weg. Einen solchen Ausschnitt können Sie in IrfanView herstellen, indem Sie zunächst auf »**Bearbeiten – Spezielle Markierung erstellen...**« klicken. Es erscheint folgendes Dialogfenster:

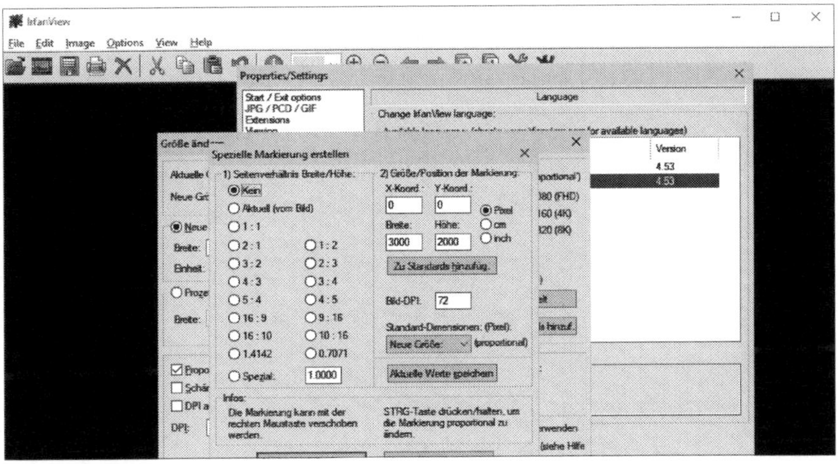

Größe und Proportion von Ausschnitten bestimmen

Dort können Sie eine Markierung in einem vorgegebenen Seitenverhältnis auswählen oder eine eigene Größe eingeben, zum Beispiel 2000 Pixel Breite x 200 Pixel Höhe. Bestätigen Sie Ihre Auswahl mit »**Speichern und Anwenden**«. Anschließend erscheint auf dem Bild ein Kasten in den gewünschten Maßen. Sie können diesen noch mit den Cursor(Pfeil)-Tasten auf dem Bild positionieren.

Um den Ausschnitt zuzuschneiden, gehen Sie dann zu »**Bearbeiten – Freistellen**«. Denken Sie auch jetzt wieder daran, Ihr Bild unter einem sinnvollen Namen in Ihren allgemeinen Projektordner zu speichern.

- **Bildfarbigkeit und Kontrast optimieren:**

Etwas Bildbearbeitung bzw. Retusche können Sie in IrfanView auch machen. Alle Möglichkeiten dazu finden Sie in dem **Menüpunkt »Bild«**. Hier können Sie das Bild drehen und spiegeln, Sie können es auch

in vorgegebene Formen einsetzen (Herz, Stern, etc.) oder sogar einen Effekt-Rahmen hinzufügen.

Das Bild kann außerdem in Graustufen umgewandelt werden, Sie können ein Negativ erstellen, es schärfen oder Filter-Effekte darauf anwenden.

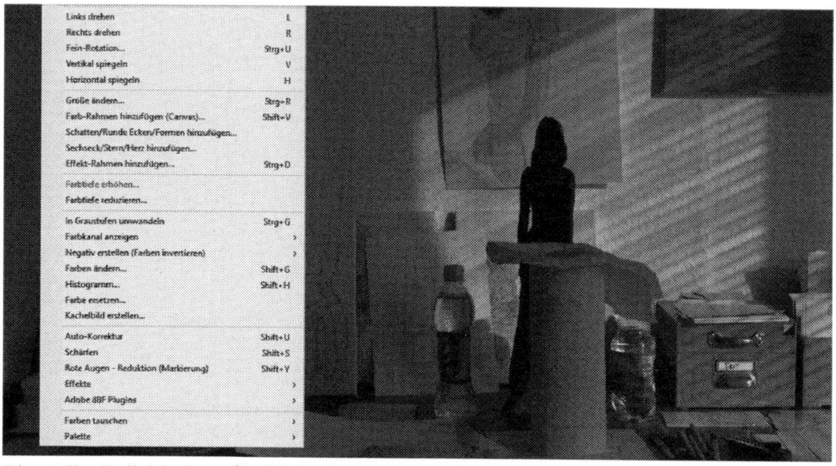

Einstellmöglichkeiten für Bilder im Menüpunkt »Bild«

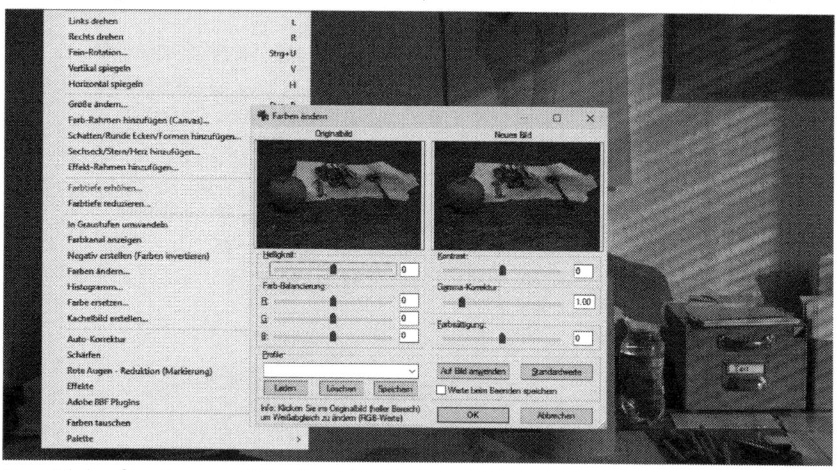

Das Dialogfenster zum Menüpunkt »Farben ändern«

Für die Bildoptimierung empfehle ich Ihnen neben der Variante »**Auto-Korrektur**« den Menüpunkt »**Farben ändern...**«. Hier können Sie die Helligkeit beein-

flussen, den Kontrast verstärken, die Farbsättigung erhöhen oder verringern. Außerdem können Sie über die »**Farb-Balancierung**« die Farbigkeit des Bildes beeinflussen. Am besten probieren Sie die einzelnen Möglichkeiten einfach durch. Durch die beiden Vergleichsbilder im jeweiligen Dialogfenster können Sie die Wirkung der einzelnen Funktionen sofort erkennen. Auch bei der Bildoptimierung gilt: Nach Abschluss unter einem anderen Namen speichern.

Die manuelle WordPress-Installation

Als letztes Goodie beschreibe ich für all jene, die es einmal versuchen möchten, hier noch kurz wie versprochen die manuelle Installation von WordPress.

Dazu gehen Sie so vor:

- Sie legen eine **Datenbank** auf Ihrem Webspace an.
- Sie laden das **WordPress-ZIP** von de.wordpress.org herunter und entpacken die ZIP-Datei anschließend.
- Die entpackten Einzeldateien laden Sie mit einem **FTP-Programm** auf Ihren Webspace hoch.
- Sie starten die **WordPress-Installation**. Diese dauert etwa 5 Minuten und verbindet die Datenbank mit den hochgeladenen WordPress-Dateien. Fertig!

Schritt 1: Datenbank anlegen

Jede Datenbank hat einen eigenen **Namen**, außerdem einen **Benutzernamen** und ein **Passwort**. Teilweise sind

diese Informationen vom Hosting-Anbieter schon vorgegeben. Bei der späteren WordPress-Installation müssen diese Informationen angegeben werden. Also: Notieren Sie alles in Ihrem Konzeptdokument. Achtung! Das sind nicht die gleichen Namen bzw. Passworte wie bei der späteren WordPress-Installation.

Rufen Sie als Erstes die Website Ihres Hosting-Anbieters auf und loggen Sie sich in Ihr Kundenkonto ein. Suchen Sie dann nach einem Menüpunkt **»Datenbank«** oder **»Datenbank anlegen«**. Folgen Sie dort den Anweisungen zum Anlegen einer Datenbank und notieren Sie die dazu gehörigen Eingaben.

Schritt 2: WordPress-ZIP-Datei herunterladen

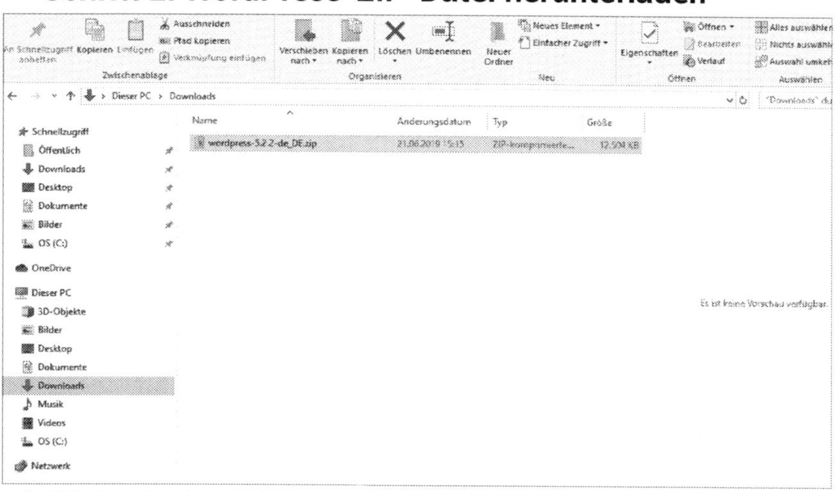

Die ZIP-Datei in dem Ordner Downloads

Rufen Sie die Website **»de.wordpress.org«** auf. Sie kommen zu der deutschen WordPress-Seite. Klicken Sie auf den Button »**Hol Dir WordPress**« und auf der nächsten Seite auf **»WordPress 5.x.x. herunterladen«**. Je nach

Browser, den Sie benutzen, wird die ZIP-Datei entweder direkt in den Ordner »Downloads« gespeichert oder Sie können selbst einen Speicherort angeben. Suchen Sie anschließend im Arbeitsplatz den entsprechenden Ordner, also »Downloads« oder den selbst gewählten.

Entpacken Sie die ZIP-Datei, indem Sie in der Menüleiste des Arbeitsplatz Explorers auf **»Extrahieren«** und anschließend **»Alle extrahieren«** klicken. Windows extrahiert die Dateien in einen neuen Ordner mit dem Namen »wordpress«, der wiederum in einem Ordner namens »wordpress-5.x.x-de_DE« liegt. Die ursprüngliche ZIP-Datei und die extrahierten Dateien liegen dadurch nun beide im Ordner Downloads.

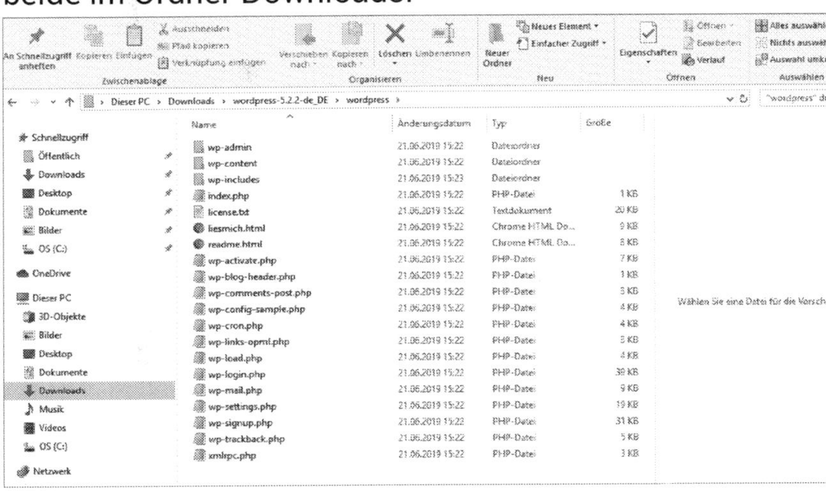

Die entpackten Dateien der ZIP-Datei

Sie können beides später wieder löschen, wenn Sie WordPress auf dem Webspace installiert haben. Es lohnt sich nicht, die Dateien zu archivieren, da es immer wieder neue WordPress-Versionen zum Download gibt. Wenn Sie also WordPress erneut installieren wollen, laden Sie lieber

gleich die neueste Version aus dem Internet herunter.

Schritt 3: WordPress-Dateien hochladen

Ist die WordPress-ZIP-Datei vollständig entpackt, sehen Sie nun einen Ordner **»wordpress«**. Darin befinden sich die Ordner »wp-admin«, »wp-content«, »wp-includes« sowie verschiedene PHP-Dateien und die »lies mich.html«. Diese Dateien und Ordner müssen alle auf Ihren Webspace hoch geladen werden. Das können Sie wahrscheinlich im Kundenbereich Ihres Anbieters direkt machen. Suchen Sie nach »FTP-Upload« oder »Web-Upload«.

Ich nutze für den Upload von Dateien lieber ein FTP-Programm, das ist meistens etwas komfortabler in der Handhabung. Das kostenlose Programm FileZilla ist ein solches **FTP-Programm**. Laden Sie FileZilla von der Website **»filezilla-project.org«** herunter und installieren Sie es auf Ihrem Computer. Anschließend richten Sie in diesem FTP-Programm den FTP-Zugang zu Ihrem Webspace ein. Denn das FTP-Programm muss sich ja auf den Webspace einwählen können. Auch hier benötigen Sie wieder extra Benutzernamen und Passwort. Sie erhalten diese Informationen vom Hosting-Anbieter beziehungsweise können sich dort im Kundenmenü einen neuen FTP-Zugang einrichten. Suchen Sie nach einem Menüpunkt »FTP« oder »FTP-Zugang«. Denken Sie wieder daran, die Zugangsdaten zu notieren, damit Sie sie anschließend in FileZilla eintragen können.

Haben Sie Ihren FTP-Zugang im FTP-Programm konfi-

guriert, können Sie sich in Ihren Webspace einwählen. Sie landen auf der so genannten »**root**« (Wurzel), der obersten Verzeichnis-Ebene. Es kann sein, dass dort schon einige Dateien liegen, die von dem Hosting-Anbieter standardmäßig erzeugt werden, zum Beispiel um Besuchern eine vorläufige »Baustellenseite« anzuzeigen.

Bei einer WordPress-Installation benötigen manche Anbieter im Installationsablauf spezielle Angaben, informieren Sie sich also am besten vorher noch auf der Website Ihres Hosting-Anbieters dazu.

Sie können, wenn Sie wollen, auf dem Webspace für Ihre Website vor dem Hochladen der WordPress-Dateien einen eigenen Ordner anlegen, wie »blog« oder »website«. Wenn Sie zum Beispiel das Arbeiten mit WordPress erst einmal testen und kennenlernen wollen, könnten Sie ein Verzeichnis mit dem Namen »test« anlegen und dort einen ersten Testlauf machen, den Sie später wieder löschen.

Nun können Sie die WordPress-Dateien entweder direkt auf die Root-Ebene laden, oder in das eigens angelegte Verzeichnis. In dem FTP-Programm FileZilla zum Beispiel sehen Sie auf der rechten Seite Ihren Webspace, auf der linken Seite Ihren PC-Arbeitsplatz. Klicken Sie sich auf der linken Seite bis zu dem Ordner durch, in dem Ihre entpackten WordPress-Dateien liegen und öffnen Sie ihn mit Doppelklick. Auf der rechten Seite, Ihrem Webspace, sind Sie auf der Root-Ebene oder Sie öffnen das von Ihnen zuvor eigens angelegte Verzeichnis (z. B. »test« oder »blog«).

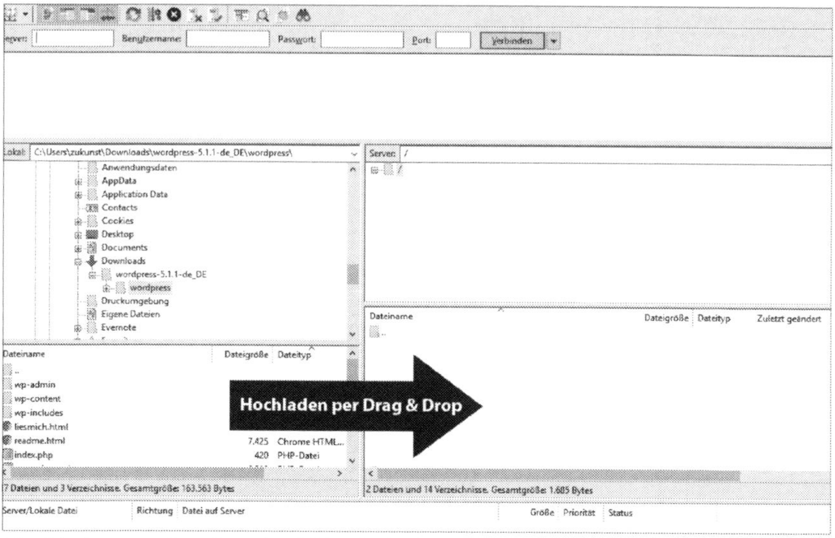

Hochladen von Dateien via FTP mit dem Programm »Filezilla«

Jetzt markieren Sie alle Dateien auf der linken Seite und ziehen diese mit gedrückter Maustaste in den rechten Bereich – der Hochladeprozess startet automatisch und dauert einige Minuten. Ist das Hochladen abgeschlossen, sollten in der linken und der rechten Spalte von Filezilla die gleichen Datei- bzw. Ordnernamen zu sehen sein.

Schritt 4: Installation durchführen

Sie haben erfolgreich eine Datenbank angelegt und die WordPress-Dateien auf Ihren Webspace hochgeladen. Jetzt muss WordPress noch mit der Datenbank verknüpft werden, auf die es später zugreifen soll. Dieser Teil der WordPress-Installation besteht aus fünf Schritten.

Um mit der Installation zu starten, tippen Sie in die Adresszeile Ihres Browsers Ihre geplante Internetadresse ein, also z. B. »**www.ich-supermensch.de**«. Haben Sie die WordPress-Dateien in ein eigenes Verzeichnis auf dem

Webspace abgelegt, dann lautet in diesem Fall die Eingabe: »www.meineseite.de/meinWordPressVerzeichnis«, also in unserem Beispiel: »www.ich-supermensch.de/blog«.

Es erscheint nun als Erstes eine Infoseite von WordPress, die Sie in Ruhe durchlesen sollten:

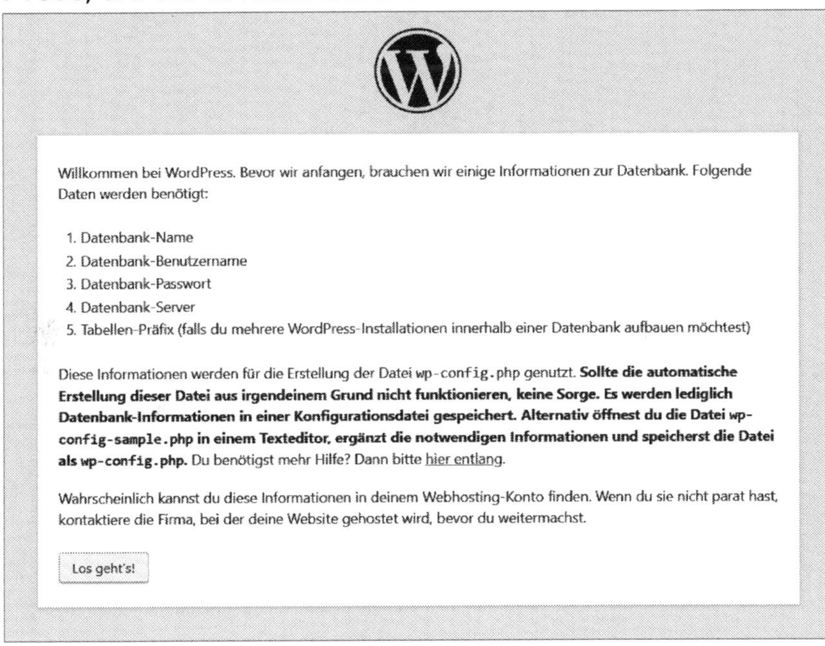

1: die WordPress-Installation im Browser

Halten Sie die **Angaben zur Datenbank** bereit, die Sie vorhin in Schritt 1 angelegt und notiert haben. Dann auf den Button »**Los geht's**« klicken. Auf der nächsten Seite müssen Sie die Angaben zur Datenbank eintragen – und anschließend den Button »Senden« anklicken.

2: Die Angaben zur Datenbank eintragen

Wenn Ihre Angaben richtig sind, sollte eine Erfolgsmeldung erscheinen, wenn nicht, wird Ihnen dies auch mitgeteilt und Sie müssen einen neuen Versuch starten. Vielleicht hat sich ein Tippfehler oder eine Verwechslung eingeschlichen? Prüfen Sie alles noch einmal, tragen Sie auch das richtige Passwort ein. Dann sollte folgende Meldung erscheinen:

> *»Alles klar! Diesen Teil der Installation hast du geschafft. WordPress kann jetzt mit deiner Datenbank kommunizieren.«*

Die Datenbanken sind also eingerichtet und mit WordPress verknüpft. Jetzt kann die eigentliche WordPress-Installation gestartet werden.

Klicken Sie auf »**Installation durchführen**«!

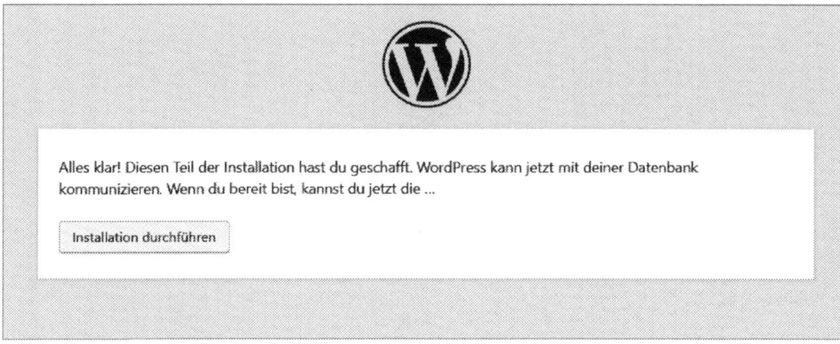

3: Die Datenbank ist mit WordPress verbunden

Im nächsten Schritt müssen Sie wieder einige Angaben in ein Formular eintragen. Der »**Titel der Website**« kann später unproblematisch überschrieben werden. Der »**Benutzername**« dagegen sollte mit Überlegung gewählt werden, denn er kann im Nachhinein nur mit großem Aufwand geändert werden. Sie kennen das bereits von der One-Click-Installation in Kapitel 2.

4: Weitere Angaben zur Installation

Beim »**Passwort**« schlägt WordPress Ihnen in dem Formularfeld bereits ein Passwort vor, das die üblichen Anforderungen an die Sicherheit erfüllt. Sie können dies übernehmen oder eine eigene Kreation einsetzen.

Notieren Sie sich den Benutzernamen und das Passwort in der exakten Schreibweise, am besten in Ihr Konzeptdokument, bevor Sie mit der Installation fortfahren – ansonsten können Sie sich später nicht in die Benutzeroberfläche von WordPress einloggen und müssen die ganze Installation unter Umständen nochmal machen.

Im nächsten Feld unterhalb des Passworts tragen Sie eine »**E-Mail-Adresse**« ein, und zwar eine, die Sie auch wirklich benutzen. Diese Angabe ist erforderlich, da WordPress Ihnen gelegentlich wichtige Informationen schickt – also bitte keine Wegwerfadresse verwenden! Sollten Sie später einmal die E-Mail-Adresse ändern, lässt sich das in WordPress problemlos machen.

Das Feld »Suchmaschinen davon abhalten, diese Website zu indexieren« sollten Sie deaktiviert lassen, es sei denn, Sie wollen nicht gefunden werden. ;-)

Geschafft! Jetzt nur noch auf »WordPress installieren« klicken und einen kurzen Augenblick Luft holen. Dann werden Sie beglückwünscht und können sich im Anschluss in der WordPress-Administrations-Oberfläche anmelden.

5: Bestätigung der erfolgreichen Installation

Wie gesagt, ob Sie sich für die One-Click-Installation oder die manuelle Variante entscheiden, bleibt ganz Ihnen überlassen. Eine WordPress-Website ist ja nicht für die Ewigkeit, und wenn man Neues dazu gelernt hat, geht man einfach mit mehr Erfahrung an ein solches Projekt heran.

Auf den nächsten Seiten finden Sie noch einige Links zu Infoseiten, Theme-Anbietern, Hilfsprogrammen und Bilddatenbanken. Ich verabschiede mich hier von Ihnen und wünsche Ihnen viel Erfolg bei der Arbeit an Ihrem Website-Projekt!

Links

Allgemeine Infoseiten

- **www.wordpress.org**
  Hauptseite von WordPress, englisch
- **de.wordpress.org**
  deutsche Version der Hauptseite,
  Download der aktuellen WordPress-Version
- **www.wpde.org**
  deutsches Nutzerforum zu WordPress
  für Fragen und Austausch
- **de.wikipedia.org/wiki/WordPress**
  historische Hintergrundinformationen zu WordPress
- **gutenberg-fibel.de**:
  Infos und Erklärungen zum Gutenberg-Editor
- **www.e-recht24.de**
  Online-Generator für Impressumtexte
- **www.datenschutz-generator.de**
  Online-Generator für Datenschutztexte

Hilfreiche Software

Die hier aufgeführten Hersteller, Programme und Internetseiten stellen eine rein subjektive und unvollständige Auswahl dar!

- **FTP-Programm:**
  Filezilla
  (zum Hochladen von Dateien auf den Webspace)
  www.filezilla-project.org
  www.filezilla.de (deutscher Ableger)

- **Programme zur Bildbearbeitung:**
  Tinypic (deutsch)
  www.efpage.de/Tinypic.html
  Faststone
  www.faststone.org/FSResizerDetail.htm
  Irfanview (deutsch)
  www.irfanview.com
  Gimp
  www.gimp.org

- **Bildverkleinerung online im Browser:**
  www.fotosverkleinern.de

- **Programm zur Video- und Musikoptimierung:**
  Freemake Video Converter
  www.freemake.com

- **Verschiedene nützliche Software:**
  www.heise.de/download

Theme-Anbieter

- www.elegantthemes.com
- www.themify.com
- www.themeforest.com
- www.themegrill.com
- www.elmastudio.de (deutsche Entwickler)

Bilddatenbanken

Die hier erwähnten Bilddatenbanken verwenden verschiedene Lizenzmodelle für die Verwendung des Bildmaterials – bitte prüfen Sie diese für Ihr Website-Projekt im Einzelfall nach!

- www.pixabay.com
- www.pexels.com
- www.unsplash.com
- www.stocksnap.io
- www.openphoto.net
- www.pickupimage.com
- www.realisticshots.com
- www.splitshire.com
- www.libreshot.com
- www.commons.wikimedia.org

Danke!

Ich hoffe das Buch hat Ihnen weiter geholfen. Haben Sie konkrete Fragen oder Themenvorschläge? Schreiben Sie mir eine E-Mail: mail@mariabest.de.

Wer meine Website mariabest.de besucht, sieht sofort, dass ich nicht die typische Technik-Themen-Autorin bin. Ich mache Kunst, analog wie digital, Texte und Illustrationen, außerdem Medienseminare mit Erwachsenen und Kunst-Workshops mit Kindern. Und Bücher.

Warum beschäftige ich mich als Künstlerin überhaupt mit digitalen Medien? Technik ist die Grundlage von Kultur. Es geht darum, Dinge zu gestalten – ob es sich nun um Internetseiten handelt, um Bücher oder um Kunstwerke.

Das Thema Internetseiten begleitet mich schon lange – meine erste Website habe ich 1994 »programmiert«, damals natürlich von Hand zu Fuß und ohne unser schönes praktisches WordPress-System. Ich finde es nach wie vor faszinierend, was alles im Bereich Computertechnik entwickelt wird. Es kommt nur darauf an, was wir daraus machen. Dazu will ich möglichst vielen Menschen eine verständliche Hilfestellung geben.

In der Reihe schnell.durch.blick. gibt es außerdem:

- **Ihre Homepage mit WordPress 5 und dem Gutenberg-Editor**

  Von der ersten Idee zur praktischen Umsetzung in sieben simplen Schritten

  ISBN 978-1-0772-1654-9

- **Ihre Vereins-Homepage mit WordPress 5**

  Blogfunktionen sinnvoll nutzen
  ISBN 979-8-6735-3553-0
  (erscheint Ende August 2020)

Wollen Sie über meine aktuellen Projekte auf dem Laufenden bleiben?

Besuchen Sie meine Website - dort können Sie unter mariabest.de/newsletter/ meinen Newsletter abonnieren. Kostenfrei und zwanglos, E-Mail-Adresse genügt.

Ich freue mich über eine Rezension von Ihnen. Sie helfen damit anderen Lesern bei der Kaufentscheidung und geben uns Autoren ein äußerst wichtiges Feedback.

Vielen Dank!

Bis zum nächsten Buch ;-)

Ihre Maria Best

WWW

Impressum

Herausgeberin:

Maria Best
Saargemünder Straße 62A
D-66119 Saarbrücken

Text + Cover + Illustrationen:
© Maria Best
www.mariabest.de
mail@mariabest.de

Wollen Sie mir folgen?
Sie finden mich auch auf Twitter, Facebook, Instagram, Pinterest und YouTube

Meine Autorenseite bei Amazon:
https://www.amazon.de/Maria-Best/e/B07VG4TNBT

ISBN: 978-1-7089-5984-5

Druck des Paperbacks: KDP Amazon Europe
2. Auflage August 2020

Bibliografische Information der Deutschen Nationalbibliothek:

Die Deutsche Nationalbibliothek verzeichnet diese Publikation in der Deutschen Nationalbibliografie; detaillierte bibliografische Daten sind im Internet über http://dnb.d-nb.de abrufbar.

Printed in Germany
by Amazon Distribution
GmbH, Leipzig

21089253R00109

GALERIE DES COUVERTURES ALTERNATIVES DE *EARTHDIVERS*

EARTHDIVERS N°4

DESSIN *Maria Llovet*

EARTHDIVERS N°5

DESSIN *Heather Vaughan*

EARTHDIVERS N°6

DESSIN *J.J. Lendl*

EARTHDIVERS N°4

DESSIN *Caitlin Yarsky*

EARTHDIVERS N°5

DESSIN *Tiffany Turrill*

EARTHDIVERS N°6

DESSIN *Daniel Irizarri*

GALERIE DES COUVERTURES ALTERNATIVES DE *EARTHDIVERS*

EARTHDIVERS N°1
DESSIN *Maria Wolf*
COULEURS *Mike Spicer*

EARTHDIVERS N°2
DESSIN *Angel Hernandez*
COULEURS *DC Alonso*

EARTHDIVERS N°3
DESSIN *Jim Terry*

EARTHDIVERS N°1
DESSIN *Christian Ward*

EARTHDIVERS N°2
DESSIN *Werther Dell'Edera*
COULEURS *Emilio Lecce*

EARTHDIVERS N°3
DESSIN *Ramon Villalobos*

COUVERTURES ALTERNATIVES POUR *EARTHDIVERS*

SIGNÉES *Aaron Campbell*

EARTHDIVERS N°1

EARTHDIVERS N°2

EARTHDIVERS N°3

EARTHDIVERS N°4

EARTHDIVERS N°5

EARTHDIVERS N°6

Page 10

Panel 1: What Sosh was indicating to Tad: the knife he threw at Columbus, buried in the hung-up sailor alongside Tad!

1 TAD INTERNAL CAPTION: You're not even born for 600 years, Sosh, and you're still saving me.

#

Panel 2: Tad's gymnastics to get that knife (feet? hands?). I was going to have him swing back and forth, but that takes too long, and we're already jammed for time. My guess? Feet. So, he can barely reach the knife with his toes, say.

2 TAD [his strain, the grossness]: Ughh.

#

Panel 3: Tad landing hard on deck. On his FEET. A decisive moment. The cut ropes falling around him.

3 TAD INTERNAL CAPTION: And now to sail a ship without any sails.

#

Panel 4: That mainsail, with those three tears in it, making it useless.

4 TAD INTERNAL CAPTION: And kill a man who can't be killed.

#

Panel 5: From the torn sail, Tad's now looking to Pinzon's face he skinned off, still where it landed on the deck on page 3.

5 TAD INTERNAL CAPTION: Trick is, you can't think like someone from the space age.

#

Panel 6: Black panel [really liking those for this issue]. But? put HIS eyes here, if you think that's cool.

6 TAD INTERNAL CAPTION: You've got to think like the savage they say you are, Tad.

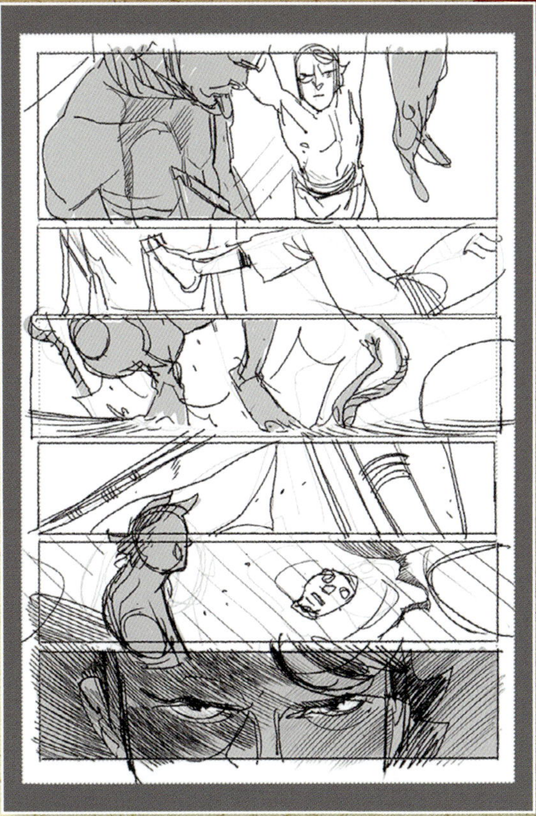

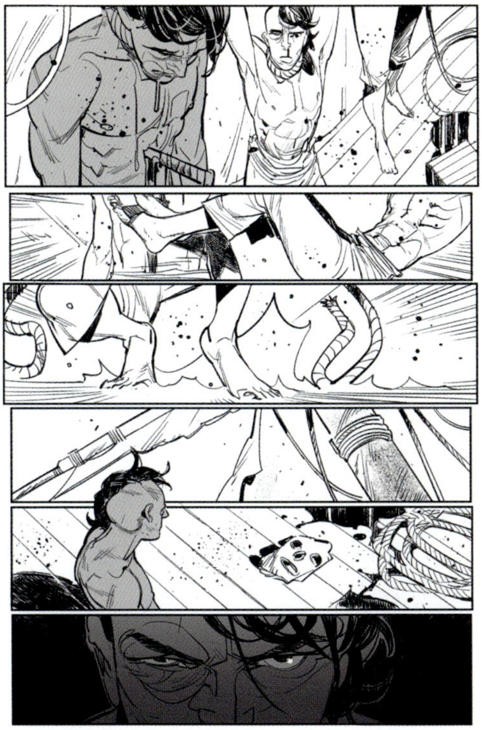

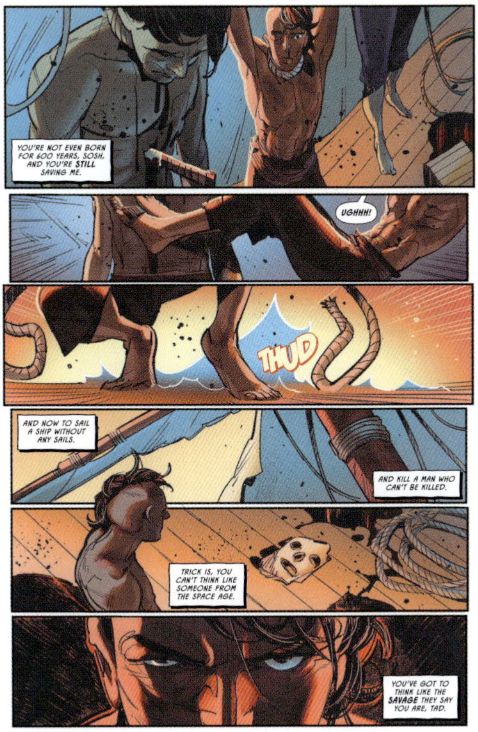

Page 9

Panel 1: The Niña, adrift, sail-less save that one sail.

1 EMILY NOTE CAPTION: It WILL be.

[*Maggie, Davide: you can tell of course that I'm using this post-lap (as opposed to pre-lap) transition over and over in this issue. kind of the lowest level of transition, yes. nothing clever, nothing showy. reason: I'm trying to knit all three timelines into each other, make them a smear of narrative instead of dramatic installments meant to prolong. code: "we're not prolonging anymore, but ENDING."*]

#

Panel 2: Tad in bad shape, tied to the mast, arms out, affixed to the yardarm (which is to say: cruciform, yes). He's balancing on that upturned bucket and watching a seagull or boatswain or boobie or SOME bird scavenge grossly on a dead sailor (either one hanging up beside him, or one on-deck, whatever works best).

2 TAD INTERNAL CAPTION: So THIS is where the future comes to die.

#

Panel 3: Flashback. Tad and Sosh by the wifi mesa in 2112. Maybe a repeat of or an alternate take on that panel from the end of issue 1, where their backs are to us and they're looking out/into the future? But, no Ship's Boy beside them this time. Another option: their hands in one another's.

3 TAD INTERNAL CAPTION: Was it worth it?

#

Panel 4: Repeat of Tad looking up from that book in the 2112 library, and seeing Sosh.

4 TAD INTERNAL CAPTION: What you cashed in to try build a better tomorrow?

#

Panel 5: Sosh, IN that library memory, is nodding or pointing up. Tad (in the memory as well) is looking around to what she means

5 TAD: Wha--?

[this is one of my more favorite transitions]

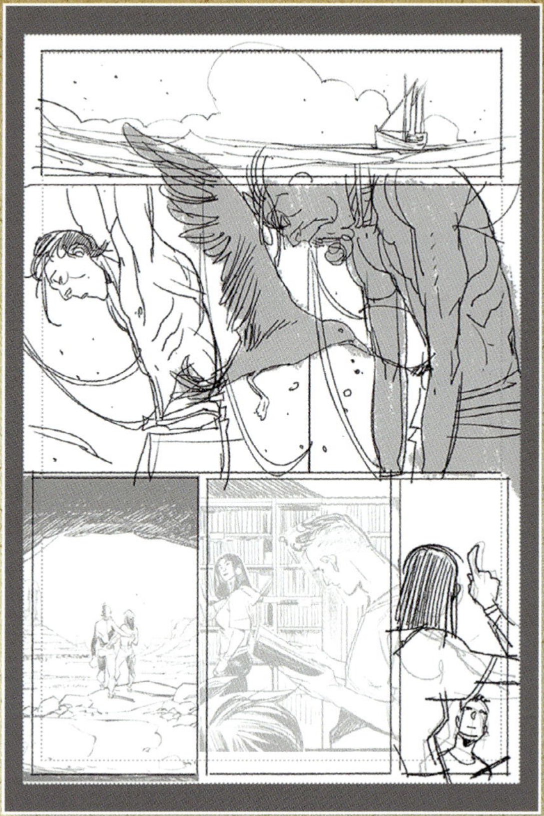

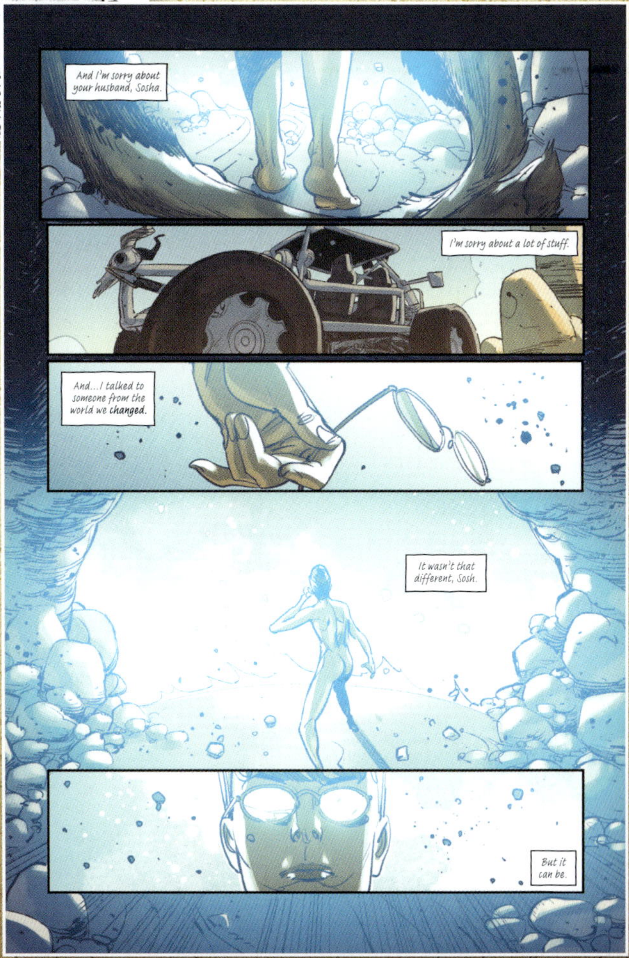
And I'm sorry about your husband, Sosha.
I'm sorry about a lot of stuff.
And... I talked to someone from the world we **changed**.
It wasn't that different, Sosh.
But it can be.

DU SCÉNARIO À LA MISE EN PAGE

Earthdivers n°6, - pages 8 à 10

Page 8

Panel 1: The back of Emily's bare lower legs. She's standing at the edge of the cave, darkness in front of her. The coyote robe has fallen down around her feet (meaning, she's naked, she's prepped for time-travel).

1 EMILY NOTE CAPTION (maybe the script here can match Emily's handwriting?): And I'm sorry about your husband, Sosha.

#

Panel 2: The dune buggy, parked out in the desert. Nobody to drive it, because they're all gone/dead.

2 EMILY NOTE CAPTION: I'm sorry about a lot of stuff.

#

Panel 3: Close on the broken spectacles Emily's holding.

3 EMILY NOTE CAPTION: And -- I talked to someone from the world we changed.

#

Panel 4: Emily, facing the back of the cave, which is starting to shimmer.

4 EMILY NOTE CAPTION: It wasn't that different, Sosh. [no longer "Sosha"]

#

Panel 5: Emily's face. Her eyes. She's got the broken spectacles ON, now. Reflected in that glass is the shimmering blueness of the time-travel portal, flickering alive.

5 EMILY NOTE CAPTION: But it can be.

DAVIDE
GIANFELICE
2022

EMILY

TAMMY

TAPE ?

COLUMBUS

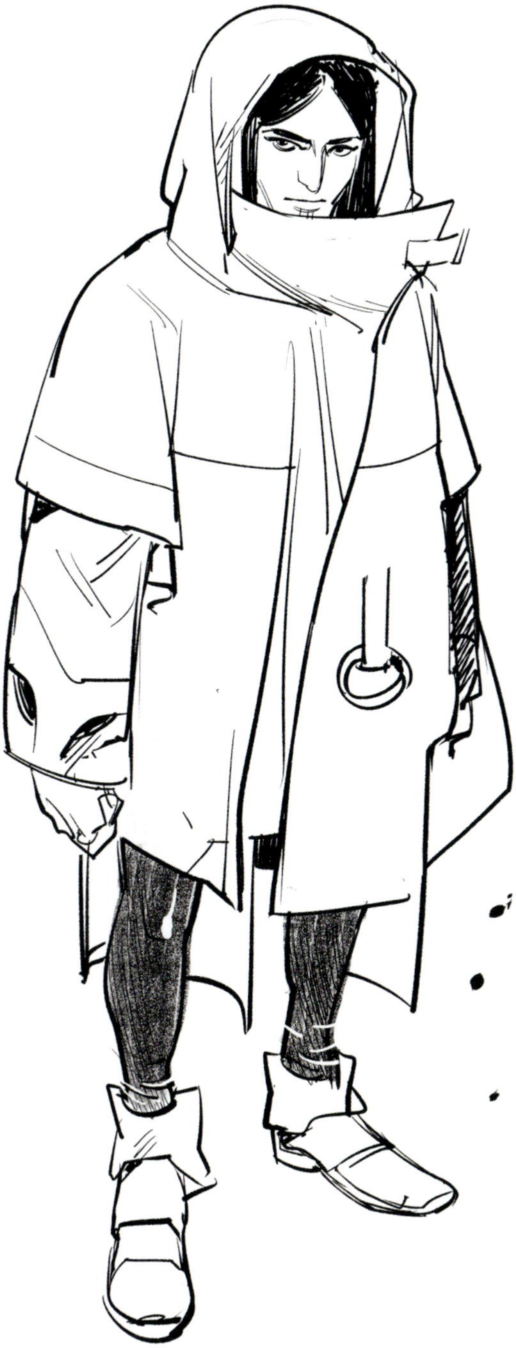

JOSH

ÉTUDES DE PERSONNAGES PRÉLIMINAIRES
PAR DAVIDE GIANFELICE

Stephen Graham Jones est un auteur plébiscité par le New York Times. Il a signé une trentaine de romans et d'anthologies, mais aussi des nouvelles et des comics. Les plus récents sont *The Only Good Indians* (*Un bon Indien est un Indien mort,* chez Rivage), *My Heart Is A Chainsaw* (*Mon cœur est une tronçonneuse,* chez Rivage), *Don't Fear The Reaper,* sans oublier sa série inédite *Earthdivers* parue chez IDW. Stephen vit et enseigne à Boulder dans le Colorado. Il possède quelques camions à retaper, un doctorat et beaucoup trop de bottes.

Davide Gianfelice est né à Milan en 1977. Artiste versatile, il a travaillé pour Vertigo sur les premiers numéros de *Northlanders* et *Greek Street.* Il a également œuvré sur différentes séries chez DC Comics, Marvel, Dark Horse, Skybound, Image et Boom! Quand il a du temps libre, il apprécie de voyager de par le monde avec son chien.

POUR NOUS.
POUR TOI.
CRK CRRK CRRRK
POUR LE MONDE.
ET POUR L'AVENIR.
OH.

"Des Indiens ! Des Indiens !" cria Colomb...
SHLRRK
... le cœur empli d'une fierté débordante.
CRACK!
J'AI RÉUSSI, SOSH.

"... DE NE PAS ENTRER DANS LA GROTTE."

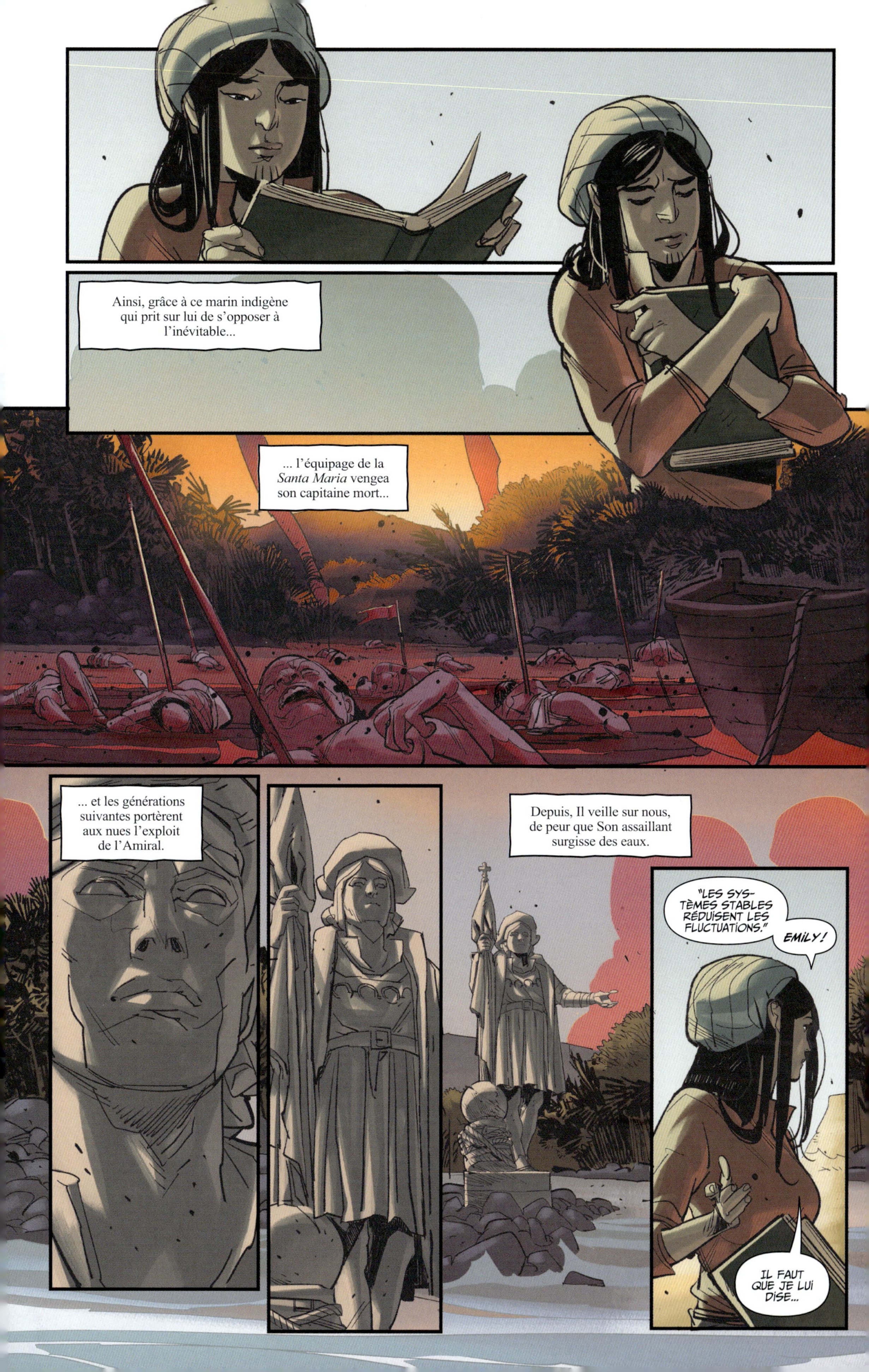
Ainsi, grâce à ce marin indigène qui prit sur lui de s'opposer à l'inévitable...
... l'équipage de la *Santa Maria* vengea son capitaine mort...
... et les générations suivantes portèrent aux nues l'exploit de l'Amiral.
Depuis, Il veille sur nous, de peur que Son assaillant surgisse des eaux.
"LES SYSTÈMES STABLES RÉDUISENT LES FLUCTUATIONS."
EMILY !
IL FAUT QUE JE LUI DISE...

OH, TAD.
NAVRÉE QUE TU AIES DÛ... CE N'EST PAS QUI TU ES, ÇA.
PAS QUI TU ÉTAIS.
ON A RÉUSSI...
... ON A RÉUSSI.
ON L'A FAIT POUR TOI, AMÉRIQUE...
"... OU QUEL QUE SOIT LE NOM QU'ON VOUDRA TE DONNER."

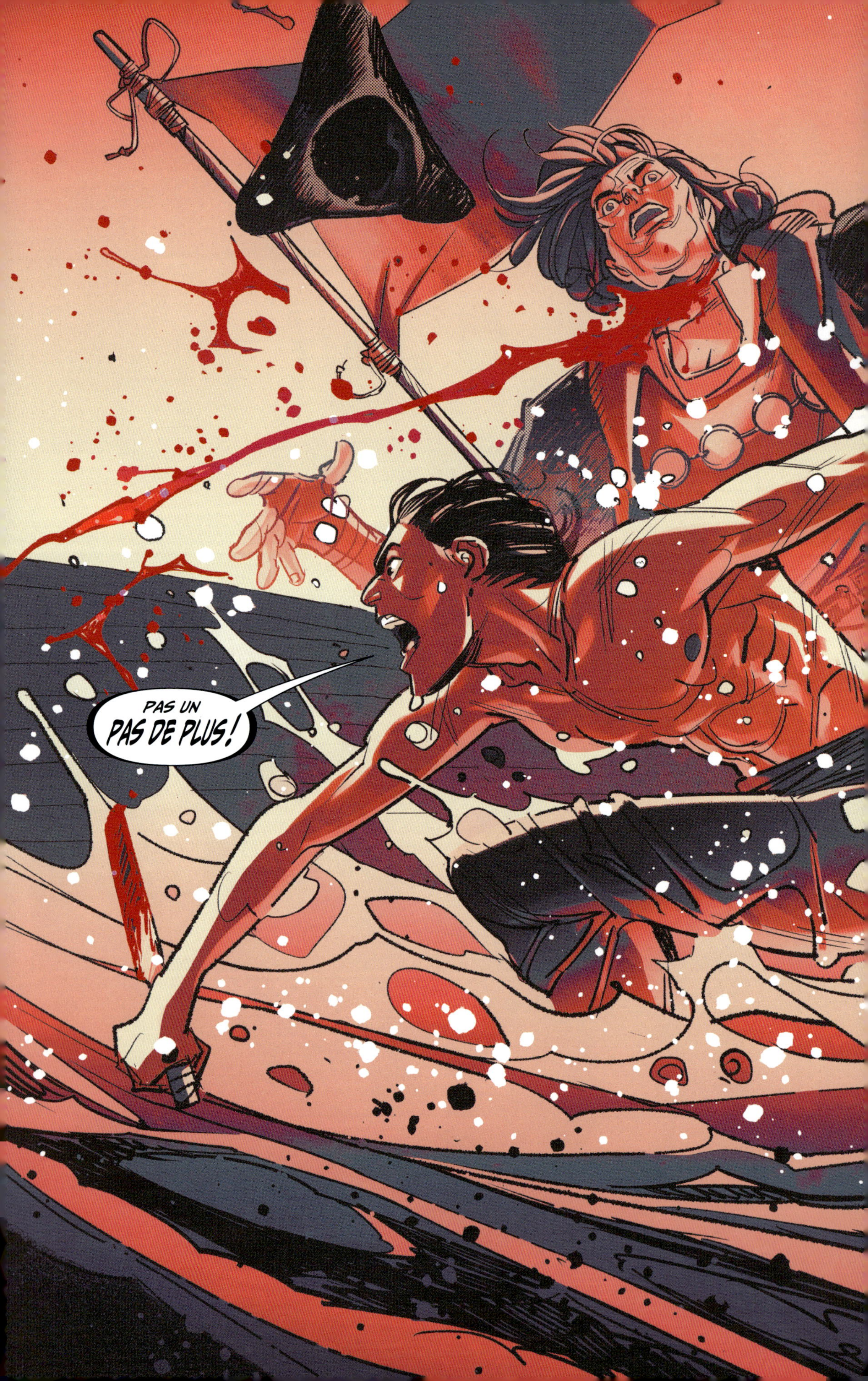
PAS UN PAS DE PLUS !

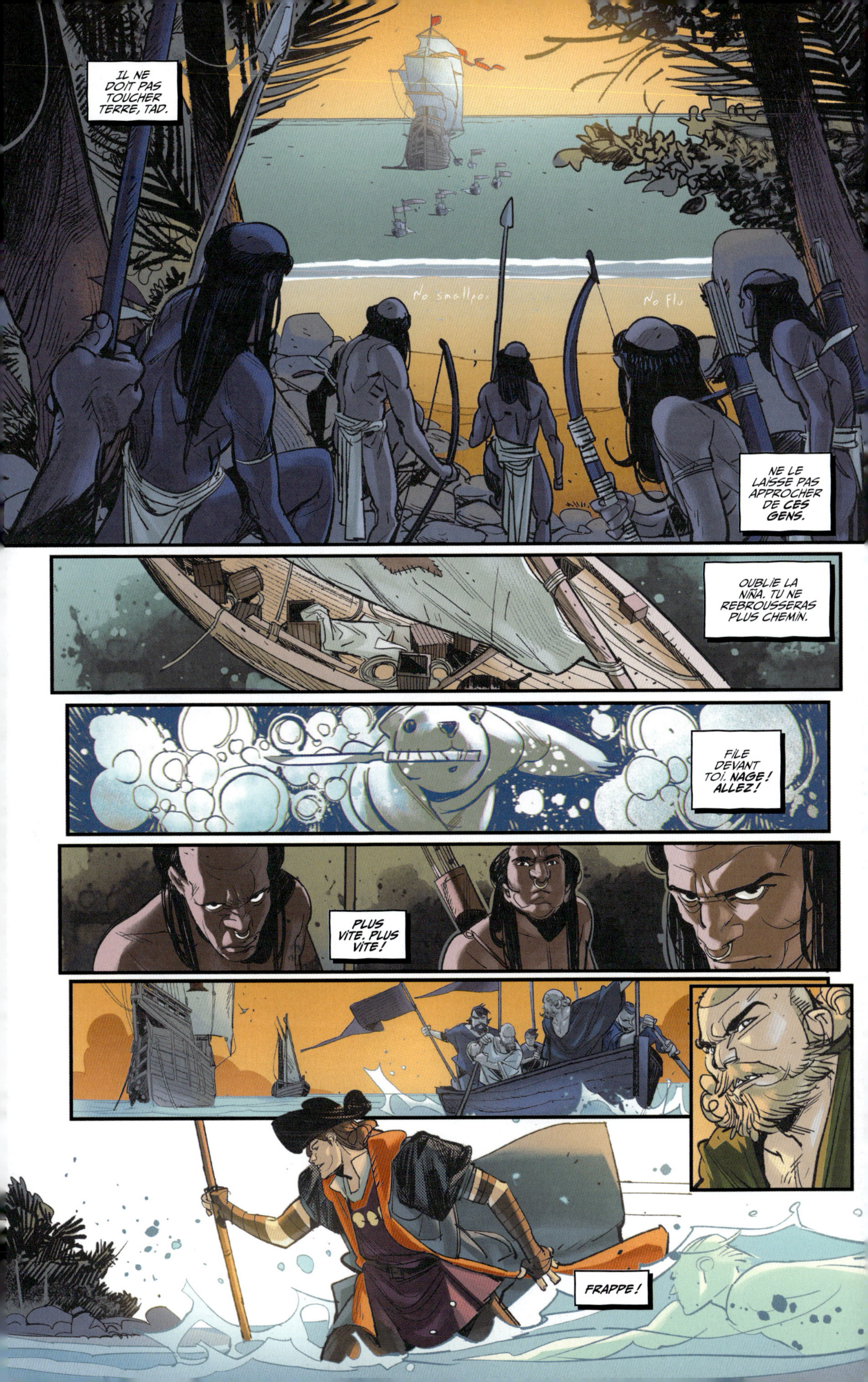
IL NE DOIT PAS TOUCHER TERRE, TAD.
No smallpox
No flu
NE LE LAISSE PAS APPROCHER DE CES GENS.
OUBLIE LA NIÑA. TU NE REBROUSSERAS PLUS CHEMIN.
FILE DEVANT TOI. NAGE ! ALLEZ !
PLUS VITE. PLUS VITE !
FRAPPE !

"IL S'EST SERVI DE CE QU'IL SAVAIT SUR LE PREMIER VOYAGE."
LA STERNE S'EST TROUVÉE ICI..."
"ICI, C'ÉTAIT LE BÉCASSEAU."
"LÀ, LE MÂT. LÀ, L'HERBE."
"LES POISSONS VOLANTS."
"LE VESTIGE DE CIVILISATION."
C'est dingue, non ?
TE-TERRE !

ALORS COMME ÇA, T'ES RIEN D'AUTRE QU'UN TUEUR DE GOSSES ?
ARRÊTE ! IL... IL LE FALLAIT ! ILS ALLAIENT PARLER DE LA GROTTE À LEURS PARENTS ! C'ÉTAIT EUX OU... OU LE MONDE ENTIER !
VAS-Y ! JUSTIFIE LE MEURTRE D'ENFANTS ! J'AI HÂTE D'ENTENDRE ÇA.
LA GROTTE A-T-ELLE UN POUVOIR ? TAD EST-IL VRAIMENT DANS LE PASSÉ ?
C'EST POUR ÇA QUE TU N'Y ES PAS ALLÉ ET QUE T'AVAIS BESOIN DE NOUS ?
ATTENDS, ATTENDS... LIS CE LIVRE. IL EST LÀ-BAS ! IL L'A FAIT, SOSH !
"IL A TUÉ COLOMB."

KRSH
QUOI ? NON !
ALORS, CE FOU D'ORDI, CE MINEUR DE DONNÉES TUA LA FILLE **EN PREMIER**, CAR ELLE ÉTAIT LA PLUS RAPIDE. ENSUITE --
KRRSH
K-KR-KRNCH

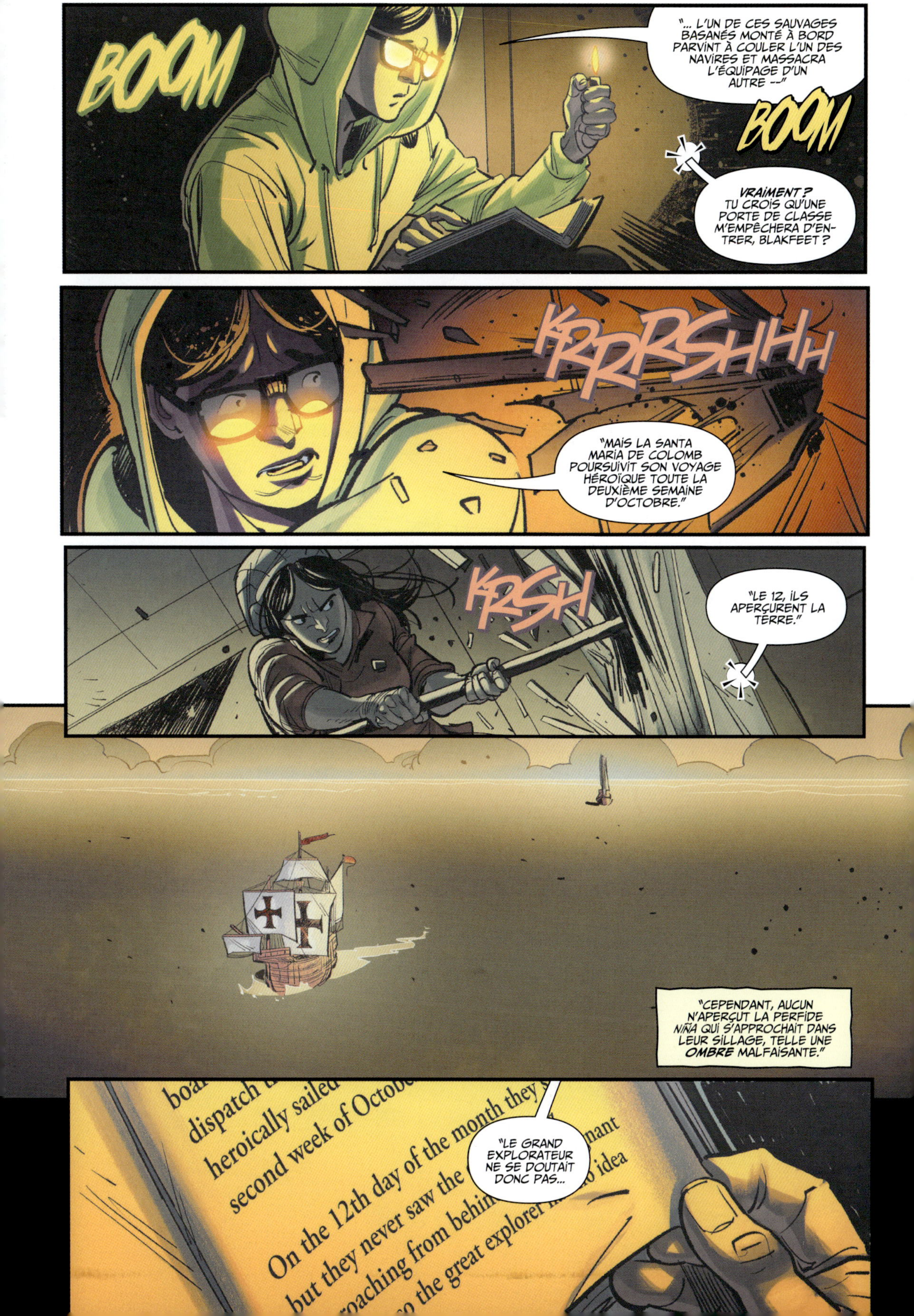
BOOM
"... L'UN DE CES SAUVAGES BASANÉS MONTÉ À BORD PARVINT À COULER L'UN DES NAVIRES ET MASSACRA L'ÉQUIPAGE D'UN AUTRE --"
BOOM
VRAIMENT ? TU CROIS QU'UNE PORTE DE CLASSE M'EMPÊCHERA D'ENTRER, BLAKFEET ?
KRRRSHHH
"MAIS LA SANTA MARIA DE COLOMB POURSUIVIT SON VOYAGE HÉROÏQUE TOUTE LA DEUXIÈME SEMAINE D'OCTOBRE."
KRSH
"LE 12, ILS APERÇURENT LA TERRE."
"CEPENDANT, AUCUN N'APERÇUT LA PERFIDE NIÑA QUI S'APPROCHAIT DANS LEUR SILLAGE, TELLE UNE OMBRE MALFAISANTE."
"LE GRAND EXPLORATEUR NE SE DOUTAIT DONC PAS...
heroically sailed
second week of Octob
On the 12th day of the month they
but they never saw the
the great explorer

C'EST TOUT CE QUE TU PEUX FAIRE, L'HISTOIRE ?
TU CROIS QU'UNE PETITE AVERSE PEUT EFFRAYER UN RAT MUSQUÉ ?
BOOM
C'EST NOTRE MILIEU NATUREL.
BOOOM
ON N'EXISTE QUE POUR ÇA.
BOOM
To Build a New World

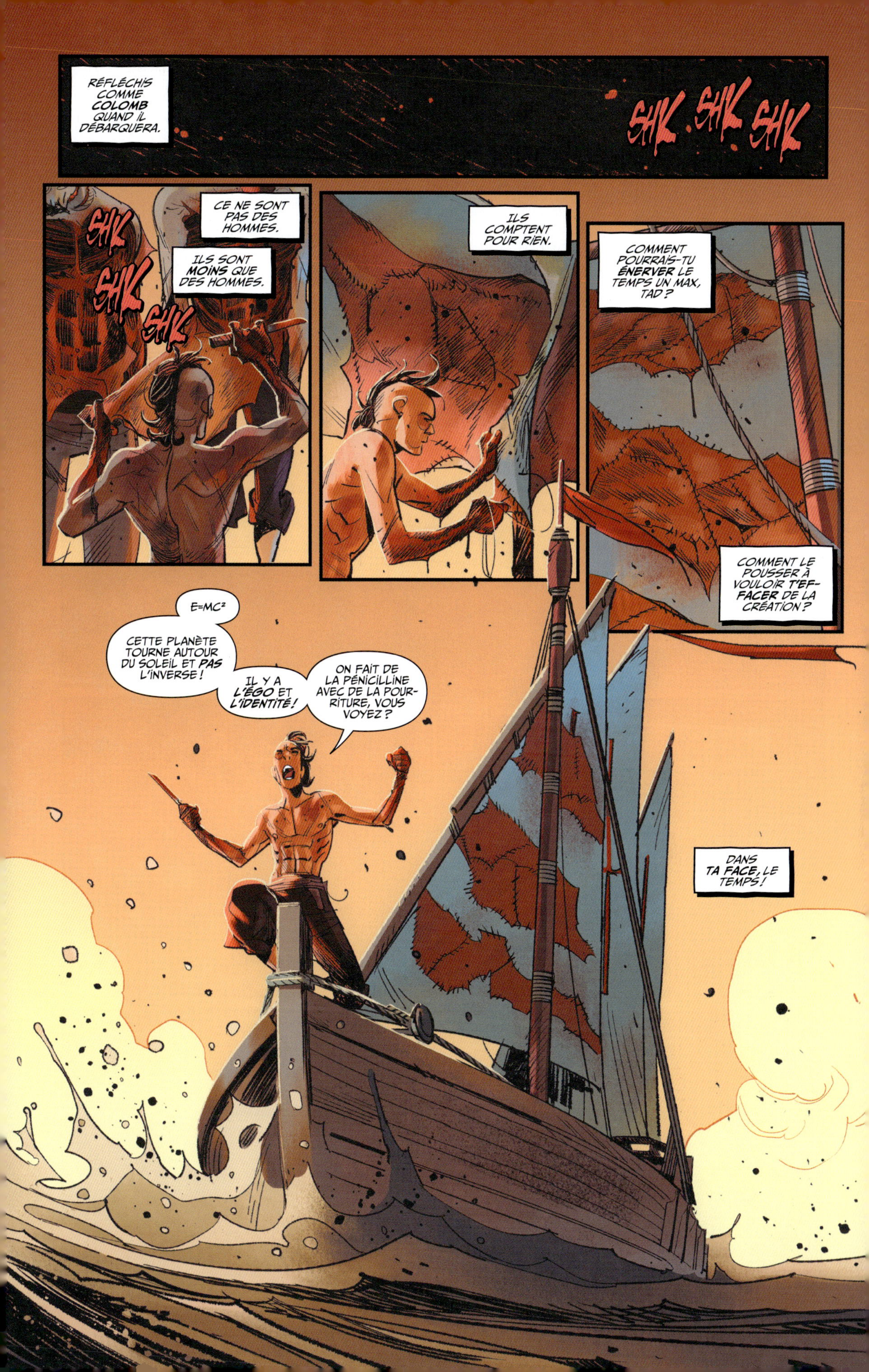
RÉFLÉCHIS COMME COLOMB QUAND IL DÉBARQUERA.
SHK SHK SHK
SHK SHK SHK
CE NE SONT PAS DES HOMMES.
ILS SONT MOINS QUE DES HOMMES.
ILS COMPTENT POUR RIEN.
COMMENT POURRAIS-TU ÉNERVER LE TEMPS UN MAX, TAD ?
COMMENT LE POUSSER À VOULOIR T'EFFACER DE LA CRÉATION ?
E=MC²
CETTE PLANÈTE TOURNE AUTOUR DU SOLEIL ET PAS L'INVERSE !
IL Y A L'ÉGO ET L'IDENTITÉ !
ON FAIT DE LA PÉNICILLINE AVEC DE LA POURRITURE, VOUS VOYEZ ?
DANS TA FACE, LE TEMPS !

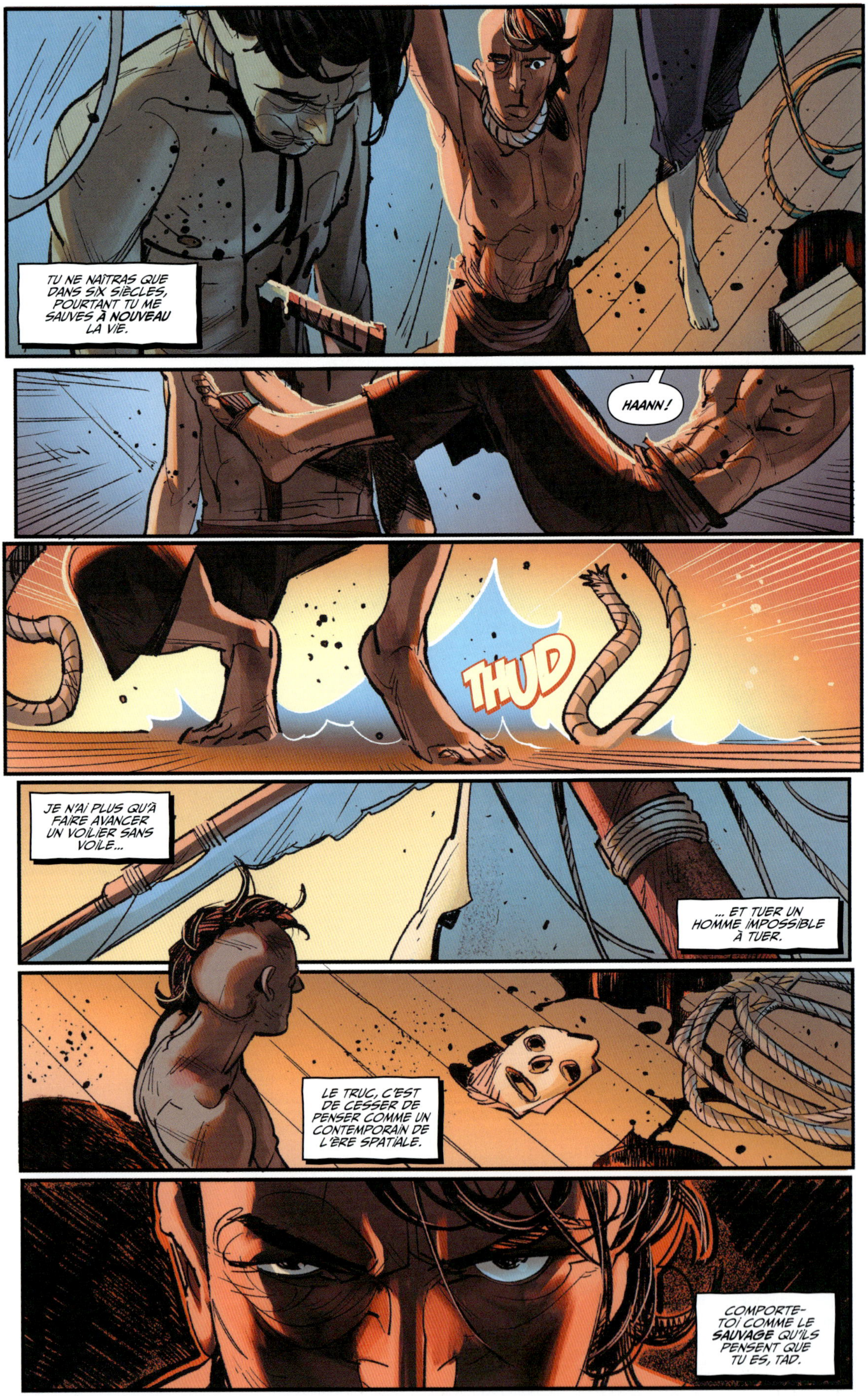
TU NE NAÎTRAS QUE DANS SIX SIÈCLES, POURTANT TU ME SAUVES À NOUVEAU LA VIE.
HAANN !
THUD
JE N'AI PLUS QU'À FAIRE AVANCER UN VOILIER SANS VOILE...
... ET TUER UN HOMME IMPOSSIBLE À TUER.
LE TRUC, C'EST DE CESSER DE PENSER COMME UN CONTEMPORAIN DE L'ÈRE SPATIALE.
COMPORTE-TOI COMME LE SAUVAGE QU'ILS PENSENT QUE TU ES, TAD.

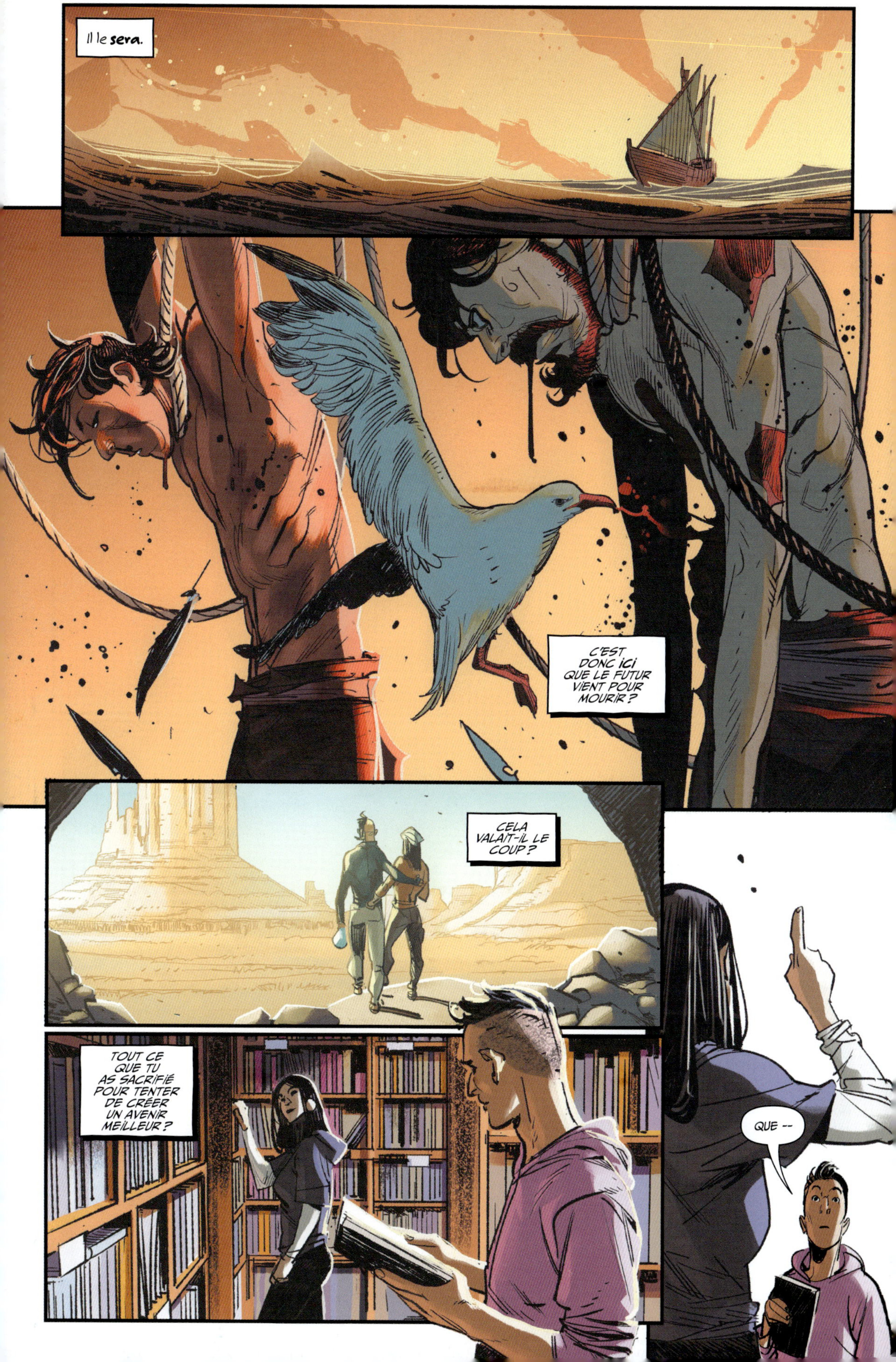
Il le sera.
C'EST DONC ICI QUE LE FUTUR VIENT POUR MOURIR ?
CELA VALAIT-IL LE COUP ?
TOUT CE QUE TU AS SACRIFIÉ POUR TENTER DE CRÉER UN AVENIR MEILLEUR ?
QUE --

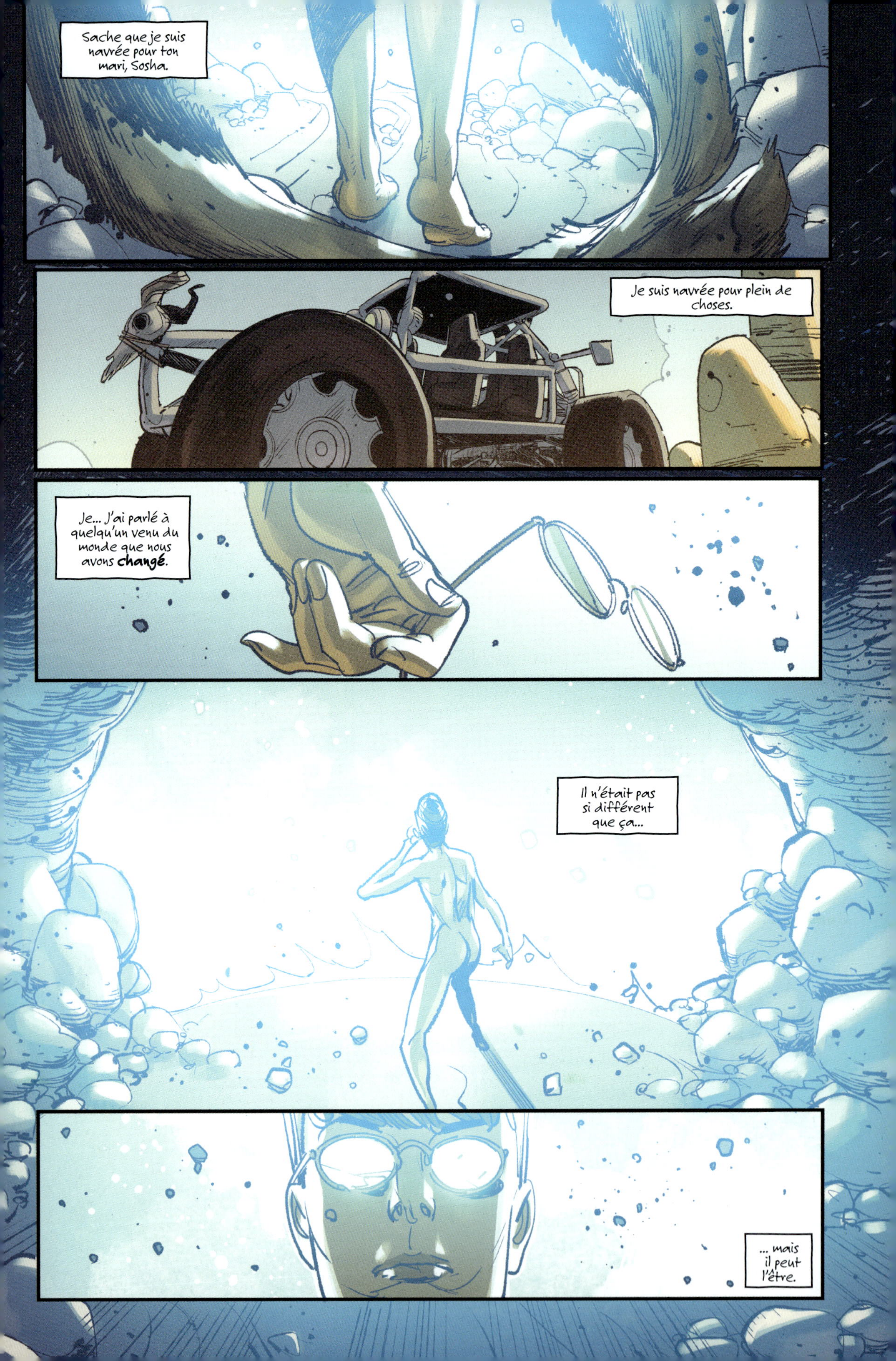
Sache que je suis navrée pour ton mari, Sosha.
Je suis navrée pour plein de choses.
Je... J'ai parlé à quelqu'un venu du monde que nous avons **changé**.
Il n'était pas si différent que ça...
... mais il peut l'être.

"BALLES, LAMES, COUVERTURES INFECTÉES."
EUH... NON MERCI.
TOI, TU VIENS DE LA BONNE PÉRIODE, ON DIRAIT.
Sosha -
Ne fais confiance ni à ce gosse ni à moi. Je viens d'envoyer cinq personnes à la mort.
Je te laisse imaginer le chaos qui règne dans ma tête et mon **cœur**.
Mais je peux **régler** ça.

"... SOLDAT DE LA LIBERTÉ."
LES EFFORTS QUE FAIT LE MALIN POUR SABOTER CE VOYAGE ME PROUVENT QUE C'EST LA PLUS SACRÉE DES MISSIONS.
SI, COMME TU LE PRÉTENDS, TU ES UN SAUVAGE PAÏEN VENU DU PAYS VERS LEQUEL NOUS NAVIGUONS VENU NOUS ACCUEILLIR...
... ALORS IL ME TARDE DE L'ATTEINDRE POUR FAIRE CONNAITRE NOTRE SAUVEUR À TA RACE MÉPRISABLE ET AINSI...
... ÉLEVER VOS ÂMES.
JE T'ABANDONNE À CET ENFER QUE TU AS TOI-MÊME CRÉÉ, "INDIEN."
MAIS SACHE QUE SI TU TE REPENDS ET LAISSES ENTRER LA LUMIÈRE DU SEIGNEUR, TU TROUVERAS LE SALUT.
AH OUI... "LE SALUT..."
RAPPELLE-MOI EN QUOI ÇA CONSISTE ?

REIN JAUNE !
TU N'ES PLUS LE SEUL À DEVOIR TUER QUELQU'UN DÉSORMAIS, CHER ÉPOUX.
MERDE.
LE LIVRE.
PENSE COMME UNE FOUINE ET UN TROUILLARD, PENSE COMME UN...
... BLACKFEET.
TU PARLES D'UN INDIEN ! OUAIS, UN VRAI...

ELLE AURAIT SU TEINTER L'EAU DE ROUGE.
KOK
GAMIN ? HÉ !
JE NE -- T'ÉTAIS PAS UNE FILL --
ET POURQUOI T'ES COIFFÉ COMME MON MARI ?
C'EST TOI QUI AS TUÉ LES GOSSES QUI ONT TROUVÉ LA GROTTE, HEIN, NAIN JAUNE ?
ET CELUI-LÀ LE SAVAIT, C'EST ÇA ?
NAIN JAUNE ?

AGH!
EN 1492, COLOMB TRAVERSA L'OCÉAN.
JOUR APRÈS JOUR, IL GUETTA LA TERRE FERME.
ET RIEN DE CE QUE FIT LE RAT MUSQUÉ NE PUT L'ARRÊTER.
IL AURAIT MIEUX VALU ENVOYER LA LOUTRE.

J'AURAIS PU M'EN CHARGER AU PORT, SI J'AVAIS JUSTE --
AMIRAL ! DERRIÈRE VOUS !
SAINTE MÈRE DE DIEU ! IL ATTAQUE !
JE N'EN AI QU'APRÈS *TOI*, CHRISTOPHE COLOMB !
SHHHOOOF

AU XVe SIÈCLE, LES MARINS NE NAGEAIENT PAS.
ILS NE SAVAIENT PAS.
DONC, ILS N'IMAGINAIENT PAS QUE JE PUISSE LES ATTAQUER SUR L'EAU.
LE FUTUR DÉBUTE MAINTENANT, SOSH.

CHAPITRE SIX :

Là où l'avenir vient mourir

APRÈS TOUT, C'EST TOI QUI NOUS AS NOMMÉS AINSI.

… LÀ OÙ RIEN N'A COMMENCÉ.
PEUX-TU VOIR L'INDIEN, COLOMB ?
J'ESPÈRE BIEN.

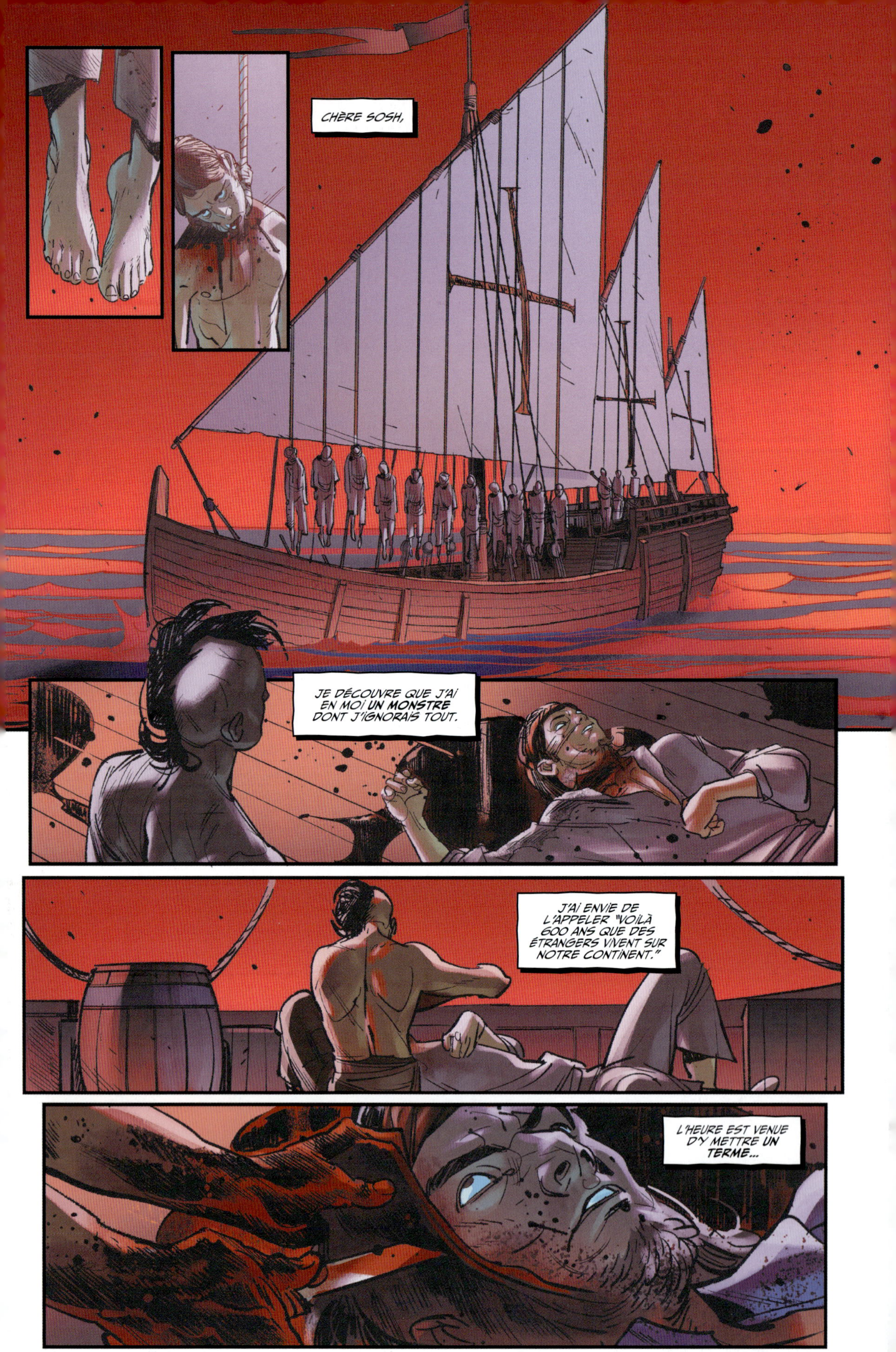
CHÈRE SOSH,
JE DÉCOUVRE QUE J'AI EN MOI UN MONSTRE DONT J'IGNORAIS TOUT.
J'AI ENVIE DE L'APPELER "VOILÀ 600 ANS QUE DES ÉTRANGERS VIVENT SUR NOTRE CONTINENT."
L'HEURE EST VENUE D'Y METTRE UN TERME...

VOUS.
TOI ?
-:GASP:-
LOCK
COMMENT FAIT-ON VENIR L'AMIRAL JUSQU'ICI, ***CAPITAINE.***
...
"PAS DE SOUCI."
JE TROUVERAI UNE SOLUTION.

... NI TOI, TAD.
CHRISTOPHE COLOMB !
MON NOM EST THADDEUS AUX NOMBREUX CHEVAUX.
JE SUIS LAKOTA, DU CLAN MINI-CONJOU !
ET J'AI TRAVERSÉ LE TEMPS POUR TE TRANCHER LA GORGE !
VOUS NOUS AVEZ ENCHAÎNÉS !
VIOLÉS AUSSI !
ET RENDUS MALADES !

NON, STOP ! JAMAIS JE NE --
GLUNK
AUCUNE IM-PORTANCE.
BLINDE-TOI. N'Y PENSE PAS.
TU N'AS QU'UN BUT : ATTEINDRE CHRISTOPHE COLOMB, LÀ-BAS.
RIEN D'AUTRE NE COMPTE.
NI EUX...

HUFF
HUFF
MEURTRIER.
SHLOK
SHHHNK
AT-
TENDS...

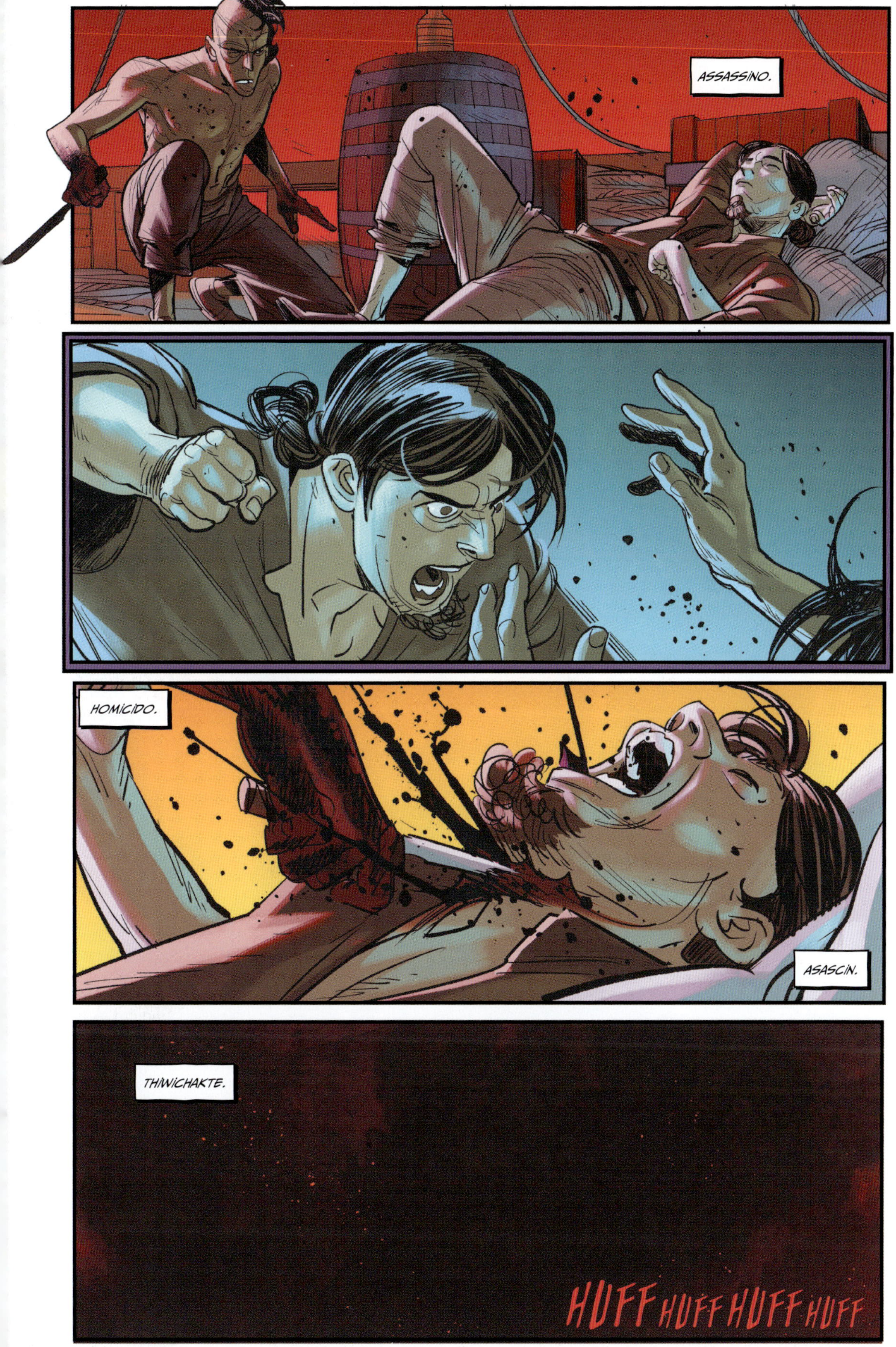
ASSASSINO.
HOMICIDO.
ASASCIN.
THIWICHAKTE.
HUFF HUFF HUFF HUFF

TU VAS
~~LE~~
TUER.

HISSHISS
RATTLE
RETROUVE CE GOSSE !
T'ESSAIES DE NOUS TUER, GAMIN ? C'EST ÇA ?
NON...
NON ! NON, NON, NON ! JE T'AI DÉJÀ TUÉE, TOI !
TU L'AS QUOI ?
HÉ ! HÉ ! HÉ ! ARRÊTE !

DONC... JE SUIS CENSÉE FAIRE BOUGER ÇA ? C'EST CE QUE QUELQU'UN ATTEND ?
QUOI, LA SOLDATE ? ÇA NE VA PAS TE MORDRE ?
C'EST JUSTE QUE --
DIS, PETIT. C'ÉTAIT COMME ÇA QUAND TU ES --
MAIS ?! IL A DISPARU.
TU CROIS QUE C'EST LUI QUI A INSTALLÉ CE BALAI ?
IL A DÛ SE DIRE QUE CE SERAIT UNE BONNE BLAGUE. ATTENDS, JE VAIS --
NON, NON ! JE NE SUIS --

... DÉ-
SOLÉE

Si…
VRAiMENT.

TU SAIS OÙ SE TROUVE MA FILLE ?
ATTENDS ! STOP !
RAMASSE LA PEAU !
NON, NON !
ILS NE SONT PAS... LÀ-DESSOUS. ILS SONT... ILS SONT...
JE TE JURE, SI ON LEUR A FAIT LE MOINDRE MAL --
DANS LA CAVERNE.
ILS SONT TOUT AU FOND.
T'AS PAS INTÉRÊT À MENTIR.
JE SUIS DÉSOLÉE.
DÉSOLÉE, DÉSOLÉE, DÉSOLÉE, DÉSOLÉE...

JE NE... JE N'AI --
T'AS GRAVE INTÉRÊT.
JE N'ARRIVE PAS À SAVOIR SI C'EST DE LA BONNE OU DE LA MAUVAISE MÉDECINE.
MOI NON PLUS. REGARDONS Y À DEUX FOIS.
TU N'EN AS SANS DOUTE RIEN À FAIRE, MAIS ILS S'APPELLENT YAZZIE ET HOCHUNK...
... ET JE TIENS VRAIMENT À LES REVOIR TRÈS VITE.
YAZZIE. OUAIS, C'EST BIEN ÇA.

WOOOOSH
JOLIE CAPE.
QUELQU'UN ME L'A DONNÉE.
JE VIENS DE LA CROISER...
OUAIS, ON M'A RACONTÉ ÇA.
... ET LE PETIT AVEC LES NATTES.
QUI FONT FAUSSES ?
LES GOSSES !
ILS ONT ÉTÉ LÀ !
CH-CHK
N'AIE PAS PEUR D'ELLE.
C'EST JUSTE UNE MÈRE QUI CHERCHE SES JUMEAUX DISPARUS DEPUIS --
TU SAIS POURQUOI C'EST **BIEN** QUE TOUS LES BLANCS SOIENT ENFIN PARTIS DANS L'ESPACE ?
ON PEUT ENFIN S'EXPLIQUER ENTRE **INDIENS**, CHICA.

MUERTO.
MÒRTO.
MORT.

TU NE DOIS RIEN À CE MARIN, TAD. SI TU NE T'OCCUPES PAS DE LUI, IL NE TARDERA PAS À S'OCCUPER DE TOI. PEUT-ÊTRE CE MATIN...
... COMME ILS L'ONT FAIT HIER MATIN...
... ET AVANT-HIER MATIN.
DIS-MOI... **QUEL** NOM LE DÉSIGNE LE MIEUX ?

"UN PÊCHEUR DE TERRE ?"

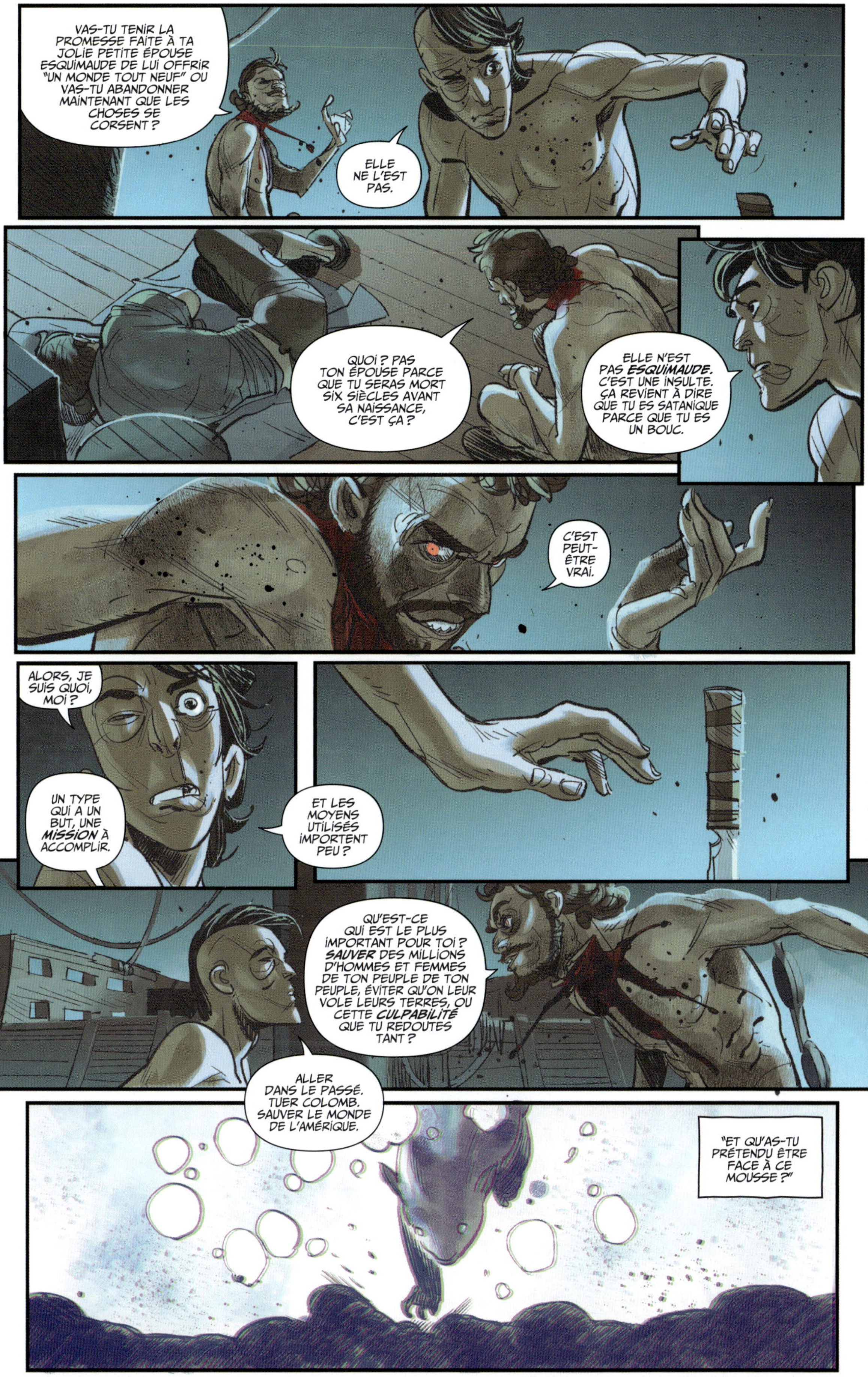
VAS-TU TENIR LA PROMESSE FAITE À TA JOLIE PETITE ÉPOUSE ESQUIMAUDE DE LUI OFFRIR "UN MONDE TOUT NEUF" OU VAS-TU ABANDONNER MAINTENANT QUE LES CHOSES SE CORSENT ?
ELLE NE L'EST PAS.
QUOI ? PAS TON ÉPOUSE PARCE QUE TU SERAS MORT SIX SIÈCLES AVANT SA NAISSANCE, C'EST ÇA ?
ELLE N'EST PAS ESQUIMAUDE. C'EST UNE INSULTE. ÇA REVIENT À DIRE QUE TU ES SATANIQUE PARCE QUE TU ES UN BOUC.
C'EST PEUT-ÊTRE VRAI.
ALORS, JE SUIS QUOI, MOI ?
UN TYPE QUI A UN BUT, UNE MISSION À ACCOMPLIR.
ET LES MOYENS UTILISÉS IMPORTENT PEU ?
QU'EST-CE QUI EST LE PLUS IMPORTANT POUR TOI ? SAUVER DES MILLIONS D'HOMMES ET FEMMES DE TON PEUPLE DE TON PEUPLE, ÉVITER QU'ON LEUR VOLE LEURS TERRES, OU CETTE CULPABILITÉ QUE TU REDOUTES TANT ?
ALLER DANS LE PASSÉ. TUER COLOMB. SAUVER LE MONDE DE L'AMÉRIQUE.
"ET QU'AS-TU PRÉTENDU ÊTRE FACE À CE MOUSSE ?"

BÉÉÉ BÉÉÉ !
QUOI ?!
... BÉÉÉ ?
CE N'EST PAS LUI QUE JE SUIS VENU ARRÊTER...
... EN LE TUANT.
DONC, LA QUESTION EST : "COMMENT REJOINDRE LE GRAND MANITOU LÀ-BAS AFIN DE --"
"ALORS ? QU'EST-CE QUE TU DÉCIDES, CLANDESTIN, ÉRUDIT, LINGUISTE, SABOTEUR... RAT MUSQUÉ ?"
SAUVER LE MONDE, OUI.

NOUS
Y
VOILÀ...

CHAPITRE CINQ :

Vois-tu l'Indien ?

BÉÉÉ ! BÉÉÉ !
BÉÉÉ ! BÉÉÉ !
QUE -- ?
ALORS ? T'ES-TU RÉGALÉ DE LA CHAIR DE MES FLANCS ?
QUAND TU M'AS TUÉ À GRAN CANARI, J'ALLAIS TOUCHER MA BOURSE D'ARGENT POUR AVOIR SABOTÉ LE GOUVERNAIL DE CETTE MAUDITE PINTA.
QUOI ? C'ÉTAIT DONC TOI ?!
NON, NON ! JE --
JUSTE RETOUR DES CHOSES.
...
CLICK
SINON, FINIS CE QUE J'AI COMMENCÉ.
ILS DORMENT TOUS, "HOMME DES INDES."
THNK
CHÈRE SOSH, VOILÀ COMMENT ON CHANGE LE MONDE.
PAS AVEC DES MOTS, MAIS AVEC DES ARMES.

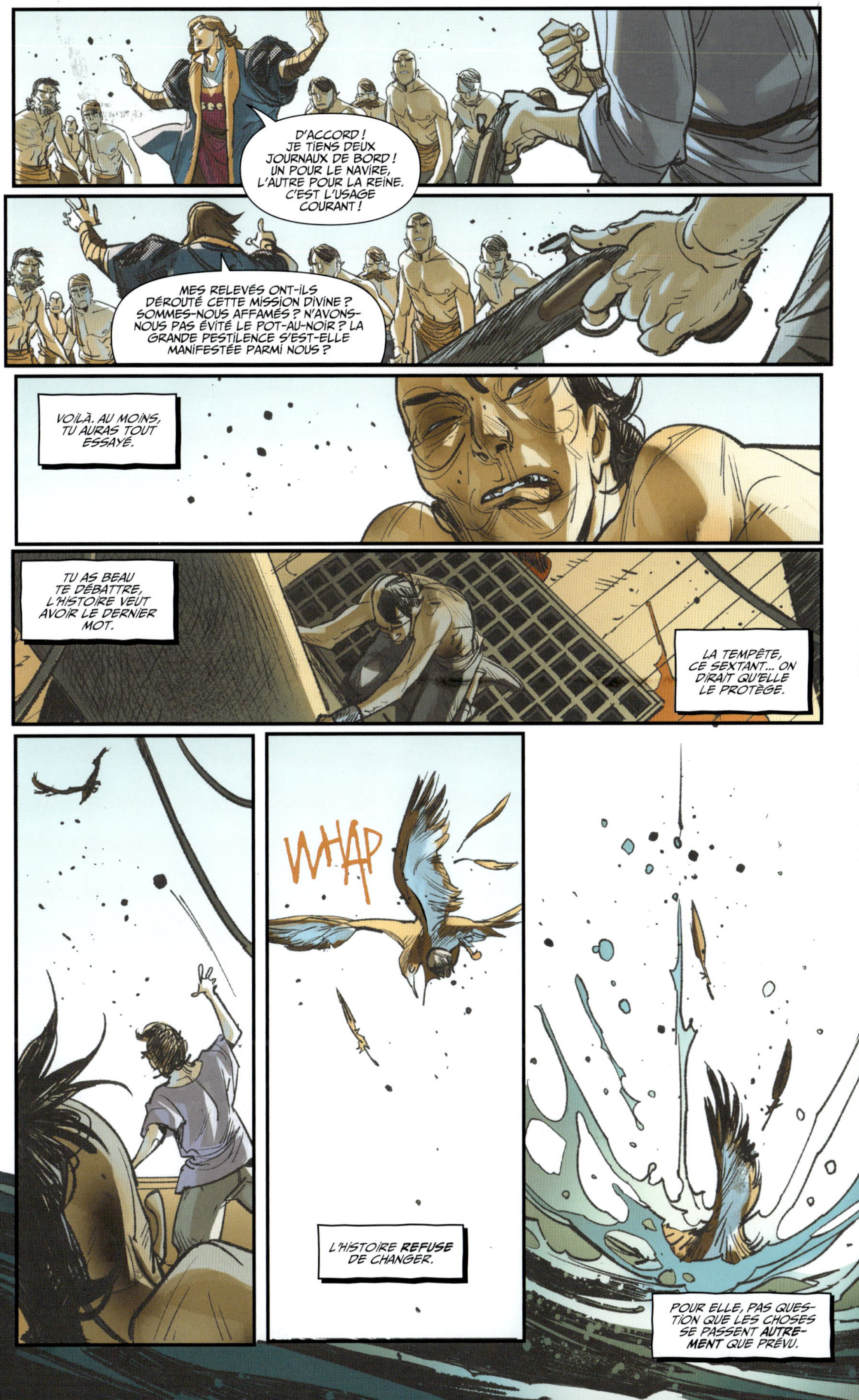

D'ACCORD ! JE TIENS DEUX JOURNAUX DE BORD ! UN POUR LE NAVIRE, L'AUTRE POUR LA REINE. C'EST L'USAGE COURANT !
MES RELEVÉS ONT-ILS DÉROUTÉ CETTE MISSION DIVINE ? SOMMES-NOUS AFFAMÉS ? N'AVONS-NOUS PAS ÉVITÉ LE POT-AU-NOIR ? LA GRANDE PESTILENCE S'EST-ELLE MANIFESTÉE PARMI NOUS ?
VOILÀ. AU MOINS, TU AURAS TOUT ESSAYÉ.
TU AS BEAU TE DÉBATTRE, L'HISTOIRE VEUT AVOIR LE DERNIER MOT.
LA TEMPÊTE, CE SEXTANT... ON DIRAIT QU'ELLE LE PROTÈGE.
WHAP
L'HISTOIRE **REFUSE** DE CHANGER.
POUR ELLE, PAS QUESTION QUE LES CHOSES SE PASSENT **AUTREMENT** QUE PRÉVU.

IL PARAÎT QUE TU SOUHAITES SOULAGER TA CONSCIENCE.
JE VEUX JUSTE... SI VOUS NE ME LIBÉREZ PAS, JE DIRAI À L'ÉQUIPAGE QUE TU TIENS DEUX... DEUX JOURNAUX DE BORD.
DEUX JOURNAUX ?
LE MALIN PROSPÈRE SUR LE TERREAU DE LA DISCORDE. VOUS LE SAVEZ, N'EST-CE PAS ?
C'EST DONC LE 10 ET PAS LE 4 QUE L'ÉQUIPAGE ENVISAGE DE SE MUTINER.
C'EST MOI OU JE N'AI PAS ENTENDU DE "NON ?"

... DEVAIT SE TROUVER SOUS LES EAUX DEPUIS DES MILLÉNAIRES. CES DEUX GAMINS L'ON TROUVÉE ET SE SONT AMUSÉS À VOYAGER DANS LE TEMPS.
ET TU VEUX T'EN SERVIR POUR TOUT EFFACER ?
ÇA POURRAIT MARCHER.
SI COLOMB NE DÉBARQUE PAS, NOUS NE TOMBERONS PAS MALADES ET NOUS DÉVELOPPERONS NOTRE PROPRE TECHNOLOGIE AFIN DE NOUS IMMUNISER ET NOUS --
FAIRE COULER TROIS BATEAUX NE SUFFIRA PAS À TOUT CHANGER.
MAIS CE SERA UNE BONNE OPPORTUNITÉ, NON ? UNE CHANCE, C'EST TOUT CE QU'IL NOUS FAUT.
KRAK

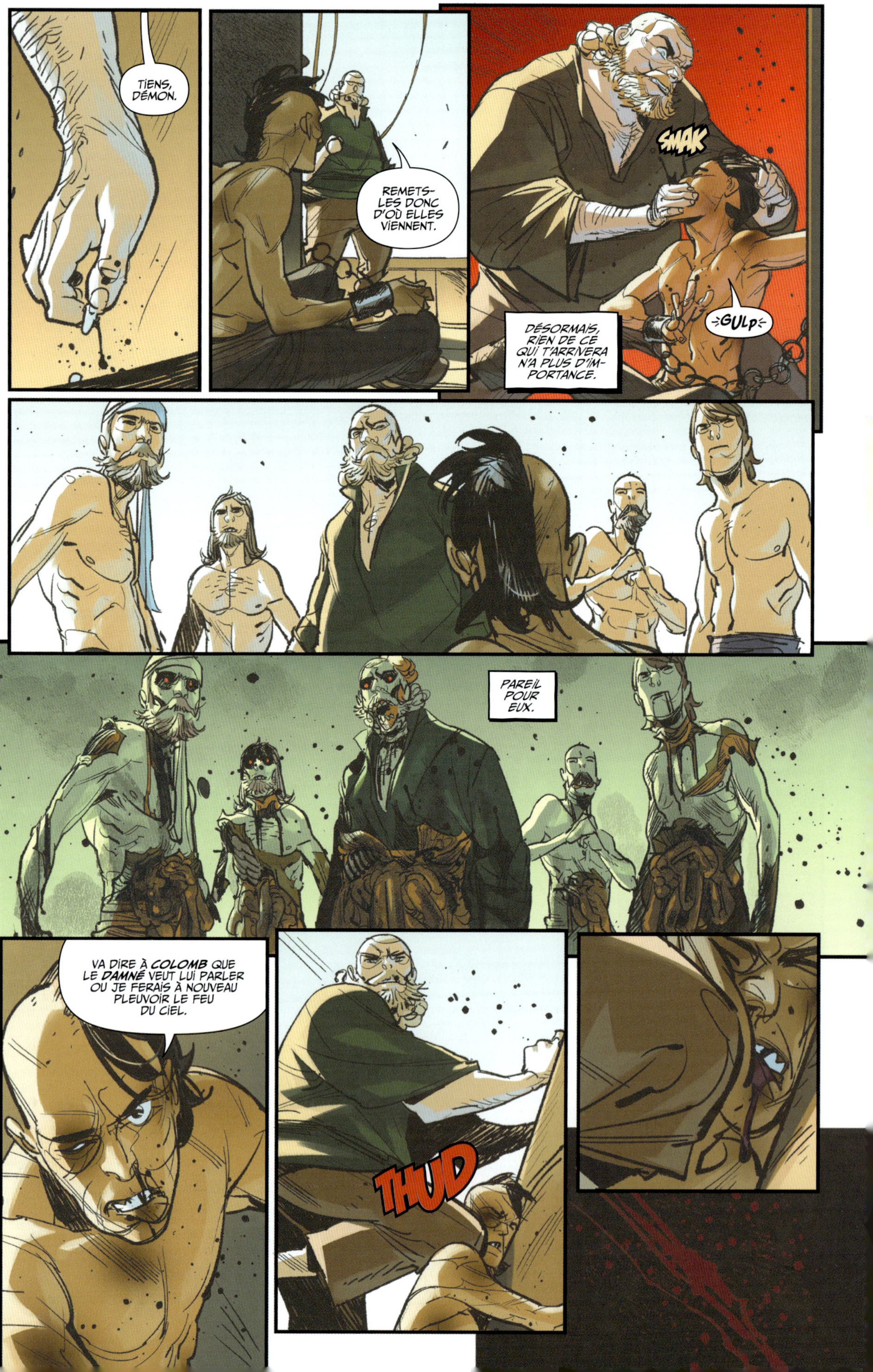
TIENS, DÉMON.
REMETS-LES DONC D'OÙ ELLES VIENNENT.
SMAK
GULP
DÉSORMAIS, RIEN DE CE QUI T'ARRIVERA N'A PLUS D'IMPORTANCE.
PAREIL POUR EUX.
VA DIRE À COLOMB QUE LE DAMNÉ VEUT LUI PARLER OU JE FERAIS À NOUVEAU PLEUVOIR LE FEU DU CIEL.
THUD

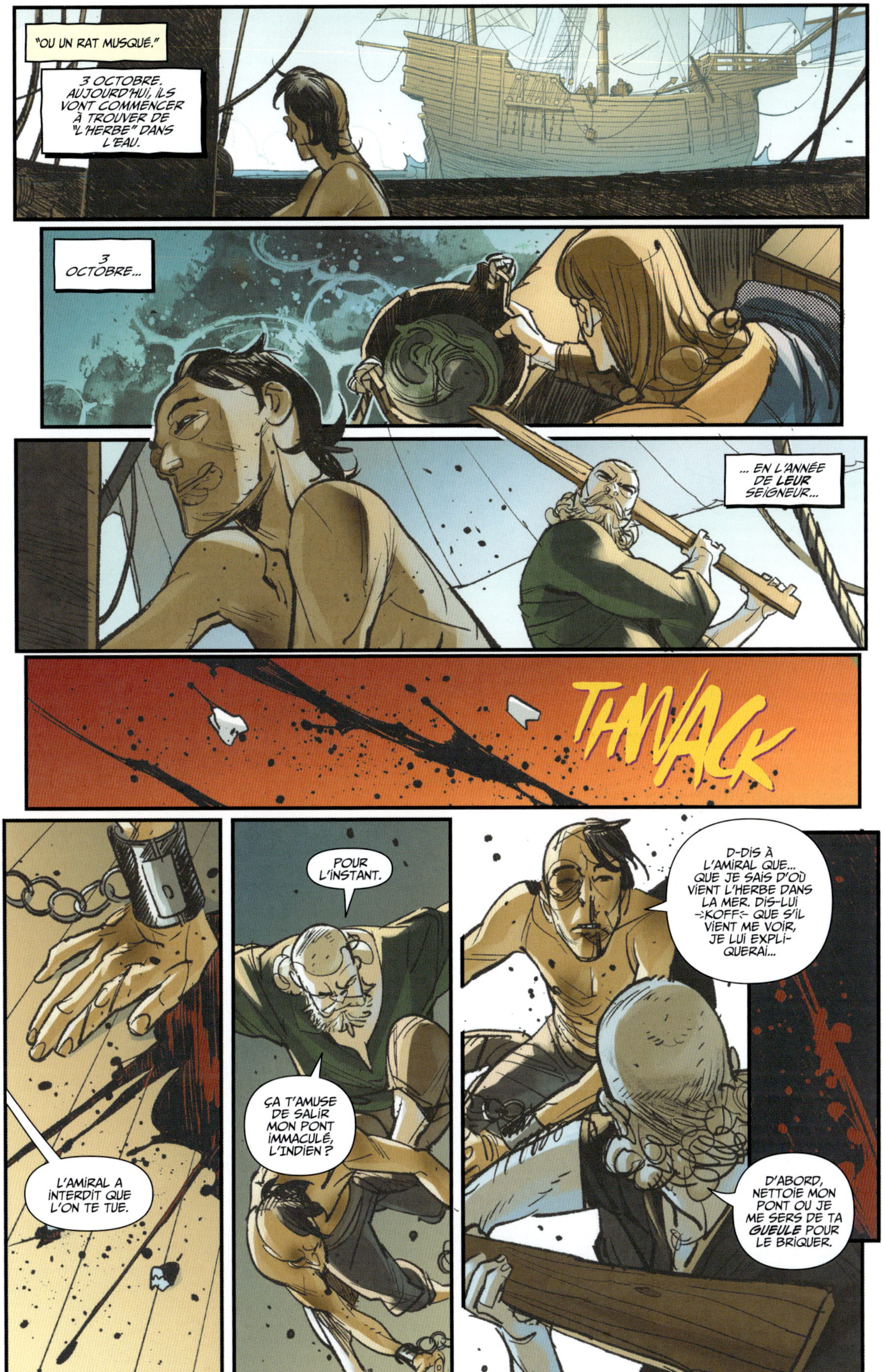
"OU UN RAT MUSQUÉ."
3 OCTOBRE. AUJOURD'HUI, ILS VONT COMMENCER À TROUVER DE "L'HERBE" DANS L'EAU.
3 OCTOBRE...
... EN L'ANNÉE DE LEUR SEIGNEUR...
THWACK
L'AMIRAL A INTERDIT QUE L'ON TE TUE.
POUR L'INSTANT.
ÇA T'AMUSE DE SALIR MON PONT IMMACULÉ, L'INDIEN ?
D-DIS À L'AMIRAL QUE... QUE JE SAIS D'OÙ VIENT L'HERBE DANS LA MER. DIS-LUI -KOFF- QUE S'IL VIENT ME VOIR, JE LUI EXPLIQUERAI...
D'ABORD, NETTOIE MON PONT OU JE ME SERS DE TA GUEULE POUR LE BRIQUER.

WHAM
TE REVOILÀ SUR LE MAUVAIS BATEAU, TAD.
TU AS RATÉ TA CHANCE.
TU ES DÉSORMAIS CONTRAINT DE L'AIDER.
DES TAS DE GENS VONT MOURIR PARCE QUE QUELQUES VIES HUMAINES T'ONT SEMBLÉ TRÈS IMPORTANTES.
AH OUI. L'ANECDOTE DU FOU, C'EST VRAI.
Les cieux se dégagèrent tant que le mousse de la Niña parvint à tuer un fou d'un jet de pierre.
SQUORK
UNE PIERRE ? OÙ A-T-IL TROUVÉ UNE PIERRE EN PLEIN ATLANTIQUE ?
C'EST ÇA QUI TE CHOQUE, MAIS PAS "LE FOU ?"
ET D'ABORD, C'EST QUOI, UN MOUSSE ?
C'EST UN PEU LE PIGEON VOYAGEUR DU NAVIRE. "HÉ, GAMIN ! RAPPORTE-MOI CI, AMÈNE-MOI ÇA !"
"UN PIGEON, TU PARLES ! UN CANARD OU UNE LOUTRE SERAIT BIEN PLUS LOGIQUE, NON ?"

1492. Jour 26.
À près de 5000 km de l'Espagne
Avons poursuivi plein ouest et couvert 25 lieues. En ai annoncé 20 à l'équipage. Avons essuyé un gros grain dont le Saboteur, après avoir subi 30 coups de fouet, a annoncé l'imminence.
Loué sois-tu, Seigneur, d'avoir retenu ma main à son égard. Sa contribution s'avère décisive ce qui, en soi, prouve bien que tout se déroule selon Ta volonté sacrée.
Autre preuve de son pacte avec le Diable, l'infidèle auquel le Malin a appris tant de langues refuse de mourir bien qu'il ne reçoive ni eau ni nourriture.
Cela prouve à tous que sa nature est indéniablement maléfique. Peut-être se nourrit-il uniquement de la juste colère des hommes de la Niña ?
Depuis qu'il a détruit mon sextant, le fait que nous dépendions de lui nous empêche de le pendre ou de le jeter à l'eau comme la justice l'exige.
Qu'il soit écrit ici que je n'accomplis pas ce voyage pour ma gloire, mais celle de Dieu. Ma place dans l'Histoire n'a aucune importance...
... tant que cet "Indien," nom qu'il revendique et à la fois rejette, n'en a pas non plus.

"... IL DEVRAIT ÊTRE MORT."
... Venin
The Discovery of New Worlds
Ancient Civilizations
ARIZONA STATE HISTORY
STRANGE STORIES, AMAZING FACTS

CE N'EST PAS UNE LÉGENDE LIÉE À LA RÉGION. ICI, ON PARLE DE JUMAUX DE LA GUERRE, DE POUPÉES KACHINA ET DE HOGANS, PAS DES --
OH ! C'EST LE CONTE DES PÊCHEURS DE TERRE ?
CETTE HISTOIRE, ELLE PARLE DE NOUS, NON ? PLONGER POUR CRÉER UN NOUVEAU MONDE, C'EST CE QU'ON FAIT.
ATTENDS ! C'EST TOI QUI AS DESSINÉ ÇA, PETIT ?
MAIS TU ES BLESSÉ, MON PAUVRE.
DIS, GAMIN, EUH... IL Y A D'AUTRES LIVRES RANGÉS AILLEURS, ICI ?
JE CROIS QU'IL DIT "AU BOUT DU COULOIR", MAIS...
BON SANG, IL...
... IL EST COUVERT DE...
... IL DEVRAIT ÊTRE...
V--
V...
Ve...
Ven...

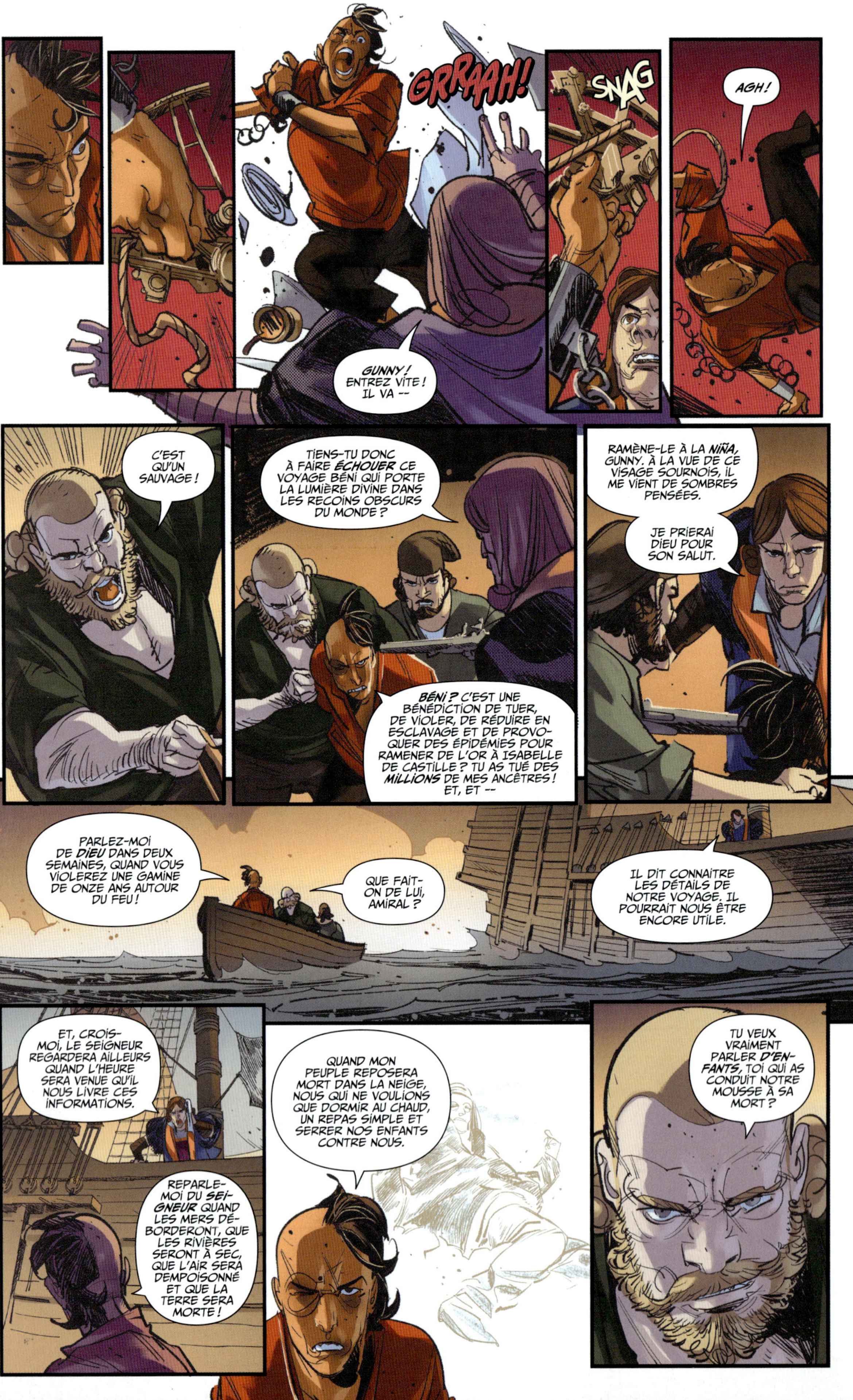
GRRAAH!
SNAG
AGH!
GUNNY ! ENTREZ VITE ! IL VA --
C'EST QU'UN SAUVAGE !
TIENS-TU DONC À FAIRE ÉCHOUER CE VOYAGE BÉNI QUI PORTE LA LUMIÈRE DIVINE DANS LES RECOINS OBSCURS DU MONDE ?
BÉNI ? C'EST UNE BÉNÉDICTION DE TUER, DE VIOLER, DE RÉDUIRE EN ESCLAVAGE ET DE PROVOQUER DES ÉPIDÉMIES POUR RAMENER DE L'OR À ISABELLE DE CASTILLE ? TU AS TUÉ DES MILLIONS DE MES ANCÊTRES ! ET, ET --
RAMÈNE-LE À LA NIÑA, GUNNY. À LA VUE DE CE VISAGE SOURNOIS, IL ME VIENT DE SOMBRES PENSÉES.
JE PRIERAI DIEU POUR SON SALUT.
PARLEZ-MOI DE DIEU DANS DEUX SEMAINES, QUAND VOUS VIOLEREZ UNE GAMINE DE ONZE ANS AUTOUR DU FEU !
QUE FAIT-ON DE LUI, AMIRAL ?
IL DIT CONNAITRE LES DÉTAILS DE NOTRE VOYAGE. IL POURRAIT NOUS ÊTRE ENCORE UTILE.
ET, CROIS-MOI, LE SEIGNEUR REGARDERA AILLEURS QUAND L'HEURE SERA VENUE QU'IL NOUS LIVRE CES INFORMATIONS.
REPARLE-MOI DU SEIGNEUR QUAND LES MERS DÉBORDERONT, QUE LES RIVIÈRES SERONT À SEC, QUE L'AIR SERA EMPOISONNÉ ET QUE LA TERRE SERA MORTE !
QUAND MON PEUPLE REPOSERA MORT DANS LA NEIGE, NOUS QUI NE VOULIONS QUE DORMIR AU CHAUD, UN REPAS SIMPLE ET SERRER NOS ENFANTS CONTRE NOUS.
TU VEUX VRAIMENT PARLER D'ENFANTS, TOI QUI AS CONDUIT NOTRE MOUSSE À SA MORT ?

... OÙ NOUS N'AVONS PLUS VU DE BALEINE DEPUIS CINQUANTE ANS, CAR NOUS AVONS EMPOISONNÉ LES MERS.
"LE POINT DE DÉPART DE CE DÉSASTRE, C'EST CE QUE VOUS AVEZ MIS EN ROUTE, ICI, EN 1492."
J'AI APPRIS LE GÉNOIS DANS UNE SALLE DE CLASSE EN MÊME TEMPS QUE D'AUTRES LANGUES.
TU PRÉTENDS AVOIR LE CURSUS ET LE SAVOIR D'UN LETTRÉ ?
POURTANT, TON DOS N'EST PAS VOÛTÉ ET TU N'AS AUCUNE RIDE.
J'AI ÉTÉ ENVOYÉ POUR VOUS EMPÊCHER DE "DÉCOUVRIR" MON PAYS...
LES INDES.
... PARCE QU'ON N'A PAS BESOIN D'ÊTRE DÉCOUVERTS !
QUAND ON N'A QUE SA BOUCHE COMME ARME, SEULS LES MENSONGES PEUVENT VOUS SORTIR D'AFFAIRE.
À MON ÉPOQUE, TOUT LE MONDE CONNAÎT VOTRE NOM.
"EN 1492, CHRISTOPHE COLOMB A TRAVERSÉ L'OCÉAN."
TU VEUX FLATTER MA VANITÉ, "L'INDIEN", MAIS TOUTE LA GLOIRE REVIENT À DIEU, PAS À MOI. JE CONNAIS BIEN CE PIÈGE ET SI TU CROIS POUVOIR --
ALLEZ ! PENDANT QU'IL REGARDE AILLEURS...

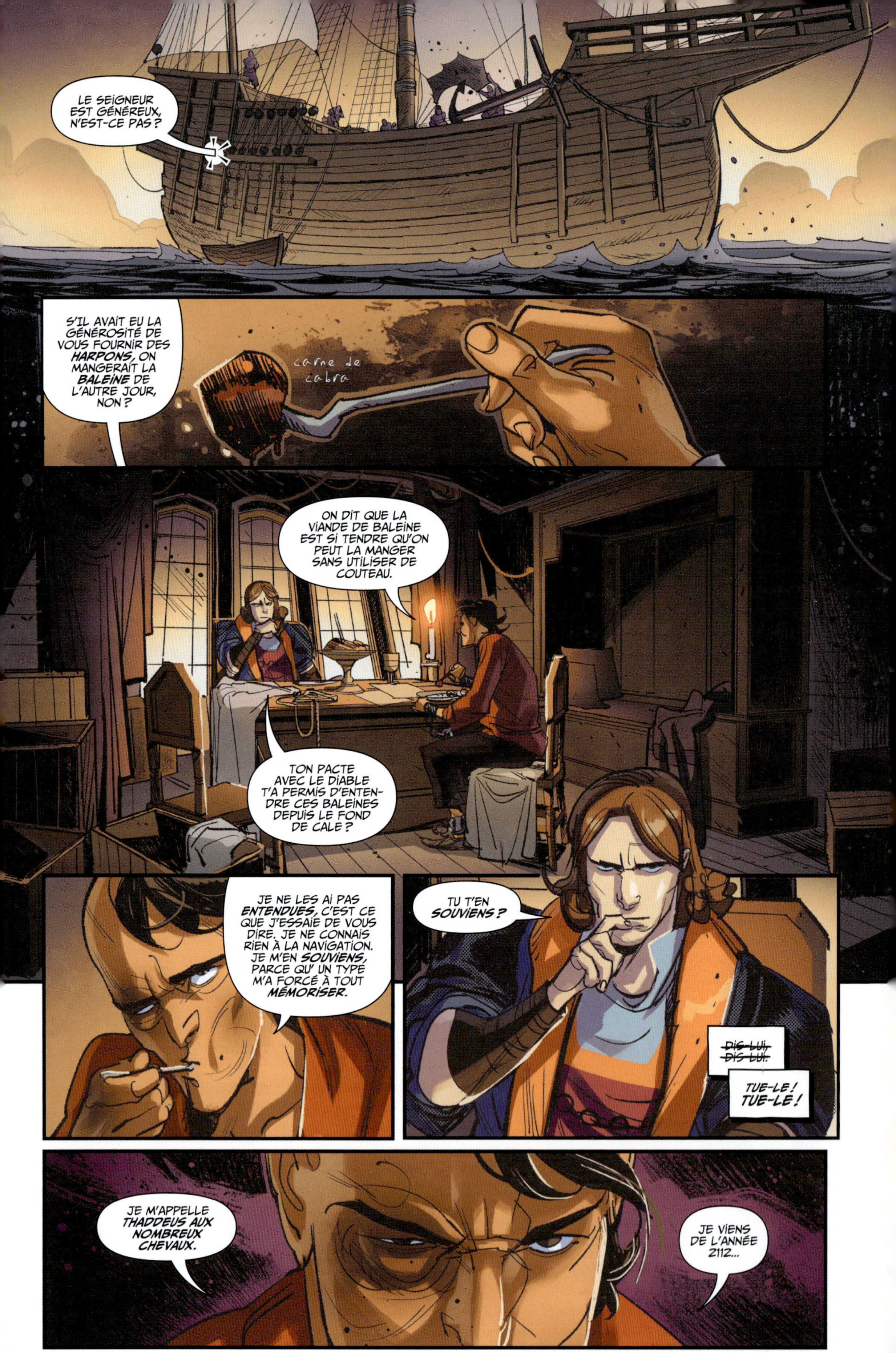

LE SEIGNEUR EST GÉNÉREUX, N'EST-CE PAS ?
S'IL AVAIT EU LA GÉNÉROSITÉ DE VOUS FOURNIR DES HARPONS, ON MANGERAIT LA BALEINE DE L'AUTRE JOUR, NON ?
carne de cabra
ON DIT QUE LA VIANDE DE BALEINE EST SI TENDRE QU'ON PEUT LA MANGER SANS UTILISER DE COUTEAU.
TON PACTE AVEC LE DIABLE T'A PERMIS D'ENTENDRE CES BALEINES DEPUIS LE FOND DE CALE ?
JE NE LES AI PAS ENTENDUES, C'EST CE QUE J'ESSAIE DE VOUS DIRE. JE NE CONNAIS RIEN À LA NAVIGATION. JE M'EN SOUVIENS, PARCE QU'UN TYPE M'A FORCÉ À TOUT MÉMORISER.
TU T'EN SOUVIENS ?
DIS-LUI. DIS-LUI.
TUE-LE ! TUE-LE !
JE M'APPELLE THADDEUS AUX NOMBREUX CHEVAUX.
JE VIENS DE L'ANNÉE 2112...

SPLASH
RRRRRRRRMMMMMRMRMMRMMM
HUH ?
RRRRRRRRMMMMMRMRMMRMM
RRRRRRRRMMMMMRMRMMRMMM
SOSH ?
TU AS TROUVÉ CE LIVRE D'HIS-TOIRE ?
RRRM

BÈÈÈÈ ! BÈÈÈÈ !
J'IMITE VRAIMENT BIEN LA CHÈVRE, NON ?
POURQUOI TU M'AIDES ? JE T'AI TUÉ.
QUATORZE JOURS AUX FERS ET VOILÀ QU'IL DISCUTE AVEC LE BÉTAIL. L'AMIRAL CROIT VRAIMENT QU'IL VA NOUS AIDER À LA NAVIGATION ?
TOUT DOUX.
OH NON ! NOTRE DÎNER !
LIIIIIBRE !

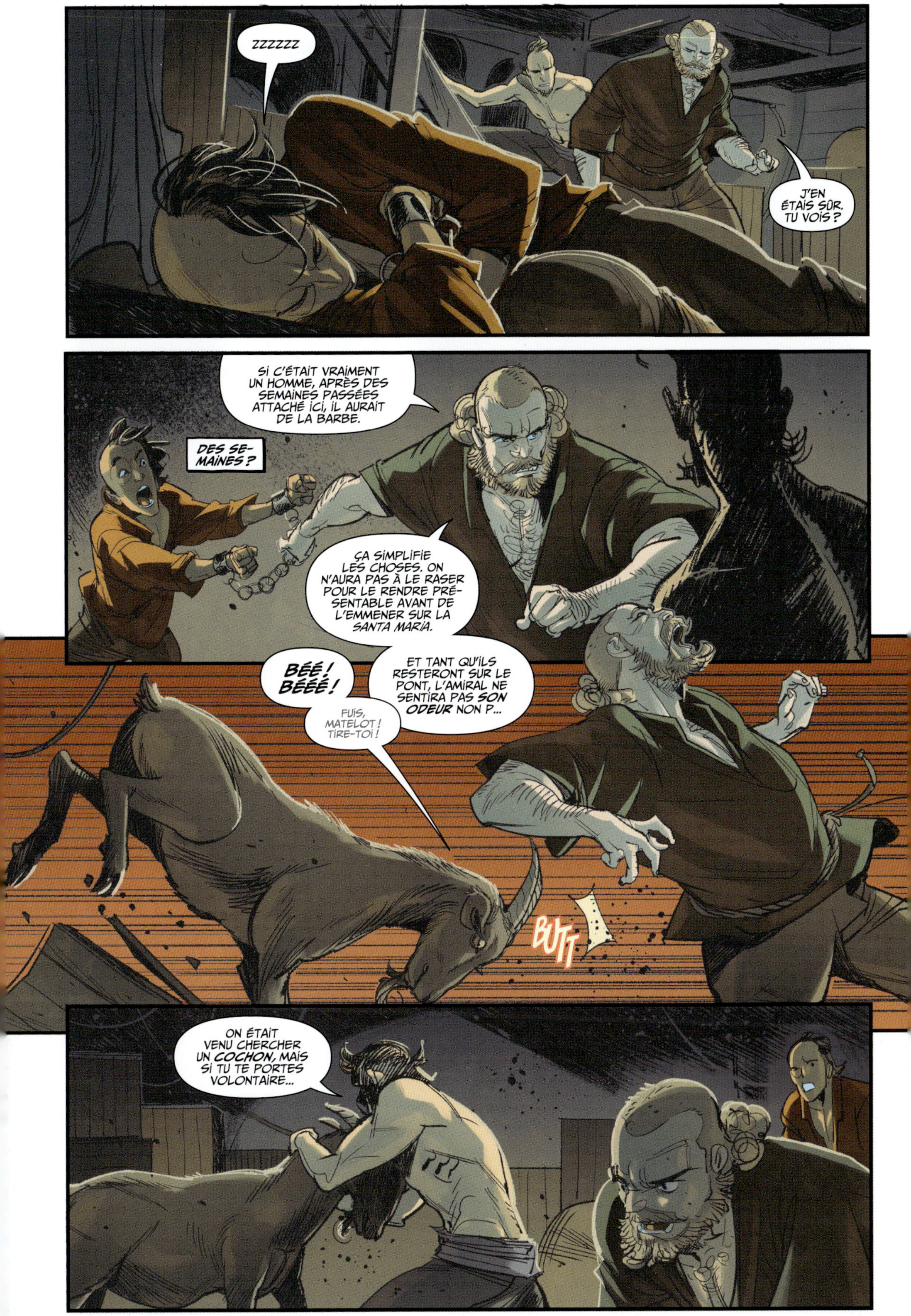
ZZZZZZ
J'EN ÉTAIS SÛR. TU VOIS ?
SI C'ÉTAIT VRAIMENT UN HOMME, APRÈS DES SEMAINES PASSÉES ATTACHÉ ICI, IL AURAIT DE LA BARBE.
DES SE-MAINES ?
ÇA SIMPLIFIE LES CHOSES. ON N'AURA PAS À LE RASER POUR LE RENDRE PRÉ-SENTABLE AVANT DE L'EMMENER SUR LA SANTA MARIA.
ET TANT QU'ILS RESTERONT SUR LE PONT, L'AMIRAL NE SENTIRA PAS SON ODEUR NON P...
BÉÉ ! BÉÉÉ !
FUIS, MATELOT ! TIRE-TOI !
BUTT
ON ÉTAIT VENU CHERCHER UN COCHON, MAIS SI TU TE PORTES VOLONTAIRE...

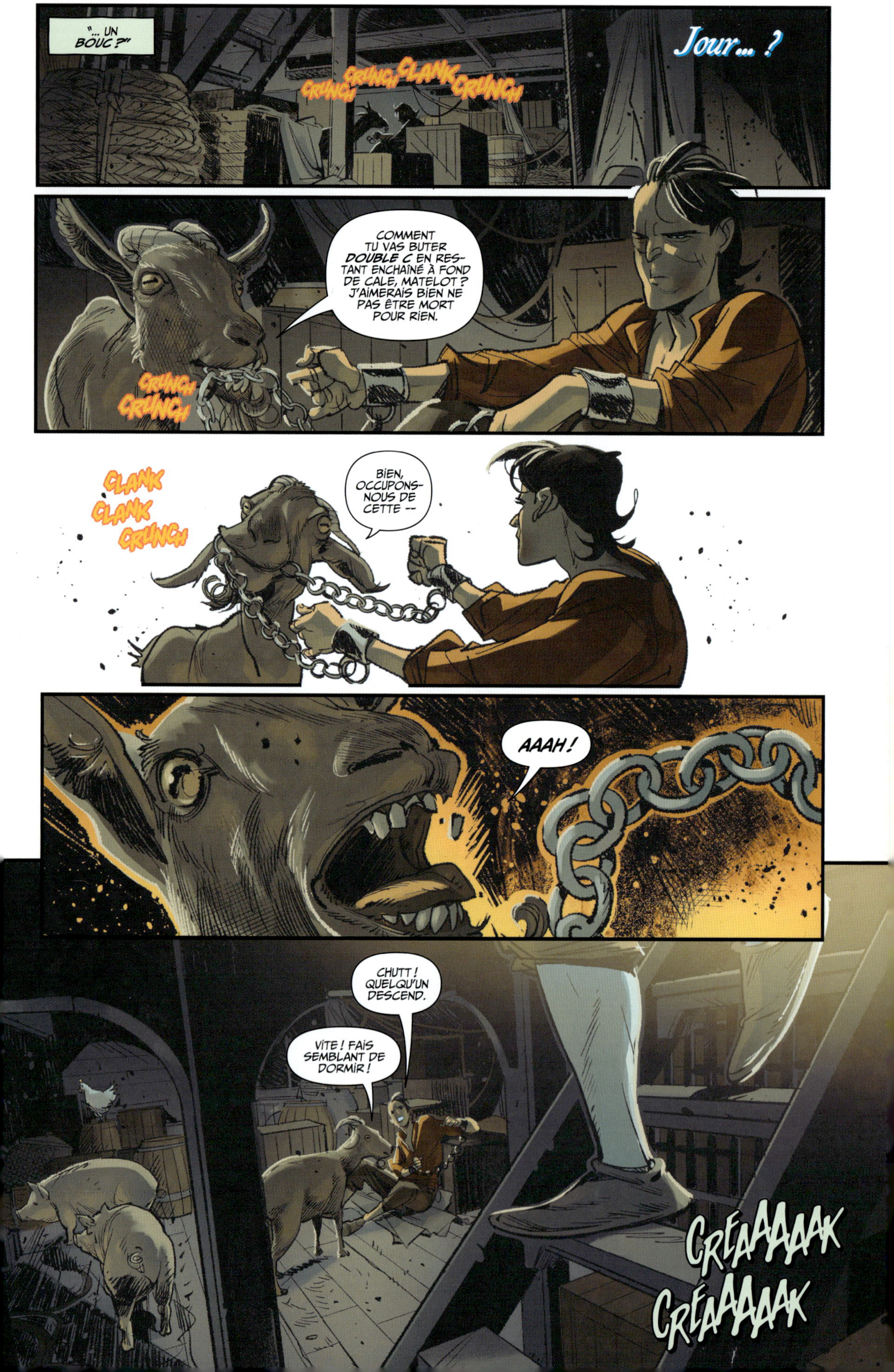
"... UN BOUC ?"
Jour... ?
CRUNCH CRUNCH CLANK CRUNCH
COMMENT TU VAS BUTER DOUBLE C EN RESTANT ENCHAÎNÉ À FOND DE CALE, MATELOT ? J'AIMERAIS BIEN NE PAS ÊTRE MORT POUR RIEN.
CRUNCH CRUNCH
CLANK CLANK CRUNCH
BIEN, OCCUPONS-NOUS DE CETTE --
AAAH !
CHUTT ! QUELQU'UN DESCEND.
VITE ! FAIS SEMBLANT DE DORMIR !
CREAAAAAK CREAAAAAK

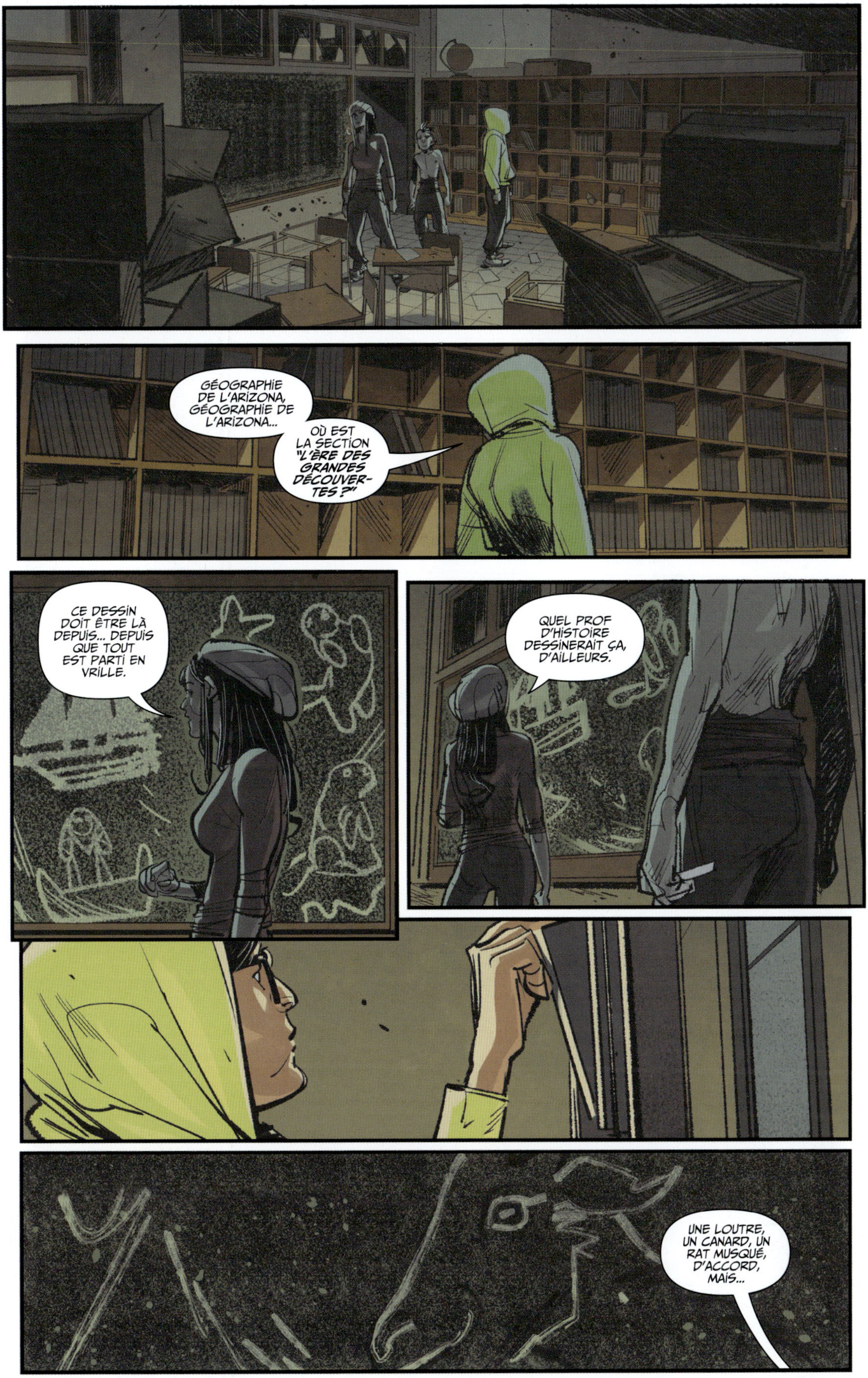
GÉOGRAPHIE DE L'ARIZONA, GÉOGRAPHIE DE L'ARIZONA...
OÙ EST LA SECTION *"L'ÈRE DES GRANDES DÉCOUVERTES ?"*
CE DESSIN DOIT ÊTRE LÀ DEPUIS... DEPUIS QUE TOUT EST PARTI EN VRILLE.
QUEL PROF D'HISTOIRE DESSINERAIT ÇA, D'AILLEURS.
UNE LOUTRE, UN CANARD, UN RAT MUSQUÉ, D'ACCORD, MAIS...

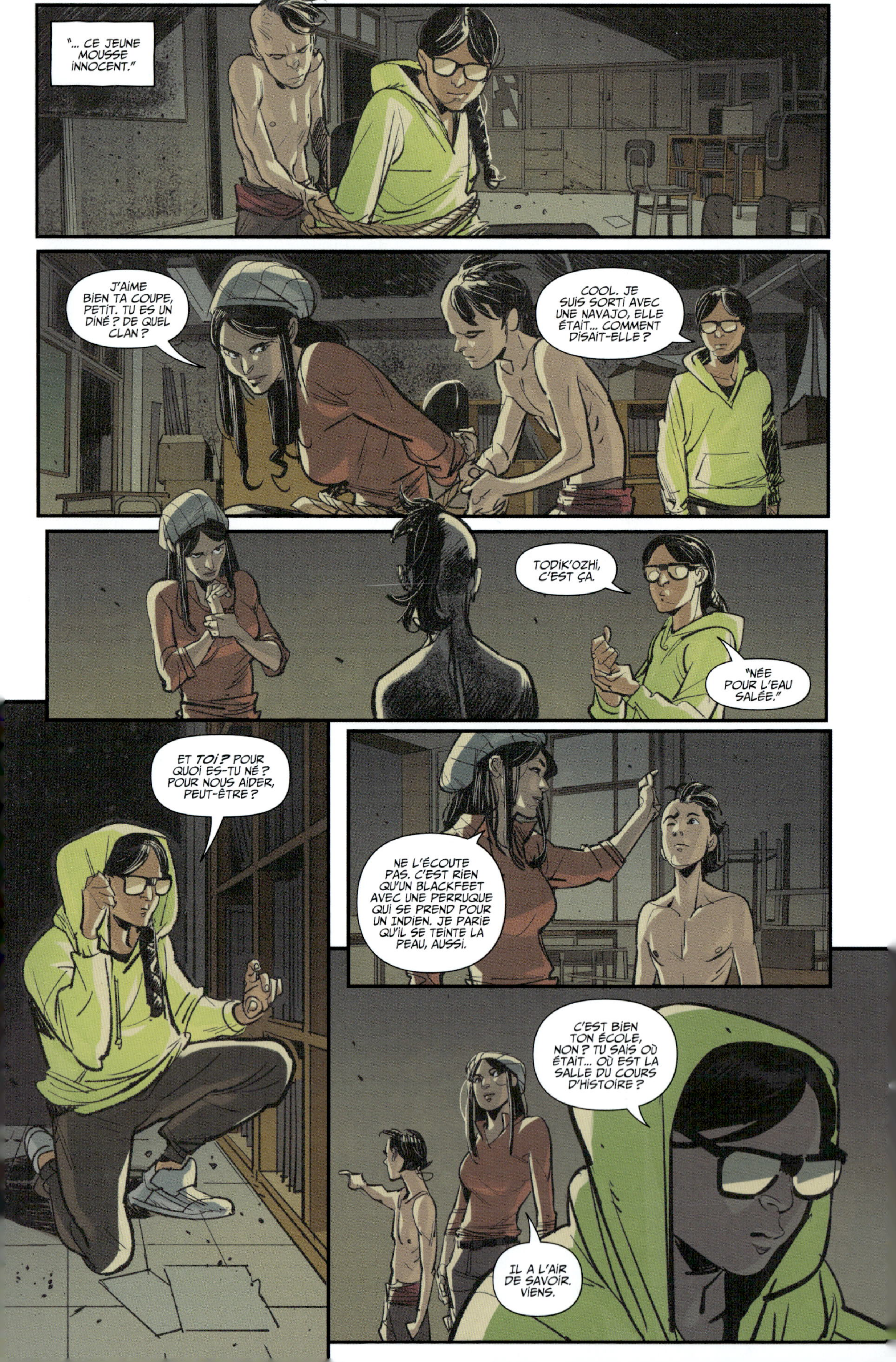
"... CE JEUNE MOUSSE INNOCENT."
J'AIME BIEN TA COUPE, PETIT. TU ES UN DINÉ ? DE QUEL CLAN ?
COOL. JE SUIS SORTI AVEC UNE NAVAJO, ELLE ÉTAIT... COMMENT DISAIT-ELLE ?
TODIK'OZHI, C'EST ÇA.
"NÉE POUR L'EAU SALÉE."
ET TOI ? POUR QUOI ES-TU NÉ ? POUR NOUS AIDER, PEUT-ÊTRE ?
NE L'ÉCOUTE PAS. C'EST RIEN QU'UN BLACKFEET AVEC UNE PERRUQUE QUI SE PREND POUR UN INDIEN. JE PARIE QU'IL SE TEINTE LA PEAU, AUSSI.
C'EST BIEN TON ÉCOLE, NON ? TU SAIS OÙ ÉTAIT... OÙ EST LA SALLE DU COURS D'HISTOIRE ?
IL A L'AIR DE SAVOIR. VIENS.

CE N'EST PAS MOI QUI AI BRISÉ LES RÈGLES LE PREMIER, HEIN MATELOT ? TU N'ES MÊME PAS CENSÉ **ÊTRE** ICI. PAS À CETTE ÉPOQUE, EN TOUT CAS.
CELA DIT, TU MÉRITES D'AVOIR ÉTÉ MIS AUX FERS.
TU NE SAUVERAS PAS LE MONDE COMME ÇA, TAD. TU N'Y ARRI-VERAS PAS.
"OH, SOSH ! JE SUIS DÉSOLÉ, MAIS J'AI ÉCHOUÉ. JE N'AI PAS TROUVÉ LE MOYEN DE TUER COLOMB."
"JE N'AI PAS RÉUSSI À LUI INSPIRER CONFIANCE ET À L'APPROCHER SUFFI-SAMMENT POUR -- "
JE T'INTERDIS DE PRONONCER SON NOM !
SOSH... SASHA ! TON MARI TENTE ME TUER ALORS QUE JE VEUX L'AIDER, COMME IL A TUÉ...

NON, NON. C'EST JUSTE MA... CULPABILITÉ QUE JE PROJETTE. TU N'ES PAS RÉEL, IMPOSSIBLE. JE SUIS...
... UN ÉRUDIT REVENU DANS LE PASSÉ POUR COMMETTRE UN ASSASSINAT ?
TU VAS FAIRE QUOI ? LE TUER À COUPS DE DÉCLINAISONS ?
ROSA ROSA ROSAM ROSAE ROSAE ROSA ROSAE ROSAE ROSAS ROSARUM ROSIS ROSIS...
AH, CE BON VIEUX JACQUES BREL. METTONS-NOUS AU LATIN AUPRÈS D'UN LAKOTA !
QU-QUOI ?
J'AURAIS CRU QUE TU CONNAISSAIS. JE DISAIS JUSTE...
TU VIENS DE CITER LES PAROLES D'UNE VIEILLE CHANSON.
C'EST ÇA. ELLE SERA ENREGISTRÉE DANS... 470 ANS, EN GROS. ÇA FAIT QUOI ? UN BON SIÈCLE AVANT TA NAISSANCE ? OH, JE SENS VENIR TA QUESTION --
TU CONNAIS LA MUSIQUE CONTEMPORAINE FRANÇAISE ?
VOILÀ.
ET TU AS DIT "LAKOTA."
ÇA SE PRONONCE "LAKHOTA," JE CROIS. ÇA VEUT DIRE --
MAIS... TU NE PEUX PAS SAVOIR TOUT ÇA. TU...

AU SECOURS ! À L'AIDE !
CE BOUC ! C'EST PAS UN BOUC ! C'EST UN... UN --
OUI ?
BIN QUOI ? TON TOUR DE PASSE-PASSE AVEC LA MÉTÉORITE NE LES A PAS POUSSÉS À SAUTER PAR-DESSUS BORD POUR EN FINIR ?
ÉTRANGE, NON ? LA MÉTÉORITE ÉTAIT POURTANT LÀ, COMME TU L'AVAIS DIT.
TU -- CETTE CHANSON, C'ÉTAIT... C'ÉTAIT --
CELLE QUE JE CHANTAIS QUAND TU M'AS ÉGORGÉ ?

CHAPITRE QUATRE :

L'homme des Indes

Comme il est hors de question de lui faire confiance, car il ne cherche sans doute qu'à détruire nos deux derniers navires après avoir coulé la Pinta, "l'Indien" a été remis aux fers, dans la cale de la Niña, avec les animaux.
... ET CE FUT TROIS AVANT D'ÊTRE QUATRE... OH ÇA, VOUS POUVEZ M'EN CROIRE...
APRÈS QU'ELLE EN EUT FINI AVEC MOI, PLUS JAMAIS JE NE LA TRAITAIS DE...
TU TE SOUVIENS DE MOI, MATELOT ?
ENFIN, "MATELOT..." IL FAUT LE DIRE VITE, HEIN ?

"... OU PLUTÔT QUE TU LE SAURAS D'ICI QUELQUES HEURES."
HUM... SALUT, ÇA VA ? TU SAIS, J'AI DÉJÀ TOUT RACONTÉ AU GRAND BALÈZE.
ÉCOUTE... ON ESSAIE DE SAUVER LE MONDE, TU VOIS ? DE TOUT ARRANGER ? DÉSOLÉ, MAIS --
OH -- OH ! JE... JE T'AI PRIS POUR QUELQU'UN D'AUTRE.
ES-TU LE CANARD, LA LOUTRE OU LE LAKOTA ?
JE... HEIN ?
TU ES UN DES PÊCHEURS DE TERRE, NON ? LE RAT MUSQUÉ A SURVÉCU ET IL M'A TOUT RACONTÉ. QUANT À LA LOUTRE ET AU CANARD...
... JE NE PENSE PAS QU'ILS S'EN SOIENT SORTIS.

"JE CROIS QUE TU LE SAIS DÉJÀ, EMILY..."

J'AURAIS DÛ ME TROUVER LÀ-BAS, AUPRÈS D'ELLE QUAND ELLE... QUAND ELLE ÉTAIT --
MERCI POUR TOUT ÇA, EMILY.
C'EST COMME SI ELLE AVAIT LAISSÉ CE PLANT DE MAÏS POUR QUE JE LA REJOIGNE.
ON NE SAIT MÊME PAS SI ÇA MARCHE.
JE NE SUIS PEUT-ÊTRE QU'UN VIEUX FOU PERSUADÉ D'ÊTRE REVENU DANS SON PASSÉ, HEIN ?
JE NE VOULAIS PAS -- ET QUE DOIS-JE *FAIRE* APRÈS TON DÉPART ?

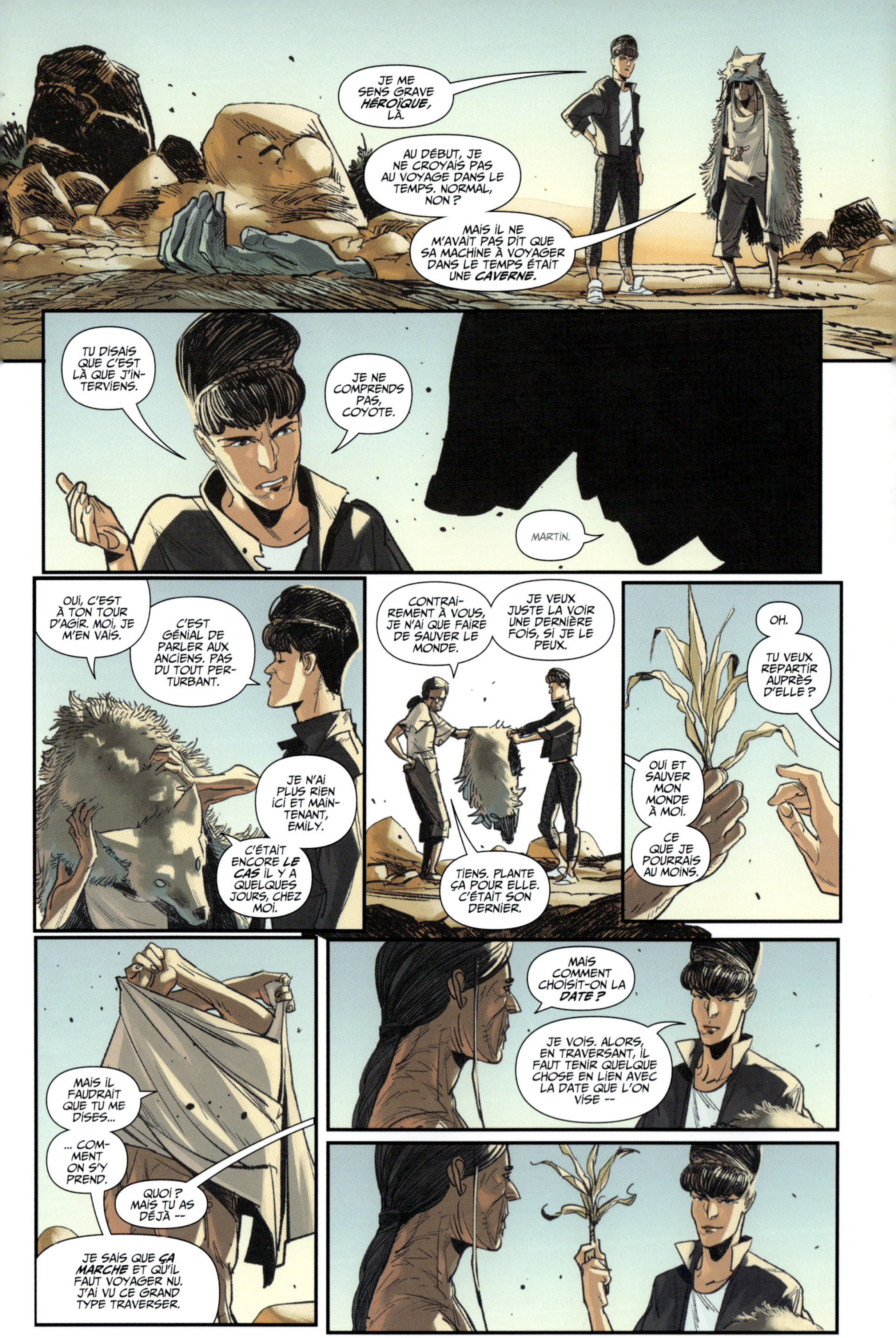

JE ME SENS GRAVE HÉROÏQUE, LÀ.
AU DÉBUT, JE NE CROYAIS PAS AU VOYAGE DANS LE TEMPS. NORMAL, NON ?
MAIS IL NE M'AVAIT PAS DIT QUE SA MACHINE À VOYAGER DANS LE TEMPS ÉTAIT UNE CAVERNE.
TU DISAIS QUE C'EST LÀ QUE J'INTERVIENS.
JE NE COMPRENDS PAS, COYOTE.
MARTIN.
OUI, C'EST À TON TOUR D'AGIR. MOI, JE M'EN VAIS.
C'EST GÉNIAL DE PARLER AUX ANCIENS. PAS DU TOUT PERTURBANT.
JE N'AI PLUS RIEN ICI ET MAINTENANT, EMILY.
C'ÉTAIT ENCORE LE CAS IL Y A QUELQUES JOURS, CHEZ MOI.
CONTRAIREMENT À VOUS, JE N'AI QUE FAIRE DE SAUVER LE MONDE.
JE VEUX JUSTE LA VOIR UNE DERNIÈRE FOIS, SI JE LE PEUX.
TIENS. PLANTE ÇA POUR ELLE. C'ÉTAIT SON DERNIER.
OH.
TU VEUX REPARTIR AUPRÈS D'ELLE ?
OUI ET SAUVER MON MONDE À MOI.
CE QUE JE POURRAIS AU MOINS.
MAIS IL FAUDRAIT QUE TU ME DISES...
... COMMENT ON S'Y PREND.
QUOI ? MAIS TU AS DÉJÀ --
JE SAIS QUE ÇA MARCHE ET QU'IL FAUT VOYAGER NU. J'AI VU CE GRAND TYPE TRAVERSER.
MAIS COMMENT CHOISIT-ON LA DATE ?
JE VOIS. ALORS, EN TRAVERSANT, IL FAUT TENIR QUELQUE CHOSE EN LIEN AVEC LA DATE QUE L'ON VISE --

WICHÁHPI !
"CE JEUNE GARÇON M'A DIT QUE VOUS ÉTIEZ DES HÉROS, QUE VOUS VOULIEZ SAUVER LE MONDE."
"DES HÉROS, C'EST ÇA."

En ce jour et cette nuit, nous avons parcouru 27 lieues de notre périple vers l'ouest. Tôt dans la soirée une fabuleuse boule de feu est tombée des cieux dans la mer, à une distance de quatre ou cinq lieues devant nous, comme "l'Indien" mis au fer dans la cale de la Niña l'avait prédit, sans doute inspiré par l'Innommable qui veut empêcher notre réussite...
from us, just as the "Indian"
held prisoner in the Niña's
hold foretokened, with help,
assuredly, from the One who
would imperil our

TU ES UN *INDIEN* ?
CE N'EST PAS L'INDE.
C'EST LE DÉMON QUI S'EXPRIME PAR SA BOUCHE, GUNNY.
JE SAVAIS POUR CE *MÂT FLOTTANT*, NON ?
TU *SAVAIS* AUSSI POUR LE DIABLE DÉGUISÉ EN BOUC, N'EST-CE PAS ?
J'ATTENDS VOS ORDRES, AMIRAL.
QUEL JOUR SOMMES-NOUS ? JE SUIS CERTAIN QUE TU ES CAPABLE DE ME LE DIRE.
NOUS SOMMES LE 15 SEPTEMBRE, BIEN SÛR.
ALORS JE PEUX PROUVER QUE J'AI ÉTÉ ENVOYÉ ICI POUR VOUS AIDER À ATTEINDRE VOTRE BUT.
REMONTEZ-MOI SUR LE PONT. JE PEUX ENFLAMMER LE CIEL, MAIS PAS D'ICI. IL NE POURRAIT PAS M'ENTENDRE.
J'ESPÈRE POUR TOI QUE C'EST VRAI.
T'AS JAMAIS RIEN VU DE PLUS DIVIN.

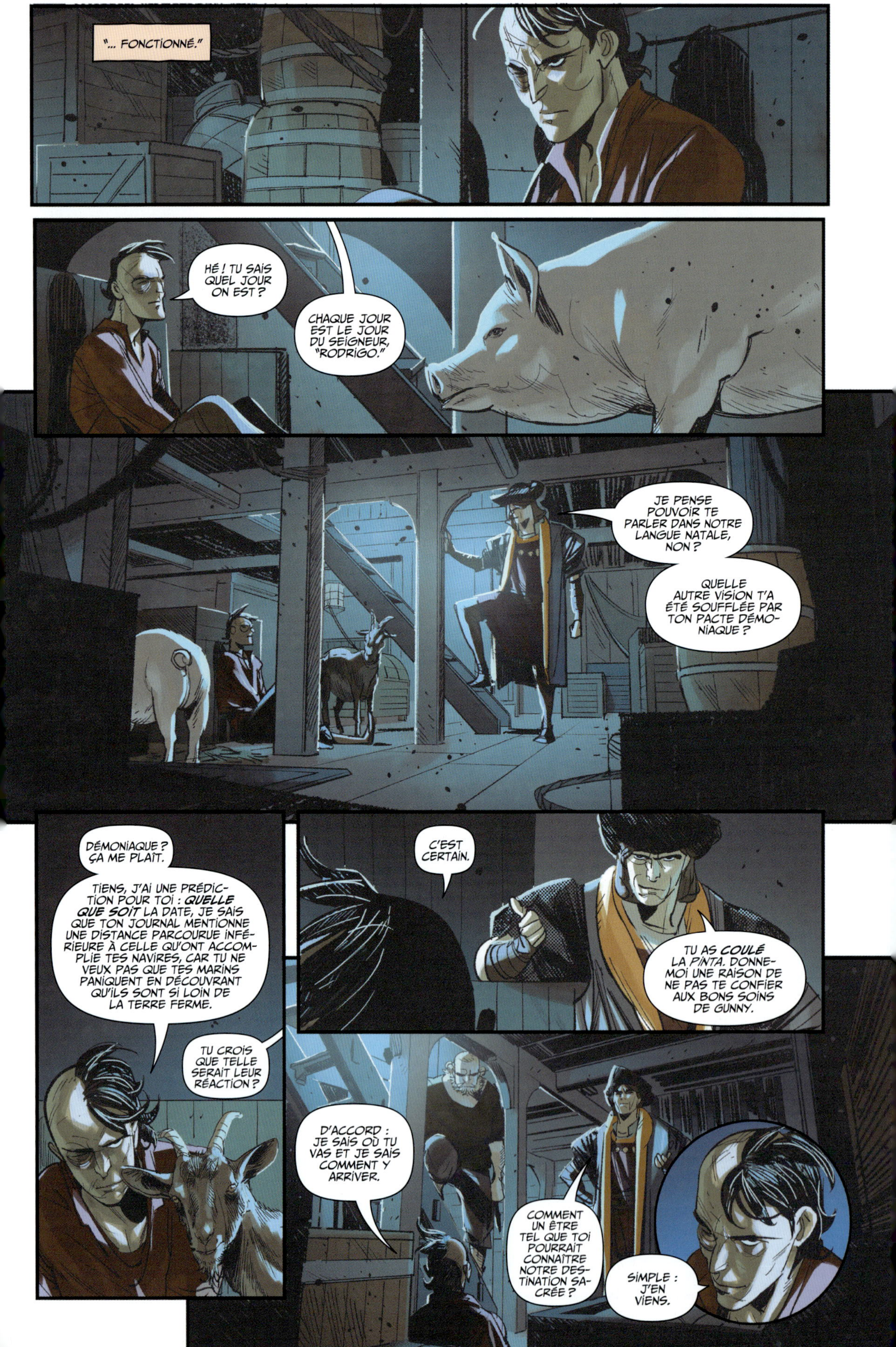
"... FONCTIONNÉ."
HÉ ! TU SAIS QUEL JOUR ON EST ?
CHAQUE JOUR EST LE JOUR DU SEIGNEUR, "RODRIGO."
JE PENSE POUVOIR TE PARLER DANS NOTRE LANGUE NATALE, NON ?
QUELLE AUTRE VISION T'A ÉTÉ SOUFFLÉE PAR TON PACTE DÉMONIAQUE ?
DÉMONIAQUE ? ÇA ME PLAÎT.
TIENS, J'AI UNE PRÉDICTION POUR TOI : QUELLE QUE SOIT LA DATE, JE SAIS QUE TON JOURNAL MENTIONNE UNE DISTANCE PARCOURUE INFÉRIEURE À CELLE QU'ONT ACCOMPLIE TES NAVIRES, CAR TU NE VEUX PAS QUE TES MARINS PANIQUENT EN DÉCOUVRANT QU'ILS SONT SI LOIN DE LA TERRE FERME.
C'EST CERTAIN.
TU AS COULÉ LA PINTA. DONNE-MOI UNE RAISON DE NE PAS TE CONFIER AUX BONS SOINS DE GUNNY.
TU CROIS QUE TELLE SERAIT LEUR RÉACTION ?
D'ACCORD : JE SAIS OÙ TU VAS ET JE SAIS COMMENT Y ARRIVER.
COMMENT UN ÊTRE TEL QUE TOI POURRAIT CONNAÎTRE NOTRE DESTINATION SACRÉE ?
SIMPLE : J'EN VIENS.

"GRÂCE À UN PEU DE PERSUASION, CE JEUNE BLACKFEET M'A EXPLIQUÉ COMMENT VOUS VOUS ÊTES TOUS RENCONTRÉS ALORS QUE LE MONDE S'EFFONDRAIT..."
"... COMMENT, EN BONS INDIENS COURAGEUX, VOUS AVEZ DÉCIDÉ D'EMPÊCHER LA CRÉATION DE L'AMÉRIQUE..."
"... ET QUE L'UN DE VOUS EST PARTI DANS LE PASSÉ POUR TUER COLOMB."
"QU'IL A ÉTÉ CHOISI PARCE QU'IL MAÎTRISAIT BEAUCOUP DE LANGUES..."
"... ET QUE, À VOTRE GRAND ÉTONNEMENT À TOUS, VOTRE IDÉE A..."

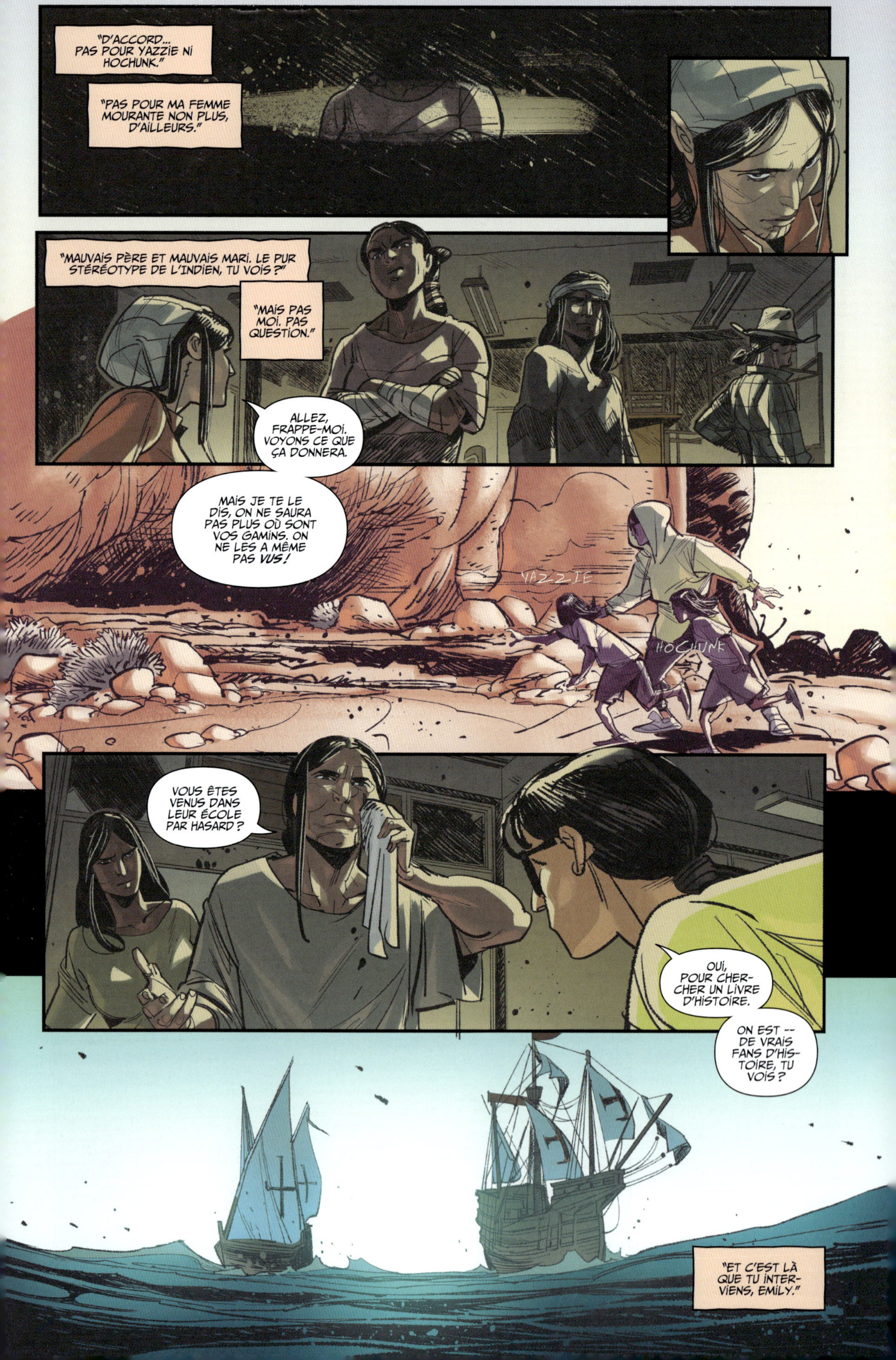
"D'ACCORD... PAS POUR YAZZIE NI HOCHUNK."
"PAS POUR MA FEMME MOURANTE NON PLUS, D'AILLEURS."
"MAUVAIS PÈRE ET MAUVAIS MARI. LE PUR STÉRÉOTYPE DE L'INDIEN, TU VOIS ?"
"MAIS PAS MOI. PAS QUESTION."
ALLEZ, FRAPPE-MOI. VOYONS CE QUE ÇA DONNERA.
MAIS JE TE LE DIS, ON NE SAURA PAS PLUS OÙ SONT VOS GAMINS. ON NE LES A MÊME PAS VUS !
YAZZIE
HOCHUNK
VOUS ÊTES VENUS DANS LEUR ÉCOLE PAR HASARD ?
OUI, POUR CHERCHER UN LIVRE D'HISTOIRE.
ON EST -- DE VRAIS FANS D'HISTOIRE, TU VOIS ?
"ET C'EST LÀ QUE TU INTERVIENS, EMILY."

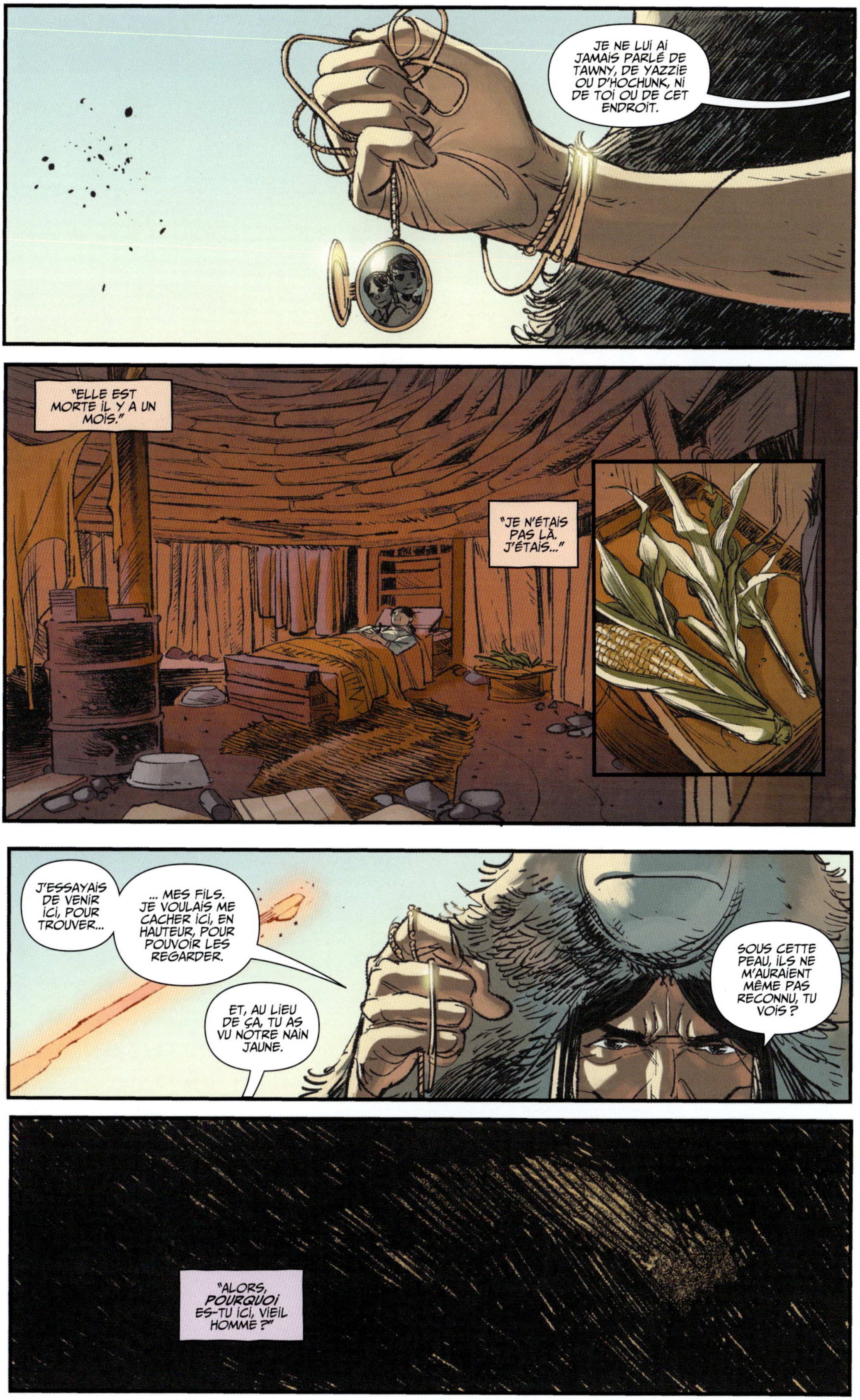
JE NE LUI AI JAMAIS PARLÉ DE TAWNY, DE YAZZIE OU D'HOCHUNK, NI DE TOI OU DE CET ENDROIT.
"ELLE EST MORTE IL Y A UN MOIS."
"JE N'ÉTAIS PAS LÀ. J'ÉTAIS..."
J'ESSAYAIS DE VENIR ICI, POUR TROUVER...
... MES FILS. JE VOULAIS ME CACHER ICI, EN HAUTEUR, POUR POUVOIR LES REGARDER.
ET, AU LIEU DE ÇA, TU AS VU NOTRE NAIN JAUNE.
SOUS CETTE PEAU, ILS NE M'AURAIENT MÊME PAS RECONNU, TU VOIS ?
"ALORS, POURQUOI ES-TU ICI, VIEIL HOMME ?"

"... VOUS TUER."
"TU FAIS À NOUVEAU ALLUSION À TAD, HEIN ? LE MARI DE SOSH, CELUI QUI EST PARTI DANS LE PASSÉ."
C'EST REPARTI. BONNE TRAVERSÉE, MAUVAIS BATEAU.
SNORGH SNORGH
AU MOINS, VOUS, ON VOUS GARDE EN VIE POUR AVOIR DE LA VIANDE FRAÎCHE.
MOI, ON ME PENDRA À L'AUBE.
"TAD ?"
"SON NOM NE NOUS EST PAS PARVENU, MAIS SES ACTIONS, SI."
"ENFIN... CE QU'IL A TENTÉ DE FAIRE."
"TENTÉ ?"
S'IL AVAIT EMPÊCHÉ L'AMÉRIQUE D'EXISTER...
... CETTE RIVIÈRE NE SERAIT SUREMENT PAS À SEC, D'ACCORD ?
OUI. ÇA SE TIENT, EN EFFET.
LES LÉGENDES DU PEUPLE DE MA FEMME RACONTENT QUE CE COURS D'EAU ÉTAIT VITAL POUR EUX.
TA FEMME EST VENUE ICI AVEC TOI ?
MA NOUVELLE FEMME. PAS TAWNY.
ELLE EST DU CLAN DE MA MÈRE. ELLES ONT GRANDI ENSEMBLE.
MINUTE... TU ES REPARTI DANS LE PASSÉ ET TU T'ES MARIÉ ?

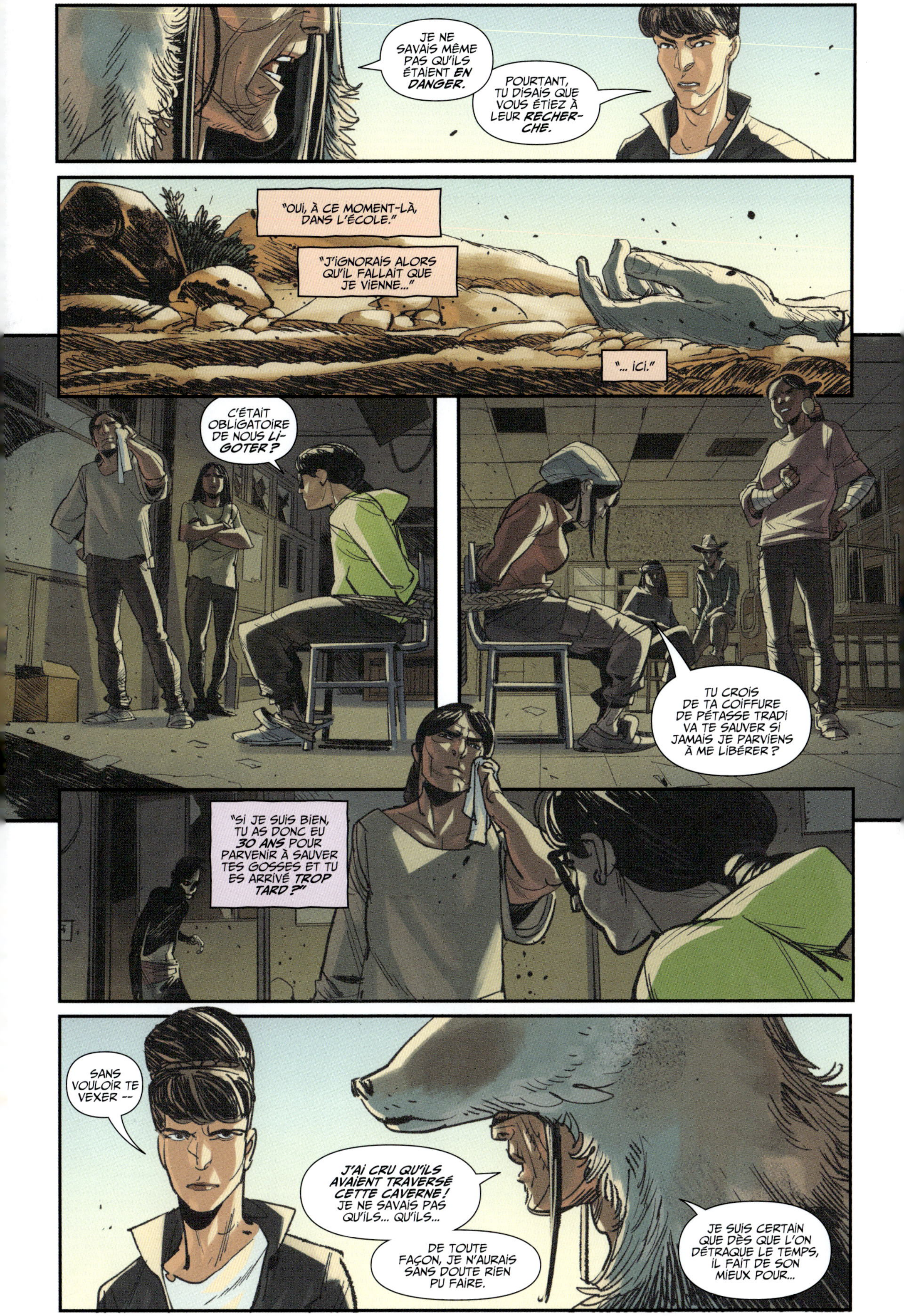
JE NE SAVAIS MÊME PAS QU'ILS ÉTAIENT EN DANGER.
POURTANT, TU DISAIS QUE VOUS ÉTIEZ À LEUR RECHERCHE.
"OUI, À CE MOMENT-LÀ, DANS L'ÉCOLE."
"J'IGNORAIS ALORS QU'IL FALLAIT QUE JE VIENNE..."
"... ICI."
C'ÉTAIT OBLIGATOIRE DE NOUS LIGOTER ?
TU CROIS DE TA COIFFURE DE PÉTASSE TRADI VA TE SAUVER SI JAMAIS JE PARVIENS À ME LIBÉRER ?
"SI JE SUIS BIEN, TU AS DONC EU 30 ANS POUR PARVENIR À SAUVER TES GOSSES ET TU ES ARRIVÉ TROP TARD ?"
SANS VOULOIR TE VEXER --
J'AI CRU QU'ILS AVAIENT TRAVERSÉ CETTE CAVERNE ! JE NE SAVAIS PAS QU'ILS... QU'ILS...
DE TOUTE FAÇON, JE N'AURAIS SANS DOUTE RIEN PU FAIRE.
JE SUIS CERTAIN QUE DÈS QUE L'ON DÉTRAQUE LE TEMPS, IL FAIT DE SON MIEUX POUR...

C'EST ELLE QUI M'A FAIT ÇA, TU VOIS ?
"OUAIS, C'EST TOUT SOSH, ÇA."
"FRAPPER D'ABORD ET DISCUTER PLUS TARD."
"MAIS IL Y AVAIT UNE AUTRE ***DURE À CUIRE*** À L'ÉCOLE CE JOUR-LÀ."
"*TAWNY.*"
"MA PREMIÈRE ÉPOUSE."
TU PENSAIS QUE TON MENTON TATOUÉ NOUS FERAIT PEUR ?
H-HÉ ! LE GOSSE A DISPARU.
"AUCUN GOSSE NE NOUS ACCOMPAGNAIT..."
"... CAR NOUS ÉTIONS JUSTEMENT À LA RECHERCHE DE YAZZIE ET HOCHUNK..."
... MES JUMEAUX.
TU T'ES SERVI DE LA CAVERNE, N'EST-CE PAS ? C'EST POUR ÇA QUE TU ES À L'ÉCOLE ET ICI EN MÊME TEMPS."
"TU ES VENU POUR SAUVER TES FILS ?"

"D'AILLEURS, ELLE NE VA PAS TARDER À ÊTRE TRÈS OCCUPÉE."
SILENCE !
AH, LE VOILÀ.
HÉ, PETIT ! C'ÉTAIT TON ÉCOLE, ICI ? OÙ AVAIT LIEU LE COURS D'HISTOIRE ?
JE CROYAIS QU'ON DEVAIT LA JOUER...
... DISCRET ?

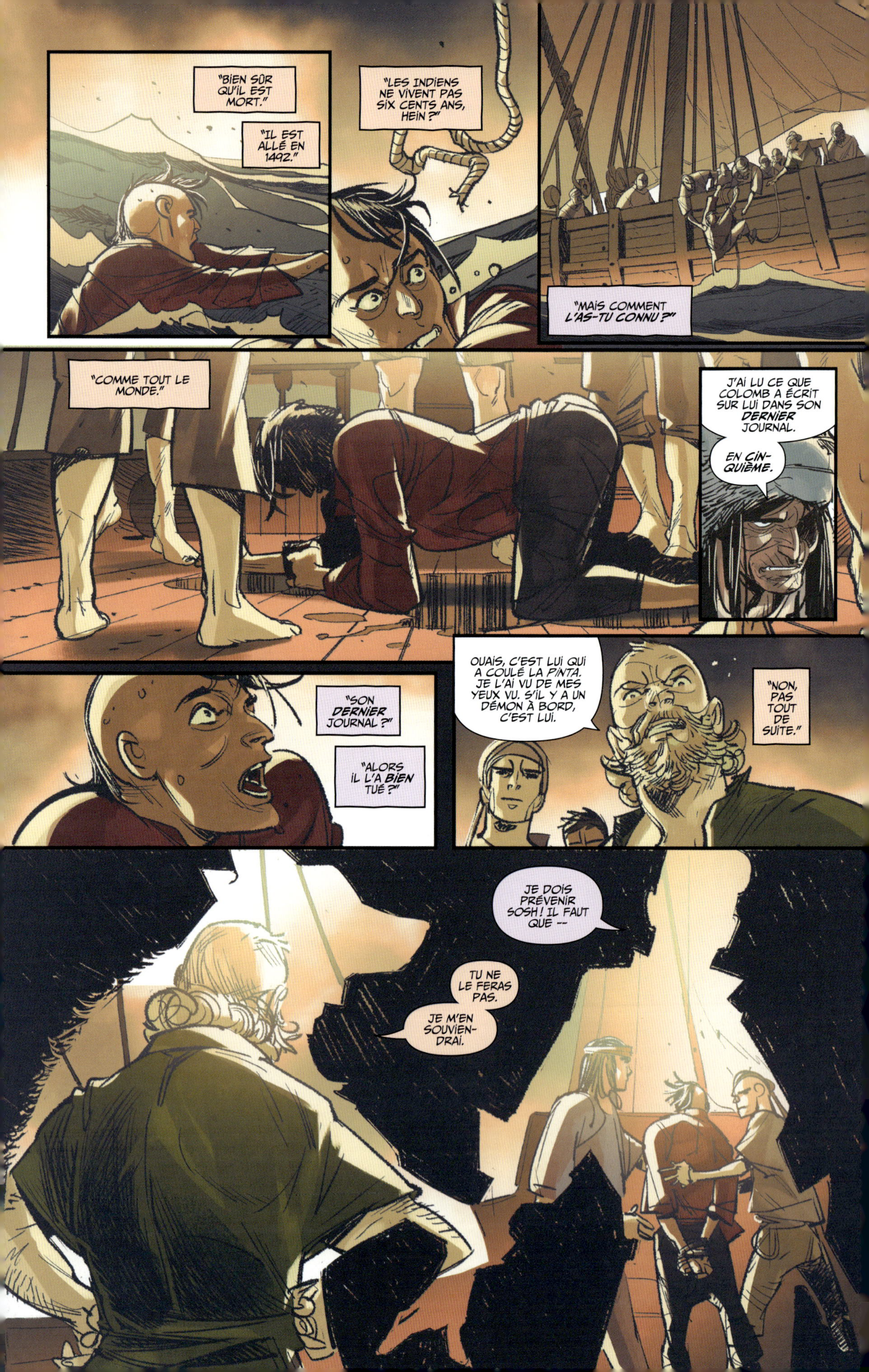
"BIEN SÛR QU'IL EST MORT."
"IL EST ALLÉ EN 1492."
"LES INDIENS NE VIVENT PAS SIX CENTS ANS, HEIN ?"
"MAIS COMMENT L'AS-TU CONNU ?"
"COMME TOUT LE MONDE."
J'AI LU CE QUE COLOMB A ÉCRIT SUR LUI DANS SON DERNIER JOURNAL.
EN CINQUIÈME.
"SON DERNIER JOURNAL ?"
"ALORS IL L'A BIEN TUÉ ?"
OUAIS, C'EST LUI QUI A COULÉ LA PINTA. JE L'AI VU DE MES YEUX VU. S'IL Y A UN DÉMON À BORD, C'EST LUI.
"NON, PAS TOUT DE SUITE."
JE DOIS PRÉVENIR SOSH ! IL FAUT QUE --
TU NE LE FERAS PAS.
JE M'EN SOUVIENDRAI.

"C'EST-À-DIRE AUJOURD'HUI."
OÙ EST PASSÉ CE MÔME ?
TU LE VOIS ? J'AI RÊVÉ OU IL Y AVAIT UN TRUC BIZARRE CONCERNANT SON VISAGE ?
TU LES AS VUS ALORS QU'ILS SE DIRIGEAIENT VERS CETTE PETITE ÉCOLE ?
OUAIS, JE CROIS QUE JE NE VAIS PAS TARDER À LES RENCONTRER.
ON... ON NE DEVRAIT PAS ÊTRE ICI. IL FAUDRAIT...
PAS QUESTION D'ÊTRE AILLEURS QU'ICI.
SINON, OÙ POURRAIT-ON TROUVER UN LIVRE D'HISTOIRE ?
"ILS RECHERCHENT SON MARI DÉFUNT."
"DÉFUNT ? TU VEUX DIRE QU'ILS -- "

SI TU NE VEUX PAS ME TUER, POURQUOI TU ME **COURS APRÈS** ?
C'EST TOI QUI COURAIS. JE VOULAIS AVOIR UNE EXPLICATION...
... PAS FINIR ÉGORGÉ.
EX-PLIQUER **QUOI** ?
C'EST LÀ QUE ÇA DEVIENT DRÔLE.
DRÔLE ?
J'AI PASSÉ **TRENTE ANS** À ATTENDRE TON ARRIVÉE, EMILY.
MOI ? ET COMMENT CONNAIS-TU MON --
C'EST TOI QUI ME L'AS DIT.
ET JE SUIS AUSSI LÀ POUR EUX, D'AILLEURS.
CES TOMBES ÉTAIENT DÉJÀ LÀ À NOTRE ARRIVÉE.
OUI, ELLES ÉTAIENT LÀ DEPUIS UNE SEMAINE.
VOUS NE LES AVEZ PAS CREUSÉES.
MAIS QU'EN EST-IL DU PETIT ?
QUI ? LE JEUNE BLACKFEET ?
À MON **ARRIVÉE**, JE L'AI VU PARTIR POUR VOUS RETROUVER, TOI ET LES DEUX AUTRES.
TU DIS QUE C'EST **LUI** QUI A FAIT ÇA ?
PAS SÛR. JE SUIS ARRIVÉ TROP TARD.
MAIS IL ÉTAIT BIEN LÀ, NON ?
ATTENDS... IL VEUT SAUVER LE MONDE, PAS DE **TUER** LES GENS.
CE SONT DEUX CHOSES DIFFÉRENTES, D'APRÈS TOI ?
SI J'AVAIS **SU** QUI IL ÉTAIT CE JOUR-LÀ...

CHK
CHK
CHK
FWOOM
UGGF!
GAHHH!
SLKT

SHHHK
ET MERDE.

2112
RUSTLE RUSTLE
SHOOOOO

CHAPITRE TROIS :

Femme jaune

"... MORT."
CRRRNCH

C-R-R-R...
C'EST DONC LE FRÈRE. MAIS OÙ EST LA SŒUR ?
ÇA NE PEUT PAS ÊTRE LUI.
QU'EST-CE QU'IL... ?
C-R-R-R...
JE CROIS QU'IL VEUT QU'ON...
NON, NON. *IMPOSSIBLE.* IL EST...

QUOI ? ON DEVRAIT TOUS AVOIR LES CHEVEUX LONGS ?
APPAREMMENT, C'EST CE QUE TU T'ES DIT.
POURQUOI TU VOULAIS... TU SAIS QUOI ? OUBLIE. JE NE VEUX RIEN SAVOIR.
IL EST RENTRÉ.
OÙ EST PASSÉ L'AUTRE ?
BON. ON DESCEND. AVEC UN PEU DE CHANCE, ILS NOUS FOUTENT LA PAIX, ON CHOPE UN LIVRE D'HISTOIRE, PUIS ON...
... ON VÉRIFIE SI TAD A CHANGÉ LE MONDE. D'ACCORD ?
N-NON...
QUOI ?
NON...

LA CHRONOLOGIE VOULAIT PEUT-ÊTRE QU'ON RESTE À LA CAVERNE ?
CHUT, CHUT, CHUTT !
À TERRE !
FWOOOOSH
QUEL CON ! IL VA NOUS VOIR !
PLANQUE-TOI !
TU PARLES D'UN INDIEN --
-- DE PACOTILLE.
HEIN ?

SOSH-SOSH-SOSH
QU... QUOI ENCORE ?
ON FERAIT BIEN DE SE DÉPÊCHER.
OH.
PAS GRAVE. CES ORAGES SONT VIOLENTS, MAIS ILS NE DURENT PAS.
OUAIS, MAIS --
QUOI ? LES BLACKFEET ONT PEUR DES ORAGES ?
NON.
C'EST JUSTE QUE J'AI VÉRIFIÉ LA MÉTÉO QUAND ON AVAIT DU RÉSEAU ET ELLE NE PRÉVOYAIT PAS ÇA.
ET ?

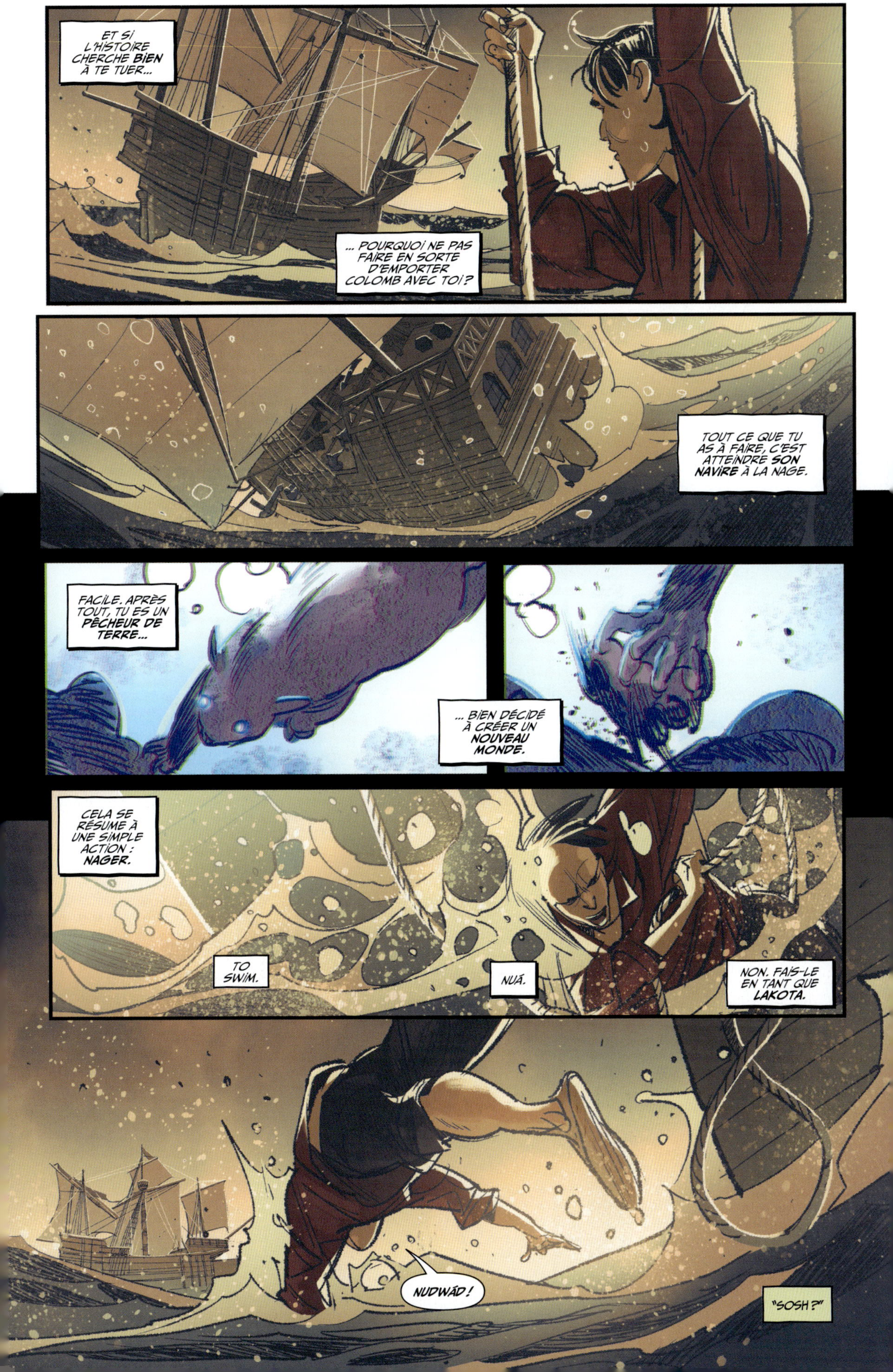

ET SI L'HISTOIRE CHERCHE **BIEN** À TE TUER...
... POURQUOI NE PAS FAIRE EN SORTE D'EMPORTER COLOMB AVEC TOI ?
TOUT CE QUE TU AS À FAIRE, C'EST ATTEINDRE **SON NAVIRE** À LA NAGE.
FACILE. APRÈS TOUT, TU ES UN **PÊCHEUR DE TERRE**...
... BIEN DÉCIDÉ À CRÉER UN **NOUVEAU MONDE**.
CELA SE RÉSUME À UNE SIMPLE ACTION : **NAGER**.
TO SWIM.
NUÁ.
NON. FAIS-LE EN TANT QUE **LAKOTA**.
NUDWĀD !
"SOSH ?"

J'AI APPRIS PAR CŒUR LE JOURNAL DE BORD.
LE PREMIER VOYAGE N'A JAMAIS ESSUYÉ DE TEMPÊTE.
FWOOOSH
POURTANT, ELLE EST BIEN LÀ. POURQUOI ?
RÉFLÉCHIS, TAD. ALLEZ !
SI CETTE TEMPÊTE A LIEU, C'EST PEUT-ÊTRE À CAUSE DE TOI.
L'ANOMALIE QUE L'HISTOIRE VEUT EFFACER, C'EST TOI, PAS COLOMB.
GASP
CRACLACRAK
CREAAAAAK
À MOINS BIEN SÛR QU'ELLE FRAPPE À L'AVEUGLE.

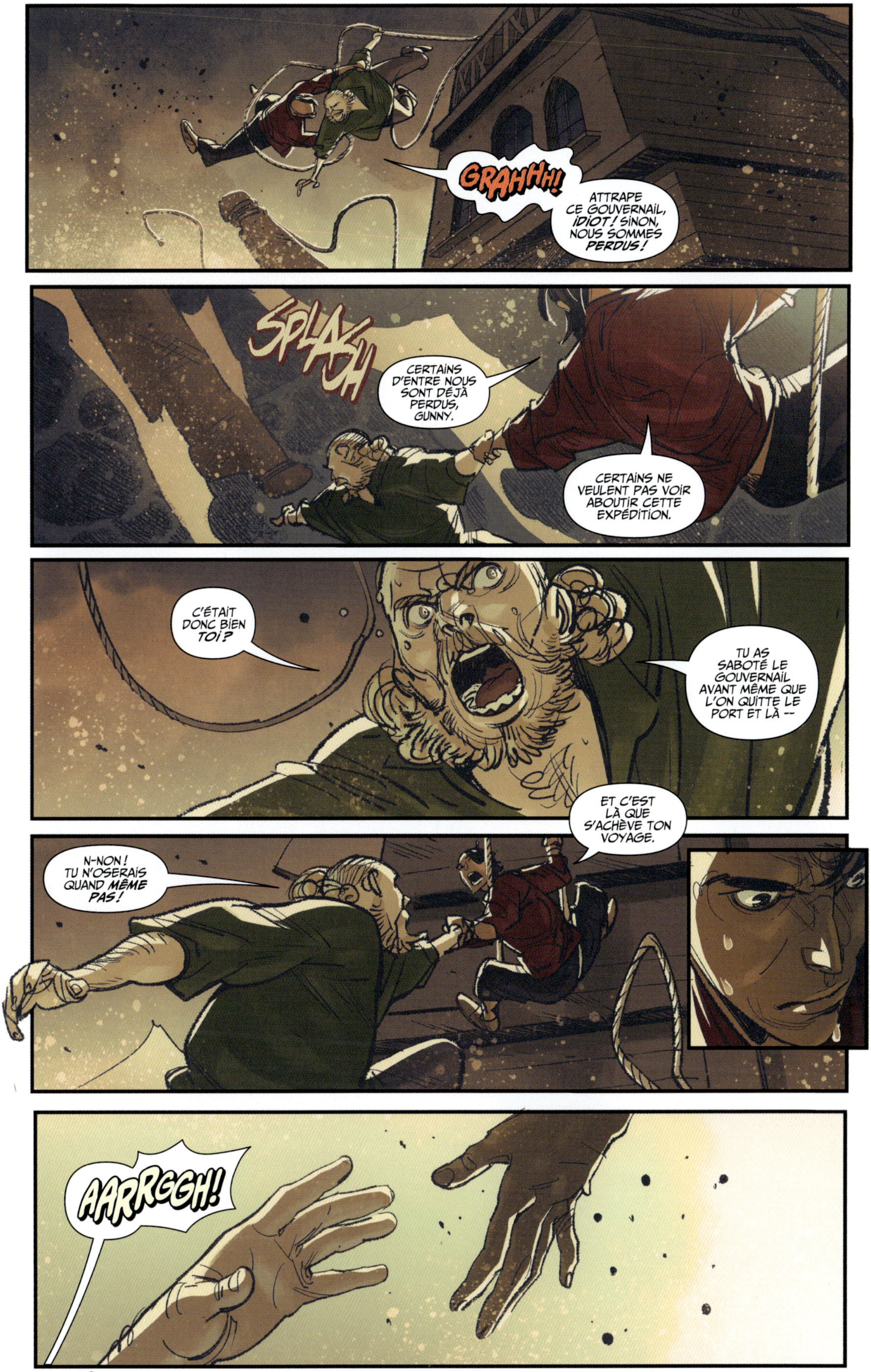
GRAHHH!
ATTRAPE CE GOUVERNAIL, IDIOT ! SINON, NOUS SOMMES PERDUS !
SPLASH
CERTAINS D'ENTRE NOUS SONT DÉJÀ PERDUS, GUNNY.
CERTAINS NE VEULENT PAS VOIR ABOUTIR CETTE EXPÉDITION.
C'ÉTAIT DONC BIEN TOI ?
TU AS SABOTÉ LE GOUVERNAIL AVANT MÊME QUE L'ON QUITTE LE PORT ET LÀ --
N-NON ! TU N'OSERAIS QUAND MÊME PAS !
ET C'EST LÀ QUE S'ACHÈVE TON VOYAGE.
AARRGGH!

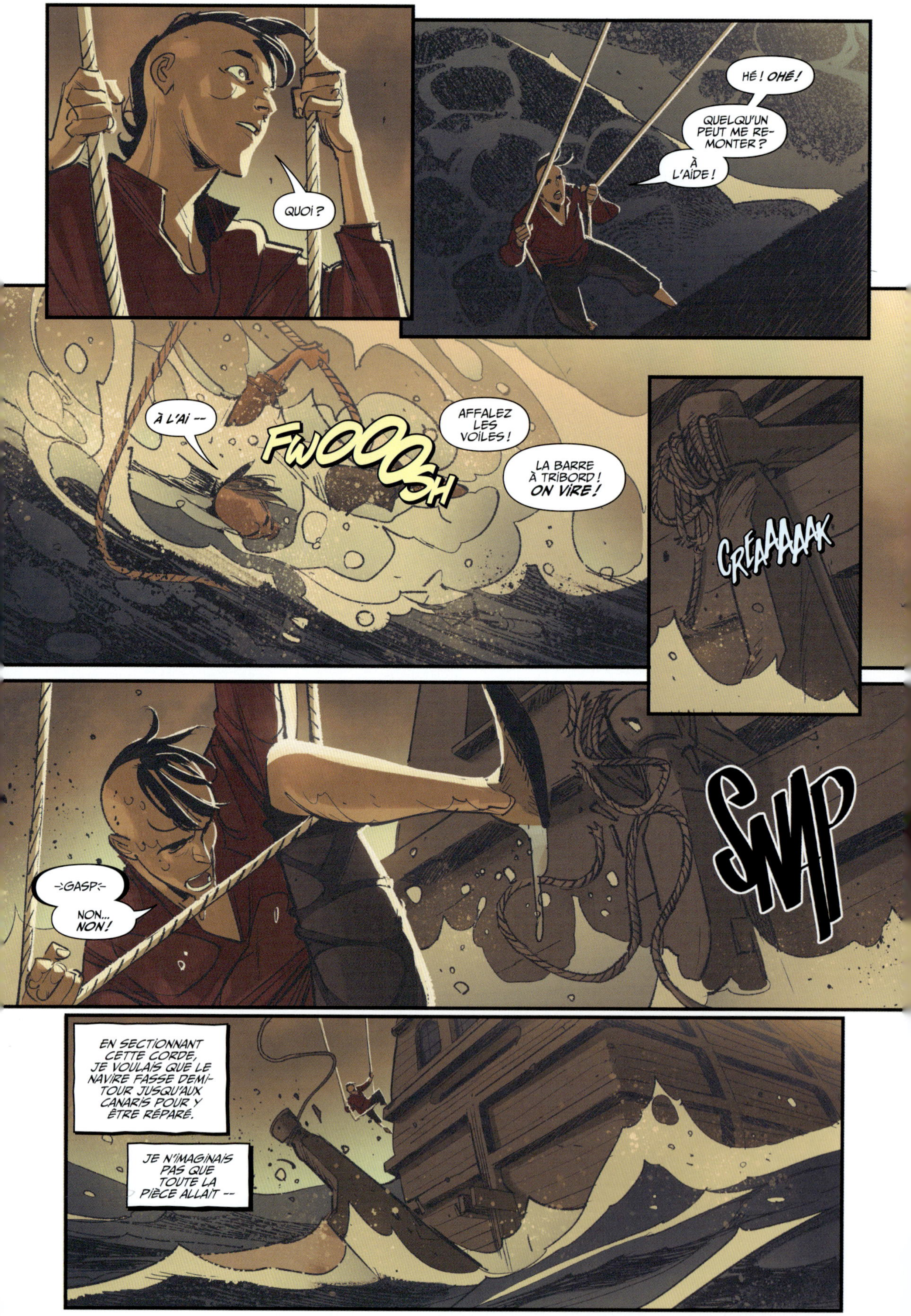
QUOI ?
HÉ ! OHÉ !
QUELQU'UN PEUT ME RE-MONTER ?
À L'AIDE !
À L'AI --
FWOOOOSH
AFFALEZ LES VOILES !
LA BARRE À TRIBORD ! ON VIRE !
CREAAAAAK
SNAP
-GASP-
NON... NON !
EN SECTIONNANT CETTE CORDE, JE VOULAIS QUE LE NAVIRE FASSE DEMI-TOUR JUSQU'AUX CANARIS POUR Y ÊTRE RÉPARÉ.
JE N'IMAGINAIS PAS QUE TOUTE LA PIÈCE ALLAIT --

CRACKKK

SHRRP SHRRP
REGARDEZ, AMIRAL ! C'EST LE CHÂTIMENT POUR CE QU'ILS ONT FAIT SUBIR À CE GARÇON !
BIEN-AIMÉS, NE SOYEZ PAS SURPRIS COMME D'UNE CHOSE ÉTRANGE QUI VOUS ARRIVE, DE LA FOURNAISE QUI EST AU MILIEU POUR VOUS ÉPROUVER.

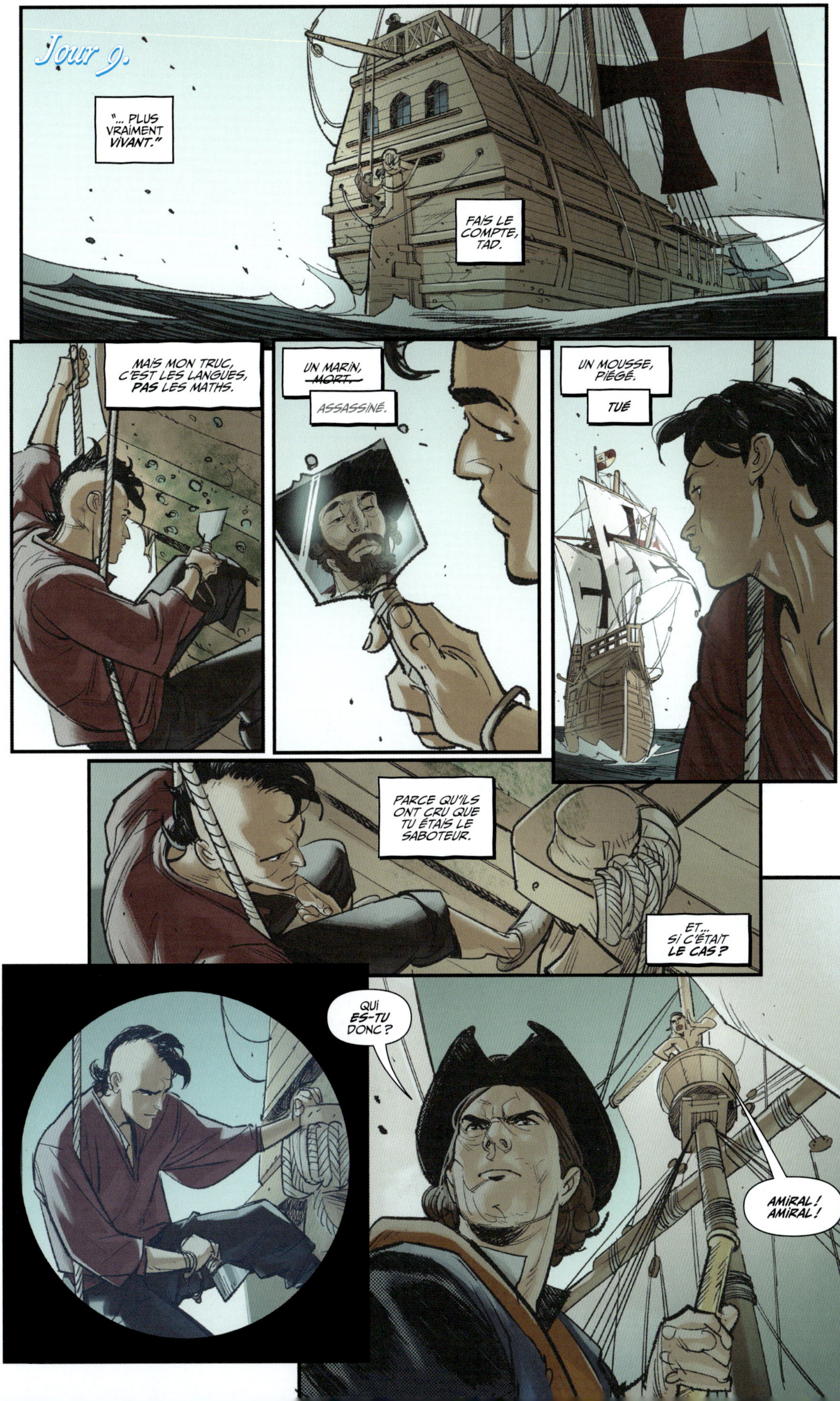
Jour 9.
"... PLUS VRAIMENT VIVANT."
FAIS LE COMPTE, TAD.
MAIS MON TRUC, C'EST LES LANGUES, PAS LES MATHS.
UN MARIN, ~~MORT.~~
ASSASSINÉ.
UN MOUSSE, PIÉGÉ.
TUÉ
PARCE QU'ILS ONT CRU QUE TU ÉTAIS LE SABOTEUR.
ET... SI C'ÉTAIT LE CAS ?
QUI ES-TU DONC ?
AMIRAL ! AMIRAL !

D'APRÈS MOI, QUOI QU'IL SE SOIT PASSÉ, NOTRE AMI À LUNETTES ÉTAIT IMPLIQUÉ. BONNE DÉDUCTION, NON ?
IL A DIT QUE DEUX HOPIS, OU DES NAVAJOS, ONT DÉCOUVERT LA GROTTE QUAND LA RIVIÈRE S'EST ASSÉCHÉE.
ILS L'ONT PRISE POUR UN TUNNEL MAGIQUE.
ET S'ILS NE SE SONT PAS PERDUS DANS LE TEMPS, C'EST PARCE QU'ILS ÉTAIENT PRESQUE NUS.
POUR LA PREMIÈRE FOIS, ÊTRE PAUVRE AURA SAUVÉ L'UN DES NÔTRES.
MAIS EST-CE QU'ON PEUT Y CROIRE ? OU BIEN LE MARI DE SOSH VA-T-IL REVENIR, MAIS...

Jour 9.
TU NE DEVRAIS MÊME PAS ÊTRE LÀ, EMILY.
QU'EST-CE QU'IL S'EST PASSÉ ICI, REIN JAUNE ?
JE PARIE QUE VOUS AVEZ TOUT VU, VOUS DEUX.
WHINE
WHINE
DITES-LE-MOI, ET J'IRAI PISSER UN PEU PLUS LOIN COMME ÇA VOUS POURREZ FAIRE... VOS TRUCS DE COYOTES.
BIEN ! PREM'S ALORS.
MATEZ PAS !
ÉCOUTEZ PAS NON PLUS !

Galère
OH NON. QUELQU'UN EST PASSÉ AVANT NOUS ?
HÉ ! C'EST UN DES DEUX GOSSES QUI ONT TROUVÉ LA CAVERNE. TU LES AS RENVOYÉS ICI ?
C-C-C-...
DANS CETTE ÉCOLE ?
EN PARLANT DE GALÈRE...

C'EST LA BASE DU VOYAGE DANS LE TEMPS.
ET SI COLOMB ÉTAIT LE MOINDRE DES MAUX IMPLIQUÉS DANS CE MOMENT HISTORIQUE ? ET SI NOUS DEVIONS Y RETOURNER POUR EFFACER NOS CHANGEMENTS ?
ET SI L'HISTOIRE SE PROTÈGE EN ENFERMANT LES VOYAGEURS TEMPORELS DANS UNE DIMENSION DE POCHE D'OÙ ILS NE PEUVENT PAS ALTÉRER LA CHRONOLOGIE ESSENTIELLE ?
MAIS SI CES TROIS NAVIRES ACCOSTENT DÉSORMAIS EN FLORIDE OU EN CAROLINE DU NORD ?
"CELA SIGNIFIE-T-IL QUE LA VARIOLE ET TOUTES CES MERDES NOUS ANÉANTIRONT D'UN SEUL COUP ?"
C-C-C...
ALORS TU SERAS LA DERNIÈRE FILLE SURVIVANTE DE HEALY LAKE OU QUELQUE SOIT LE PATELIN D'OÙ TU VIENS, NON ?
ENFIN... JUSQU'À CE QUE LES RUSSES --
S'IL LE FAUT, NOUS Y RETOURNERONS POUR TOUT ARRANGER.
OU QUI PEUT VOIR S'AMENER LES GALÈRES.
JE TE L'AI DIT --
OUI. TU ES LE PLANIFICATEUR. CELUI QUI ÉVITE DE SE SALIR LES MAINS.

2112.
ELLE EST ENCORE LOIN, CETTE ÉCOLE, SOSH ? J'AI TRÈS FAIM.
QUEL PLAISIR DE T'AVOIR AMENÉ, REIN JAUNE. TU AS FAIM ? IMAGINE CE QUE RESSENT TAD EN 1492.
C'EST VRAIMENT CE QUI T'INQUIÈTE ? QU'IL N'APPRÉCIE PAS L'ORDINAIRE DES MARINS ?
IL A L'ESTOMAC DÉLICAT.
COLOMB A RACONTÉ QU'ILS MANGEAIENT DE LA DAURADE, TU VOIS ?
C'EST QUOI, ÇA, DE LA "DAURADE ?"
DU DAUPHIN, J'IMAGINE.
AH OUI, LES DAUPHINS.
DES ESPÈCES DE SIRÈNES, NON ?
TU VEUX DIRE QUE VOUS NE MANGIEZ PAS DE DAUPHINS EN ALASKA, AVANT ?
NON. DU PHOQUE, DE LA BALEINE ET DU MORSE.
C-C-C-...
DU MORSE ?
OUI. UN PHOQUE STYLE TIGRE À DENTS DE SABRE.
LES BLACKFEET D'AVANT UTILISAIENT CES BIDULES ?
SACHE QUE NOUS RÉCUPÉRIONS L'INTÉGRALITÉ DU BISON, SOLDATE...
-PFFF-
ET SI -- ET SI ON A CHANGÉ L'HISTOIRE ET LE MONDE, MAIS... EN PIRE ?

... J'EN SUIS ARCHI-SÛR, ÇA SE PASSERAIT EXACTEMENT COMME ÇA.
ÇA AURAIT DÛ ÊTRE MOI.
OH, MINCE ! J'AI DIT ÇA EN GÉNOIS, NON ?
COMMENT SE FAIT-IL QU'IL CONNAISSE MA LANGUE NATALE ?
CE N'EST MÊME PAS UN MARIN, AMIRAL. IL A SANS DOUTE SABOTÉ LE GOUVERNAIL.
ÇA PEUT SE FINIR LÀ, TAD. MAIS--
SERAIS-TU... UN COMPATRIOTE ?
PEUT-ON, EUH... SE METTRE À L'ÉCART ?
FAIS-LE. FAIS-LE ! ALLEZ ! MAINTENANT.
CET HOMME M'INTÉRESSE, CAPITAINE PINZÓN.
VEILLEZ À CE QU'IL SOIT PRÉSENT LORS DE MA PROCHAINE VISITE À LA PINTA. J'APPRÉCIERAIS SANS DOUTE D'AVOIR QUELQU'UN À QUI PARLER.
JE FERAI EN SORTE QUE RIEN DE TROP GRAVE NE LUI ARRIVE, AMIRAL.

... LE BALANCER PAR-DESSUS LE BASTINGAGE...
TU L'AS TUÉ !
GLRRRRH !
GLRRRGRBBBL !
EUH... BON, BIN... AUTANT FAIRE DEMI-TOUR.
SANS LUI, ON NE TROUVERA JAMAIS... C'ÉTAIT QUOI, LE NOM, DÉJÀ ?
"L'INDE."
... UTILISER LA CORDE...
CE N'ÉTAIT QU'UN GOSSE !
SNAP
JE NE REGRETTE QU'UNE SEULE CHOSE : QUE TU N'AIES QU'UN COU À BRISER.
AVERTIS LES AUTRES NAVIRES, GUNNY. ON RENTRE CHEZ NOUS.
REINE ISABELLE, NOUS RE-VOILÀ.
D'ABORD, À QUI ON AURAIT PU PARLER UNE FOIS EN INDE ?
... LUI FAIRE BOUFFER SA LONGUE-VUE...
C'EST PAS COMME ÇA QU'ON S'EN SERT !
REGARDE !
AU MOINS, ON NE RISQUE PLUS DE TOMBER AU BORD DU MONDE, HEIN ?
JE NE SAIS MÊME PAS COMMENT ON FAIT LES NOEUDS DE MARIN.

CRRRNCH
"C'EST CE MONDE."
MÊME SI TU PARVIENS À RÉÉCRIRE L'HISTOIRE EN EFFAÇANT CE VOYAGE ABSURDE DE COLOMB...
... CE GOSSE QUE TU AS FAIT TUER RESTERA MORT, TAD.
SHRRR
VOILÀ QUI EST RÉGLÉ.
COMME TOUJOURS, LA PERFIDIE MÈNE À LA PERDITION.
IL EST JUSTE LÀ. TU POURRAIS EN FINIR. TOUT CE QUE TU AS À FAIRE, C'EST...

POURTANT C'EST ÉCRIT NOIR SUR BLANC. COLOMB ÉTAIT UN CAS À PART PARMI LES MARINS, CAR IL SAVAIT NAGER.
LES NAVIRES ÉTANT POUSSÉS PAR LE VENT, SI TU PASSAIS PAR-DESSUS BORD, ON NE FAISAIT PAS DEMI-TOUR, C'EST ÇA ?
"DONC, **SAVOIR NAGER** NE FAISAIT QUE **PROLONGER TON AGONIE.**"
BANG
PAS DE FILIN ! **L'AMIRAL A ORDONNÉ** QU'ON LE LAISSE !
TU ME SEMBLES BIEN AMER AUJOURD'HUI.
"CE N'EST PAS **MOI** QUI SUIS AMER."

1492. Jour 8.
LE TROPICAMIDE À QUEUE BLANCHE. J'AI FAILLI LE RATER.
MAIS JE NE SUIS PAS CENSÉ LE VOIR DEPUIS LA PINTA.
J'AI APPRIS QUE C'EST L'ÉQUIPAGE DE LA NIÑA QUI DEVAIT LE REPÉRER ET S'EN RÉJOUIR...
... CAR CES OISEAUX NE S'ÉLOIGNENT JAMAIS À PLUS DE QUARANTE KILOMÈTRES DE LA TERRE FERME.
LUI, JE DOUTE QU'IL PUISSE COUVRIR CETTE DISTANCE À LA NAGE.
IL NE SAIT MÊME PAS NAGER.
"OUAIS. C'EST IDIOT, HEIN ?"

CHAPITRE DEUX :

La tempête

LA PROVIDENCE A VOULU QUE CET ÉTRANGER SOIT TÉMOIN DE CES MACHINATIONS INFERNALES. JETEZ LE MOUSSE PAR-DESSUS BORD, MAIS SANS L'ATTACHER. VOYONS SI SON MAÎTRE REMONTERA DES ENFERS POUR LE SAUVER.
AMEN.
TON REGARD PERCE À JOUR LES DÉMONS ENCORE BAIGNÉS DE LA PUANTEUR DE L'ABÎME. JE VEUX SAVOIR COMMENT T'APPELER DANS NOS PRIÈRES DE GRATITUDE.
QUEL EST TON NOM, CLANDESTIN ?
RAT MUSQUÉ.
NON...
THIWICHAKTE
NE CHERCHE PAS TON MARI DANS LES LIVRES D'HISTOIRES, SOSH.
TU N'AIMERAIS PAS DÉCOUVRIR CE QU'IL EST DEVENU.

CETTE PRÉTENDUE VISION DES CHOSES À VENIR, EST-CE TOI QUI EN ES À L'ORIGINE OU CE GARÇON A-T-IL MENTI ?
TU N'EN AS PAS APRÈS L'ÉQUIPAGE, TAD.
CE GAMIN EN FAIT PARTIE.
MAIS... QUE DISAIT LE NAIN JAUNE, DÉJÀ ?
ON APPELLE ÇA L'UTILITARISME. POUR RÉSUMER, ÇA DIT LE BIEN DE LA COMMUNAUTÉ SUPPLANTE CELUI DE L'INDIVIDU, VOUS VOYEZ ?
JE PASSE AU CATALAN. C'EST PLUS ARISTOCRATIQUE.
JE... IL Y A QUATRE JOURS, J'AI VU CE GARÇON PARLER À UN BOUC SOUS LE PONT.
UN BOUC ?!

... MERDE.
AMIRAL COLOMB, D'APRÈS LE MOUSSE, CE CLANDESTIN SAVAIT QUE NOUS CROISERIONS UN MÂT DANS L'EAU.
C'EST SANS DOUTE LUI QUI A ENDOMMAGÉ LE GOUVERNAIL.
LE DIABLE CHERCHE TOUJOURS À ANÉANTIR LES EFFORTS DE CEUX QUI PORTENT LA PAROLE DU CHRIST.

... ET LE PLUS DRÔLE AU SUJET DU JOURNAL DE COLOMB, C'EST QU'IL N'Y ÉCRIVAIT PAS CE QU'IL SE --
NON, NON. AVANT ÇA !
VOILÀ, C'EST ÇA. LE LAPIN FAIT LE TOUR DE L'ARBRE QUI EST EN FAIT LA PATTE D'UN ÉLÉPHANT ET ÇA, C'EST SA TROMPE QUI CHASSE LE LAPIN QUI DEVIENT UNE SOURIS --
MOINS VITE, PAR PITIÉ.
QU'ON LE JETTE PARDESSUS BORD. IL NE SERT À RIEN.
MON-SIEUR ?
"MON-SIEUR ?"
OH...

AINSI, C'EST TOI QUI TENTES DE METTRE UN TERME À CETTE MISSION SACRÉE ?
TU ES REVENU SIX SIÈCLES EN ARRIÈRE POUR CHANGER LE MONDE.
NON ! TU AS PLONGÉ AU FOND DE L'EAU POUR CRÉER UN NOUVEAU MONDE.
AVOUE, AVANT QUE L'AMIRAL NE VIENNE POUR SON INSPECTION ET IL SE MONTRERA PEUT-ÊTRE CLÉMENT.
KOFF KOFF
MAIS TU N'ES NI LE CANARD...
... NI LA LOUTRE.
TU ES LE RAT MUS --
ES-TU DEVENU MUET OU AS-TU OUBLIÉ QUELLE LANGUE TU SERAIS BIEN AVISÉ DE PARLER ?
TIENS. C'EST TA DERNIÈRE CHANCE DE PROUVER QUE TU ES UN MARIN, PAS UN ASSASSIN OU UN CLANDESTIN, VOIRE, COMME L'A DIT LE MOUSSE, UN MAGICIEN, UN SORCIER QUI VOIT LES ÉVÉNEMENTS À L'AVANCE.
FAIS UN NŒUD DE CHAISE.
PRENDS GARDE, TA VIE EN DÉPEND.
RÉFLÉCHIS COMME UN RAT MUSQUÉ, TAD.

Jour 8
C'EST SA FAUTE. IL L'A BIEN CHERCHÉ.
CE FRELUQUET VA ARRÊTER DE CROIRE À LA MAGIE.
IL N'ÉTAIT PAS CENSÉ PARLER DU MÂT À QUI QUE CE SOIT.
NON. IL N'AURAIT PAS DÛ --
CE N'EST QU'UN GOSSE !
HRRRRK --
GRRRAAAHHH!
VOUS VOYEZ, CAPITAINE ?
IL MONTRE ENFIN SA VRAIE NATURE.
SCHTING
CLICK
QUE... ?

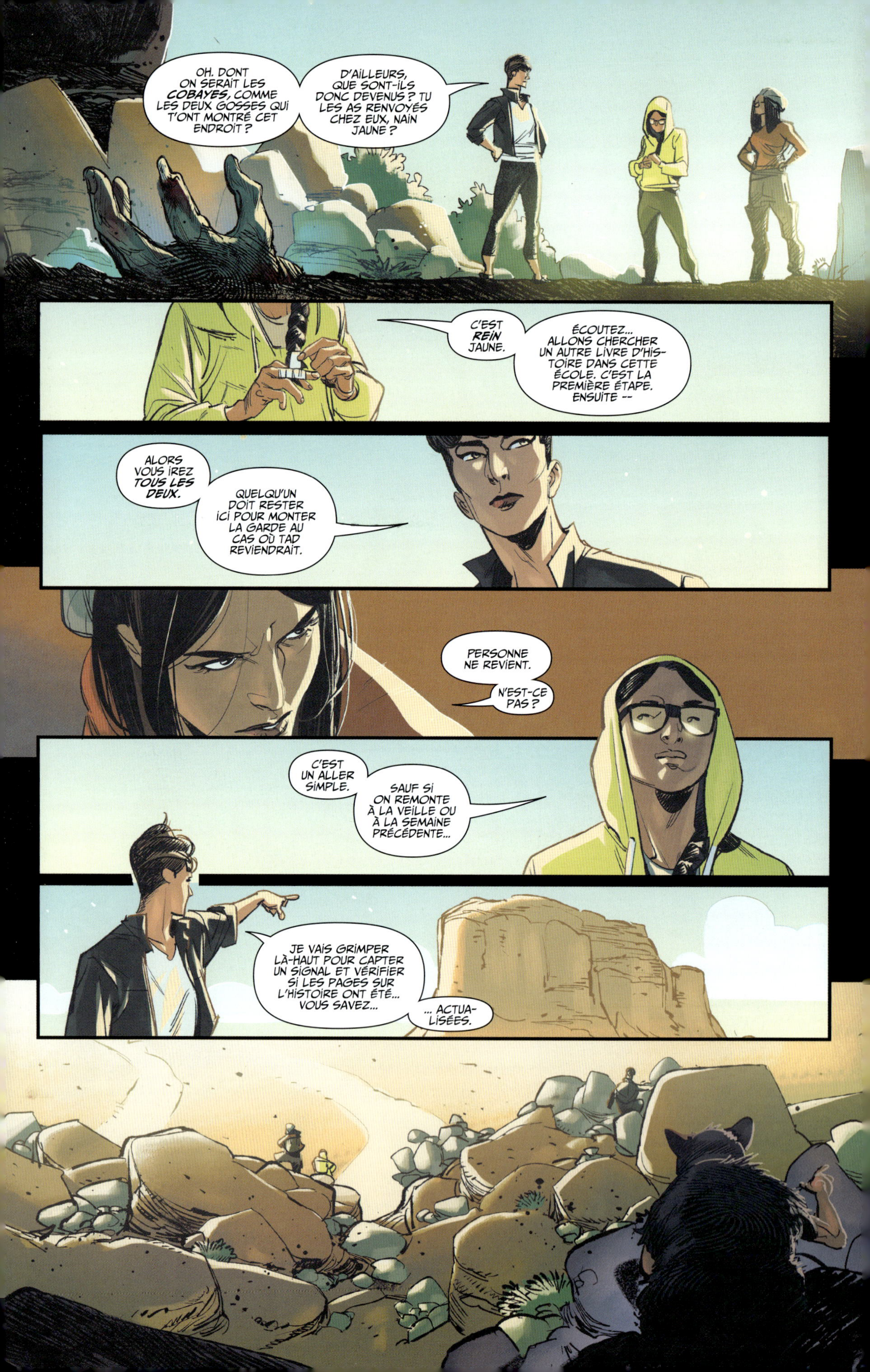
OH. DONT ON SERAIT LES COBAYES, COMME LES DEUX GOSSES QUI T'ONT MONTRÉ CET ENDROIT ?
D'AILLEURS, QUE SONT-ILS DONC DEVENUS ? TU LES AS RENVOYÉS CHEZ EUX, NAIN JAUNE ?
C'EST REIN JAUNE.
ÉCOUTEZ... ALLONS CHERCHER UN AUTRE LIVRE D'HISTOIRE DANS CETTE ÉCOLE. C'EST LA PREMIÈRE ÉTAPE. ENSUITE --
ALORS VOUS IREZ TOUS LES DEUX.
QUELQU'UN DOIT RESTER ICI POUR MONTER LA GARDE AU CAS OÙ TAD REVIENDRAIT.
PERSONNE NE REVIENT.
N'EST-CE PAS ?
C'EST UN ALLER SIMPLE.
SAUF SI ON REMONTE À LA VEILLE OU À LA SEMAINE PRÉCÉDENTE...
JE VAIS GRIMPER LÀ-HAUT POUR CAPTER UN SIGNAL ET VÉRIFIER SI LES PAGES SUR L'HISTOIRE ONT ÉTÉ... VOUS SAVEZ...
... ACTUALISÉES.

ET SI ON TROUVE UN LIVRE D'HISTOIRE À L'ÉCOLE, MAIS QUE RIEN N'A CHANGÉ ?
LE DÉCOR TE SEMBLE DIFFÉRENT, À TOI ?
ÇA AURA CHANGÉ. IL A RÉUSSI.
ALORS... SACHEZ-LE, LES SYSTÈMES STABLES RÉDUISENT LES FLUCTUATIONS.
T'ES SÉRIEUX ? TU PENSES QUE TA "PHYSIQUE POUR LES NULS" VA LA CONSOLER DU SACRIFICE QU'A FAIT SON MARI ?
ON NE SAIT PAS S'IL A ÉCHOUÉ. L'HISTOIRE, LA CHRONOLOGIE, LE DESTIN... ILS CONSTITUENT UN CADRE, D'ACCORD ? EN TANT QUE TELS, ILS SONT PEUT-ÊTRE IMMUABLES.
NON. PAS QUESTION D'ACCEPTER ÇA.
UN GRAND MERCI POUR CE DISCOURS TRÈS MOTIVANT. TU NE CHERCHAIS PAS À EMPÊCHER L'AMÉRIQUE D'EXISTER, À LA BASE ?
À QUOI TU T'ATTENDAIS, EN FAIT ?
CE N'EST QU'UNE EXPÉRIMENTATION.

Jour 5.
JE BOSSE DUR, SANS RELÂCHE.
HOLÀ !
CAPITAINE PINZÓN ! LÀ, REGARDEZ !
L'AMIRAL ?
NON, MONSIEUR. À BÂBORD ! C'EST… C'EST UN --
UN MÁSTIL. UN ALBERO. MALUS. A MAST.
UN MÂT !

CONSIDÈRE CE CROQUIS COMME UN AVANT-GOÛT.
C'EST **LÀ** QUE SE TROUVE LE BORD DU MONDE D'OÙ ON TOMBE.
AH OUI... ON EST AU XVIE SIÈCLE. BIEN SÛR.
"ICI SONT LES MONSTRES."
HÉ ! JE NE SUIS PLUS UN GAMIN.
JE PEUX PROUVER CE QUE...
LA DATE. DEPUIS COMBIEN DE JOURS EST-ON PARTIS ?
AVEC AUJOURD'HUI, ÇA FAIT QUATRE JOURS.
NOUS SOMMES DONC... **LE DIX.**
LE ONZE, DONC **DEMAIN**, ON TROUVERA UN MÂT FLOTTANT SUR L'EAU.
COMMENT PEUX-TU LE SAVOIR ?
REIN JAUNE, DE LA TRIBU **BLACKFEET** ME L'A DIT ET M'A CONFIÉ BEAUCOUP DE DÉTAILS SUR CETTE TRAVERSÉE.
UN NAIN JAUNE ?
NON, NON. "REIN." ET --
DITES ! JE VOUS **DÉRANGE** OU QUOI ?
GUNNY **A FAIM**, LE MÔME.
ALORS, **RODRIGO ?** ON SE TUE À LA TÂCHE ?

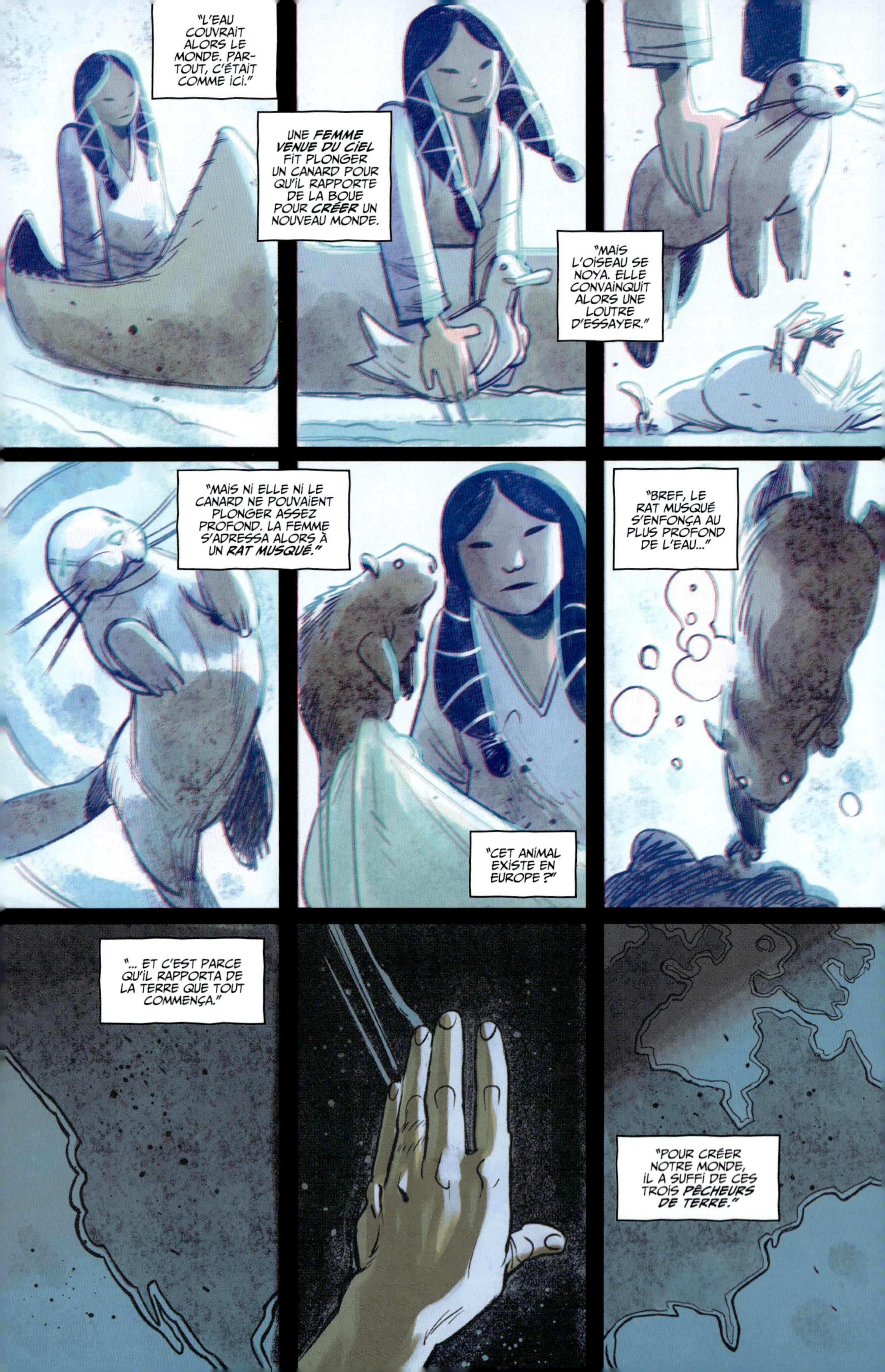
"L'EAU COUVRAIT ALORS LE MONDE. PARTOUT, C'ÉTAIT COMME ICI."
UNE **FEMME VENUE DU CIEL** FIT PLONGER UN CANARD POUR QU'IL RAPPORTE DE LA BOUE POUR **CRÉER** UN NOUVEAU MONDE.
"MAIS L'OISEAU SE NOYA. ELLE CONVAINQUIT ALORS UNE LOUTRE D'ESSAYER."
"MAIS NI ELLE NI LE CANARD NE POUVAIENT PLONGER ASSEZ PROFOND. LA FEMME S'ADRESSA ALORS À UN **RAT MUSQUÉ**."
"CET ANIMAL EXISTE EN EUROPE ?"
"BREF, LE RAT MUSQUÉ S'ENFONÇA AU PLUS PROFOND DE L'EAU..."
"... ET C'EST PARCE QU'IL RAPPORTA DE LA TERRE QUE TOUT COMMENÇA."
"POUR CRÉER NOTRE MONDE, IL A SUFFI DE CES TROIS **PÊCHEURS DE TERRE**."

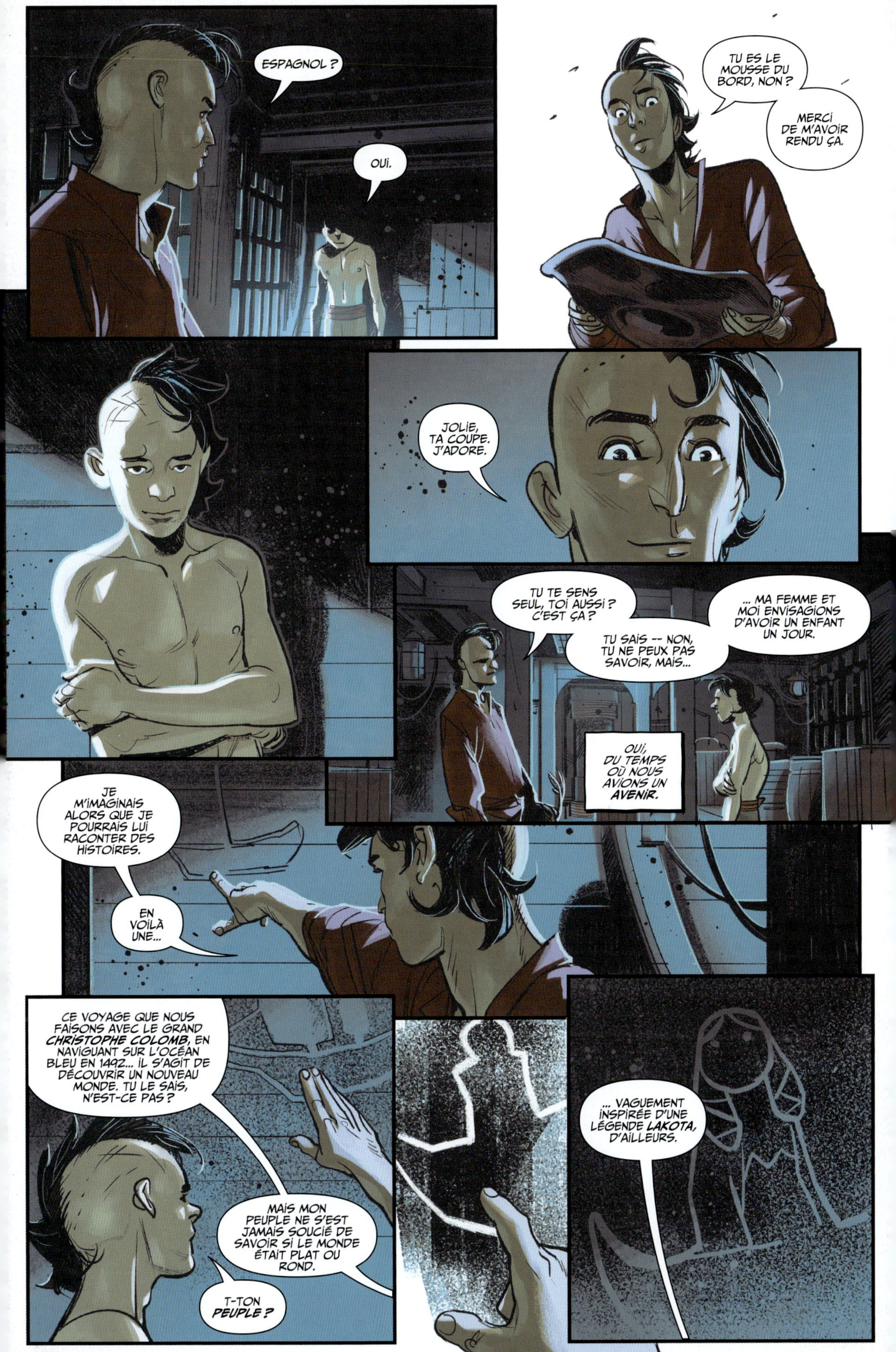
ESPAGNOL ?
OUI.
TU ES LE MOUSSE DU BORD, NON ?
MERCI DE M'AVOIR RENDU ÇA.
JOLIE, TA COUPE. J'ADORE.
TU TE SENS SEUL, TOI AUSSI ? C'EST ÇA ?
TU SAIS -- NON, TU NE PEUX PAS SAVOIR, MAIS...
... MA FEMME ET MOI ENVISAGIONS D'AVOIR UN ENFANT UN JOUR.
OUI, DU TEMPS OÙ NOUS AVIONS UN AVENIR.
JE M'IMAGINAIS ALORS QUE JE POURRAIS LUI RACONTER DES HISTOIRES.
EN VOILÀ UNE...
CE VOYAGE QUE NOUS FAISONS AVEC LE GRAND CHRISTOPHE COLOMB, EN NAVIGUANT SUR L'OCÉAN BLEU EN 1492... IL S'AGIT DE DÉCOUVRIR UN NOUVEAU MONDE. TU LE SAIS, N'EST-CE PAS ?
MAIS MON PEUPLE NE S'EST JAMAIS SOUCIÉ DE SAVOIR SI LE MONDE ÉTAIT PLAT OU ROND.
T-TON PEUPLE ?
... VAGUEMENT INSPIRÉE D'UNE LÉGENDE LAKOTA, D'AILLEURS.

QUEL IDIOT !
LA NIÑA ! PRÉVENEZ LA NIÑA !
DITES-LEUR DE REPÊCHER CETTE VOILE !
HIER, ON A PERDU LA TERRE DE VUE.
DE NOMBREUX HOMMES ONT PLEURÉ À CHAUDES LARMES.
ET QUAND UN ÉQUIPAGE SOUFFRE...
NON, NON ! JE NE --
... IL N'HÉSITE PAS À PARTAGER SA DOULEUR.
QU - QUOI ?

C'EST GRÂCE À ÇA QU'IL CALCULE LE CHEMIN PARCOURU.
JE SAIS.
PAS CAPABLE DE NOUER UN BOUT, MAIS ÇA CONNAÎT LA NAVIGATION ?
TU PENSES POUVOIR PLIER UNE VOILE, MOUSSAILLON ?
JE PEUX RÉCITER DES DÉCLINAISONS TOUTE LA JOURNÉE, TRACER UN ARBRE LINGUISTIQUE LES YEUX FERMÉS OU UTILISER L'API POUR RETRANSCRIRE TOUT EN PHONÉTIQUE. DONC OUI...
JE PENSE POUVOIR PLIER UNE VOI --
-- RODRIGO ? NON ! CE N'EST PAS RÉEL.
TU ES UN LINGUISTE, UN POLYGLOTTE PASSIONNÉ, L'INDIEN QUI PARLE TOUTES LES LANGUES... UN ÉRUDIT !
TU N'ES PAS PRÉPARÉ À SAVOIR GÉRER LE... LE --
-- S-SOSH ?
NON !

CE MARIN MORT AVAIT POUR NOM RODRIGO.
IL AIMAIT LES GRANDS CHAPEAUX OUTRANCIERS ET RIDICULES.
COMME CES CHANSONS QU'IL BEUGLAIT.
ET IL AVAIT DÉCOUVERT UN NOUVEAU MON --
HRRRLL
-- IL FAISAIT PARTIE D'UN ÉQUIPAGE HISTORIQUE.
IL N'A JAMAIS DEMANDÉ À FINIR ÉGORGÉ.
ET QUI PEUT OSER DIRE QUE TA VISION DE L'HISTOIRE EST PLUS IMPORTANTE QUE SON AVENIR, HEIN ?
FAIS QU'IL SOIT LE DERNIER.
TA CIBLE, CE N'EST PAS L'ÉQUIPAGE, TAD.
TAP TAP
TU N'EN AS QU'APRÈS UNE PERSONNE EN PARTICULIER.
ET ELLE SE TROUVE SUR UN AUTRE NAVIRE.
ALORS COMME ÇA TU OBSERVES LE GRÉEMENT DE L'AMIRAL COLOMB ? NORMAL POUR UN SABOTEUR, NON ?

G.I. JANE A RAISON.
OÙ T'AS DÉNICHÉ CELUI-CI, EMILY ! LÀ OÙ TU TROUVES TOUS TES VIEUX TRUCS ?
DES RELIQUES.
DEPUIS QUAND UN LIVRE D'HISTOIRE DE CINQUIÈME EST UNE RELIQUE ?
IL ME SERVAIT À FAIRE DU FEU POUR ÉLOIGNER LES COYOTES.
J'AI PIGÉ ÇA LORS DE MA PREMIÈRE TRAVERSÉE.
J'AI DU MAL À CROIRE QUE TU DÉDIAIS TA VIE À EMMENER DES MERDES DIGNES D'UN MUSÉE JUSQU'AU PACIFIQUE ET QUE TU REVENAIS EN CHERCHER.
JE GÉRAIS LES DÉCHETS.
C'EST PAS COMME SI ELLE AVAIT UNE CAVERNE POUR VOYAGER, TU VOIS ?
MAIS OÙ AS-TU CHOPÉ LE LIVRE, "EMILY ?"
"EH BIEN... DANS UNE ÉCOLE DE LA RÉSERVE, À ENVIRON DEUX KILOMÈTRES."
MOI, C'EST G.I. JANE, D'ACCORD. MAIS TU REPROCHES QUOI À SON PRÉNOM ?
TU CROIS QU'IL FAUT EN FAIRE TOUT UN PLAT, BLACKFEET ?
NON ! NOUS POUVONS RETOURNER À CETTE ÉCOLE ET RÉCUPÉRER UN AUTRE LIVRE OU --
OU JUSTE SORTIR DE CETTE CAVERNE ET RÉVISER L'HISTOIRE SUR NOS TÉLÉPHONES ?
C'EST ÇA. RÊVE.
VOILÀ. C'EST CE QUE JE VOULAIS DIRE.
ON SE CROIRAIT EN 1850.
OU 1492.

... UN PEU PLUS DE SIX CENTS ANS.
ALORS, NAIN JAUNE ? ON EST TOUJOURS LÀ AVEC TOI.
REIN.
MON NOM, C'EST REIN JAUNE.
ÇA Y EST ? ON A CORRIGÉ L'HISTOIRE ?
VOIS PAR TOI-MÊME.
ALORS QUOI ? IL A ATTERRI LA MAUVAISE ANNÉE ? OU DANS L'OCÉAN ET IL S'EST NOYÉ ? ON L'A TUÉ ? CETTE GROTTE MANGE LES INDIENS ?
QUOI ?
SELON MOI... ON SE SOUVIENT DU MONDE TEL QU'IL ÉTAIT OU TEL QU'IL EST CAR ICI, ON SE TROUVE DANS UNE BULLE.
CETTE CAVERNE.
ET CE LIVRE ÉTAIT LÀ AVEC NOUS, N'EST-CE PAS ?
VOILÀ ! IL N'Y EST PLUS.
ON VA DEVOIR EN TROUVER UN AUTRE, NON ?

... TU BRIQUERAS LE PONT !
VOICI LES RÈGLES : ON VOYAGE NU ET ON EMMÈNE UN SEUL OBJET.
C'EST LUI QUI DIT À LA GROTTE OÙ ET À QUELLE ÉPOQUE ON VEUT SE RENDRE.
RESTE QUE...
... C'EST LA PREMIÈRE FOIS EN QUATORZE ANS QUE TU AS RETIRÉ TON ALLIANCE.
SOSH.
ELLE NE VERRA LE JOUR QUE DANS...

TU CAUSES ANGLAIS, "RODRIGO"?
JE PEUX... JE PEUX LE FAIRE ! LE LAPIN FAIT LE TOUR DE L'ARBRE, PUIS IL --
-- ARGH !
C'EST LE MOMENT OÙ TA TÊTE ORDONNE À TA BOUCHE DE PARLER ESPAGNOL OU PORTUGAIS POUR QU'ON NE TE PENDE PAS EN TANT QUE TRAÎTRE...
... ET QUE VINGT ANS D'APPRENTISSAGE IMMERSIF DES LANGUES SE FONT LA MALLE.
T'ES SOIT UN CLANDESTIN, SOIT UN SABOTEUR !
MAIS NON ! JE VAIS LE FAIRE ! LAISSEZ-MOI JUST --
JE PEUX LE FAIRE POUR LUI.
FERME-LA, LE MIOCHE. GUNNY VA LUI FAIRE LA LEÇON !
QUOI QU'IL EN SOIT, T'ES PAS CAPABLE DE FAIRE UN NOEUD QUE LE MOUSSE FERAIT LES YEUX FERMÉS. DONC...

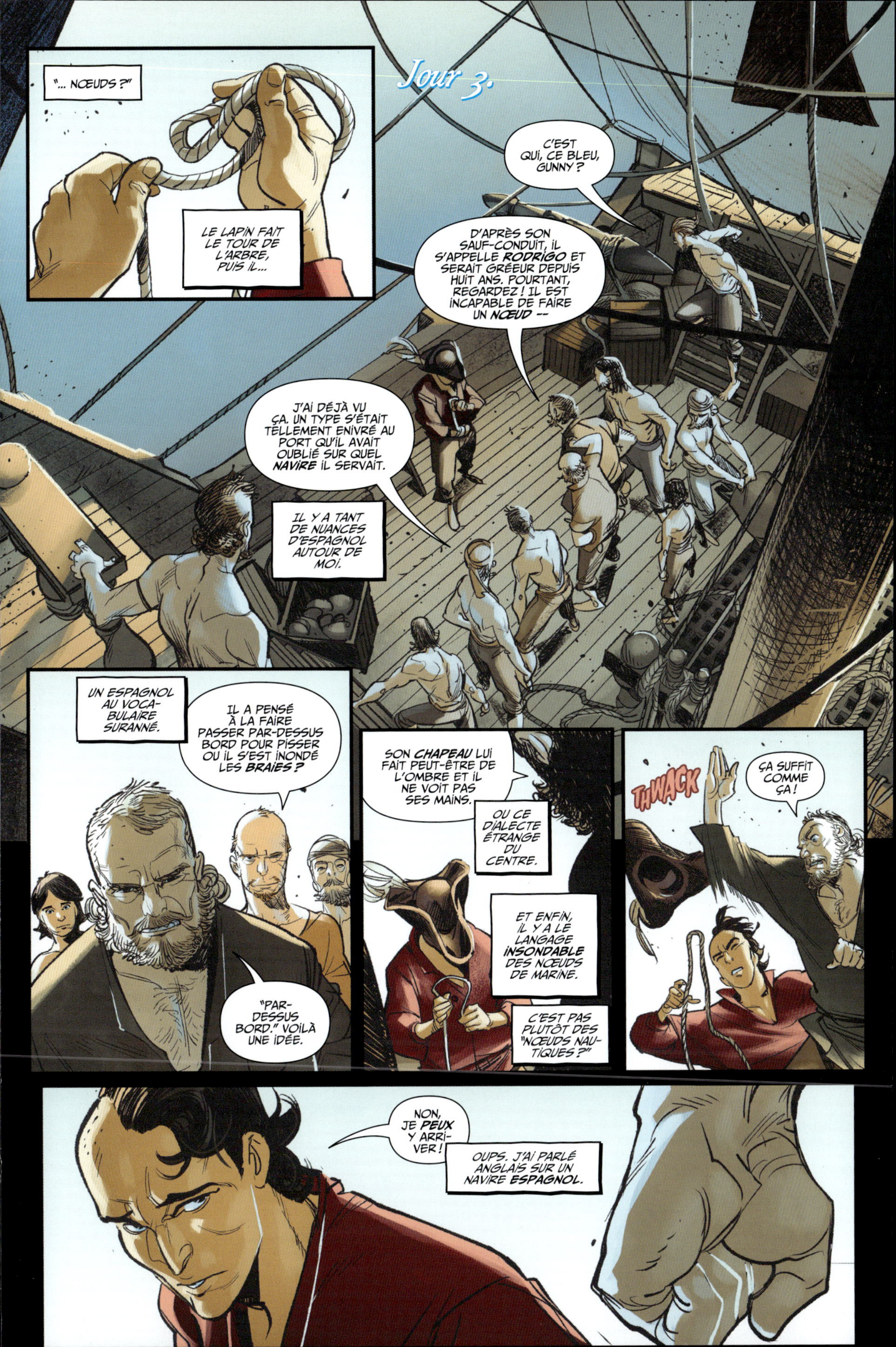
Jour 3.
"... NŒUDS ?"
LE LAPIN FAIT LE TOUR DE L'ARBRE, PUIS IL...
C'EST QUI, CE BLEU, GUNNY ?
D'APRÈS SON SAUF-CONDUIT, IL S'APPELLE RODRIGO ET SERAIT GRÉEUR DEPUIS HUIT ANS. POURTANT, REGARDEZ ! IL EST INCAPABLE DE FAIRE UN NŒUD --
J'AI DÉJÀ VU ÇA. UN TYPE S'ÉTAIT TELLEMENT ENIVRÉ AU PORT QU'IL AVAIT OUBLIÉ SUR QUEL NAVIRE IL SERVAIT.
IL Y A TANT DE NUANCES D'ESPAGNOL AUTOUR DE MOI.
UN ESPAGNOL AU VOCABULAIRE SURANNÉ.
IL A PENSÉ À LA FAIRE PASSER PAR-DESSUS BORD POUR PISSER OU IL S'EST INONDÉ LES BRAIES ?
"PAR-DESSUS BORD." VOILÀ UNE IDÉE.
SON CHAPEAU LUI FAIT PEUT-ÊTRE DE L'OMBRE ET IL NE VOIT PAS SES MAINS.
OU CE DIALECTE ÉTRANGE DU CENTRE.
ET ENFIN, IL Y A LE LANGAGE INSONDABLE DES NŒUDS DE MARINE.
C'EST PAS PLUTÔT DES "NŒUDS NAUTIQUES ?"
THWACK
ÇA SUFFIT COMME ÇA !
NON, JE PEUX Y ARRIVER !
OUPS. J'AI PARLÉ ANGLAIS SUR UN NAVIRE ESPAGNOL.

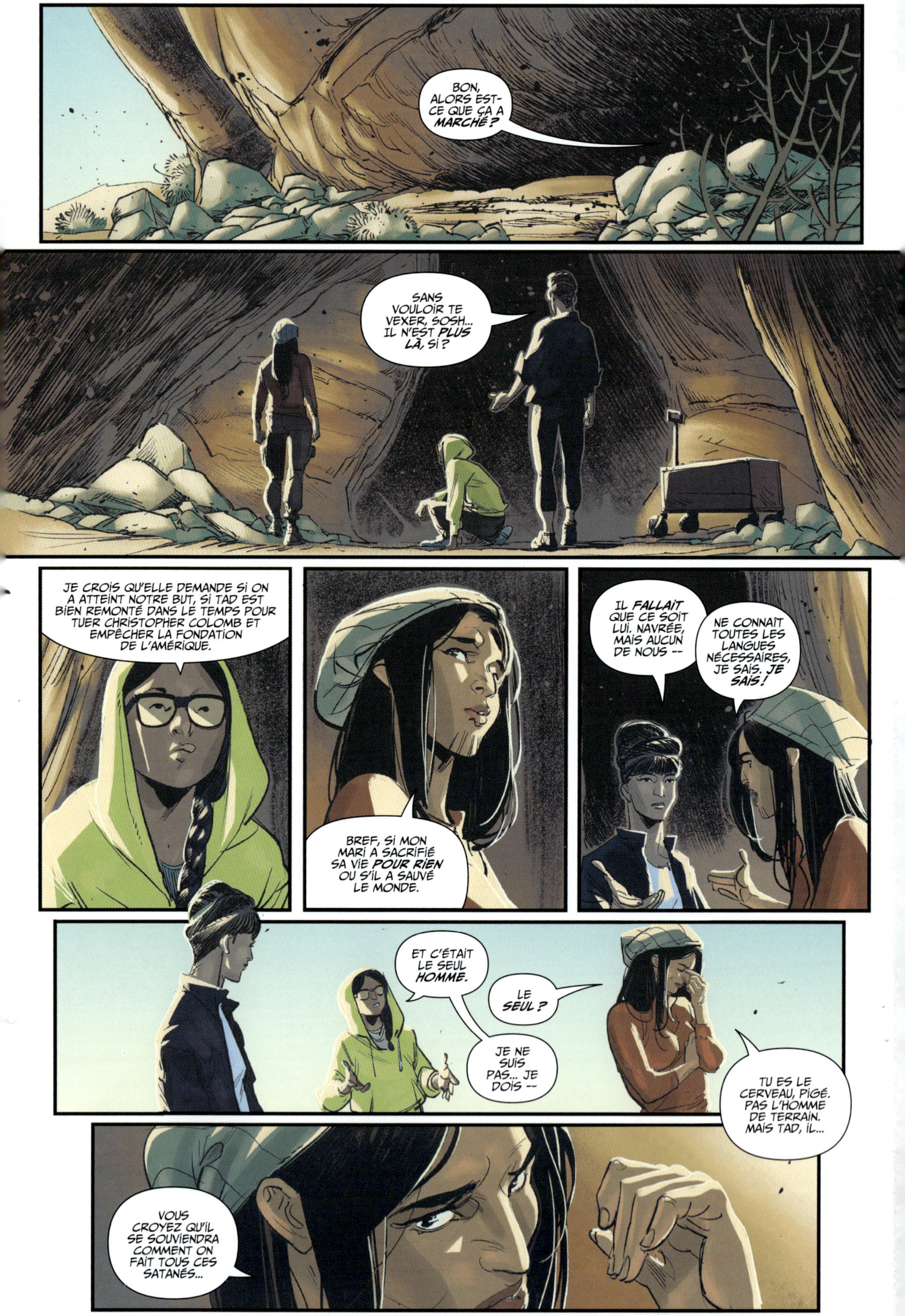
BON, ALORS EST-CE QUE ÇA A *MARCHÉ ?*
SANS VOULOIR TE VEXER, SOSH... IL N'EST *PLUS LÀ*, SI ?
JE CROIS QU'ELLE DEMANDE SI ON A ATTEINT NOTRE BUT, SI TAD EST BIEN REMONTÉ DANS LE TEMPS POUR TUER CHRISTOPHER COLOMB ET EMPÊCHER LA FONDATION DE L'AMÉRIQUE.
BREF, SI MON MARI A SACRIFIÉ SA VIE *POUR RIEN* OU S'IL A SAUVÉ LE MONDE.
IL *FALLAIT* QUE CE SOIT LUI. NAVRÉE, MAIS AUCUN DE NOUS --
NE CONNAÎT TOUTES LES LANGUES NÉCESSAIRES, JE SAIS. *JE SAIS !*
ET C'ÉTAIT LE SEUL *HOMME.*
LE *SEUL ?*
JE NE SUIS PAS... JE DOIS --
TU ES LE CERVEAU, PIGÉ. PAS L'HOMME DE TERRAIN. MAIS TAD, IL...
VOUS CROYEZ QU'IL SE SOUVIENDRA COMMENT ON FAIT TOUS CES SATANÉS...

Niña
ET QUELLE EST LA PHRASE EMBLÉMATIQUE DES MARINS DU XVe SIÈCLE ?
"ICI SONT LES MONSTRES."

... MARIN.
Pinta
Santa Maria

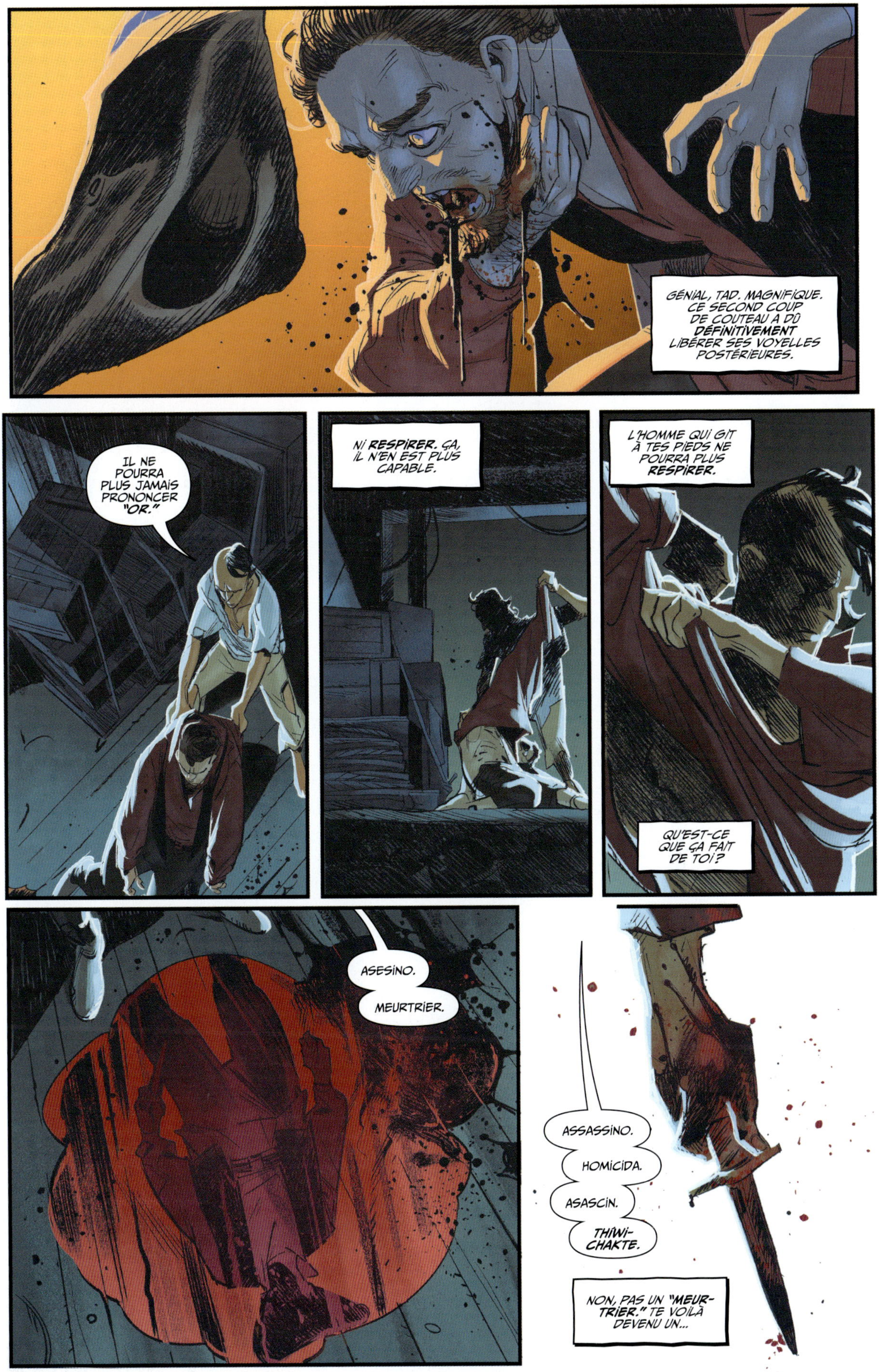
GÉNIAL, TAD. MAGNIFIQUE. CE SECOND COUP DE COUTEAU A DÛ **DÉFINITIVEMENT** LIBÉRER SES VOYELLES POSTÉRIEURES.
IL NE POURRA PLUS JAMAIS PRONONCER **"OR."**
NI **RESPIRER.** ÇA, IL N'EN EST PLUS CAPABLE.
L'HOMME QUI GIT À TES PIEDS NE POURRA PLUS **RESPIRER.**
QU'EST-CE QUE ÇA FAIT DE TOI ?
ASESINO.
MEURTRIER.
ASSASSINO.
HOMICIDA.
ASASCIN.
THÍWI-CHAKTE.
NON, PAS UN **"MEURTRIER."** TE VOILÀ DEVENU UN...

"... UN MONDE TOUT NEUF."
1492. Jour 1.
La Grande Canarie.
IL FERA L'AFFAIRE.
IL FAIT TA TAILLE.
SES VÊTEMENTS SONT DE BONNE FACTURE.
HÉLAS...
... ET CE FUT TROIS AVANT D'ÊTRE QUATRE... OH ÇA, VOUS POUVEZ M'EN CROIRE...
... DE TOUTES LES LANGUES QUE TU PRATIQUES COURAMMENT...
... L'ANGLAIS, TA LANGUE MATERNELLE, LE C+/C- QUE TU AS APPRIS À DIX ANS POUR PIRATER LES JEUX...
... TROIS LANGUES ROMANES, LE LATIN ET LE GÉNOIS PLUS QUELQUES NOTIONS DE PORTUGAIS AVALÉES À LA DERNIÈRE MINUTE, ET LE LAKOTA TROUVÉ DANS UN LIVRE...
SHINK
... LE SEUL LANGAGE QUE TU N'AS JAMAIS EU BESOIN D'APPRENDRE EST UNIVERSEL.
... PUIS CE FUT SEPT ET HUI...
LA VIOLENCE.

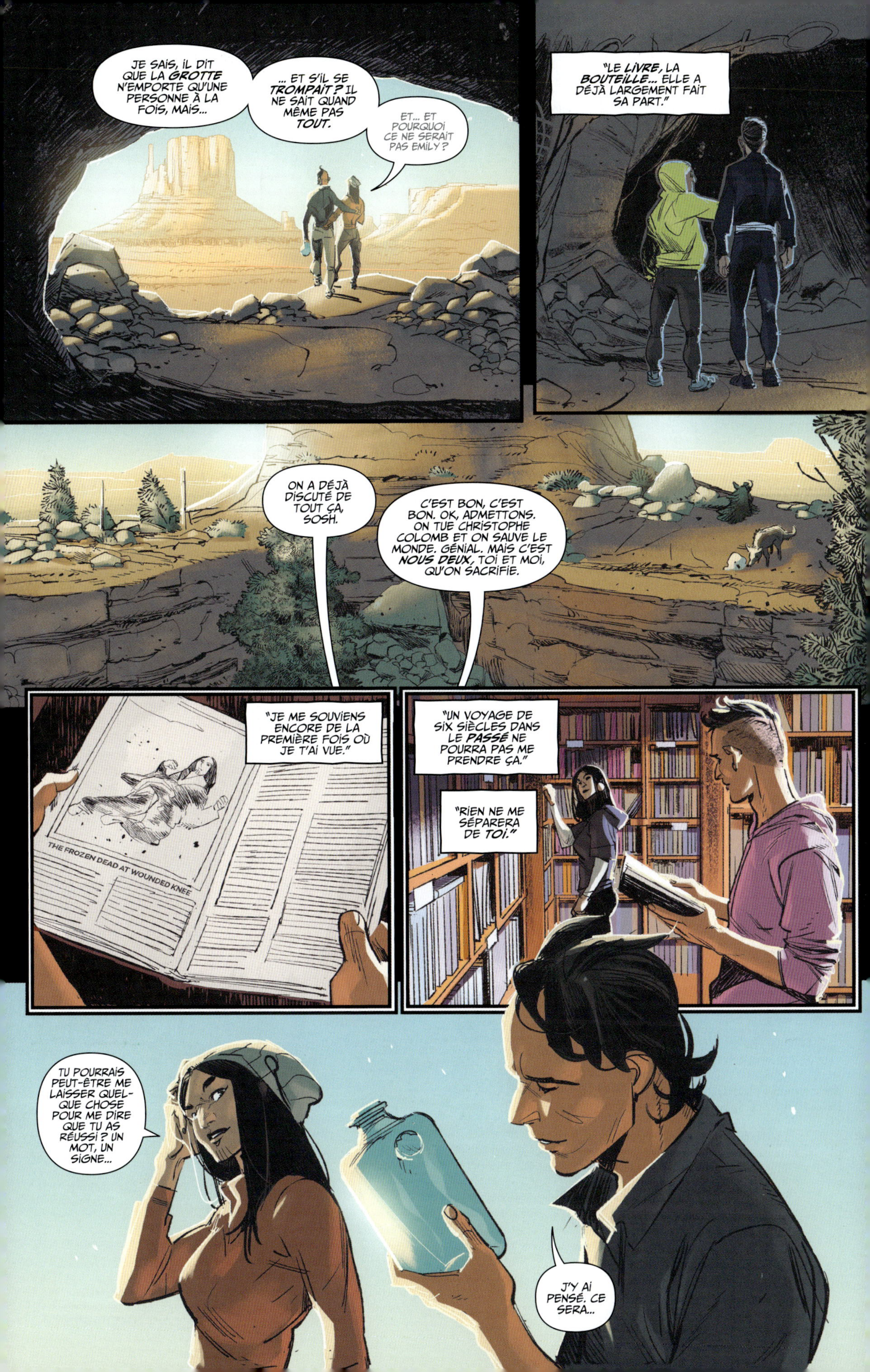
JE SAIS, IL DIT QUE LA GROTTE N'EMPORTE QU'UNE PERSONNE À LA FOIS, MAIS...
... ET S'IL SE TROMPAIT ? IL NE SAIT QUAND MÊME PAS TOUT.
ET... ET POURQUOI CE NE SERAIT PAS EMILY ?
"LE LIVRE, LA BOUTEILLE... ELLE A DÉJÀ LARGEMENT FAIT SA PART."
ON A DÉJÀ DISCUTÉ DE TOUT ÇA, SOSH.
C'EST BON, C'EST BON. OK, ADMETTONS. ON TUE CHRISTOPHE COLOMB ET ON SAUVE LE MONDE. GÉNIAL. MAIS C'EST NOUS DEUX, TOI ET MOI, QU'ON SACRIFIE.
"JE ME SOUVIENS ENCORE DE LA PREMIÈRE FOIS OÙ JE T'AI VUE."
THE FROZEN DEAD AT WOUNDED KNEE
"UN VOYAGE DE SIX SIÈCLES DANS LE PASSÉ NE POURRA PAS ME PRENDRE ÇA."
"RIEN NE ME SÉPARERA DE TOI."
TU POURRAIS PEUT-ÊTRE ME LAISSER QUELQUE CHOSE POUR ME DIRE QUE TU AS RÉUSSI ? UN MOT, UN SIGNE...
J'Y AI PENSÉ. CE SERA...

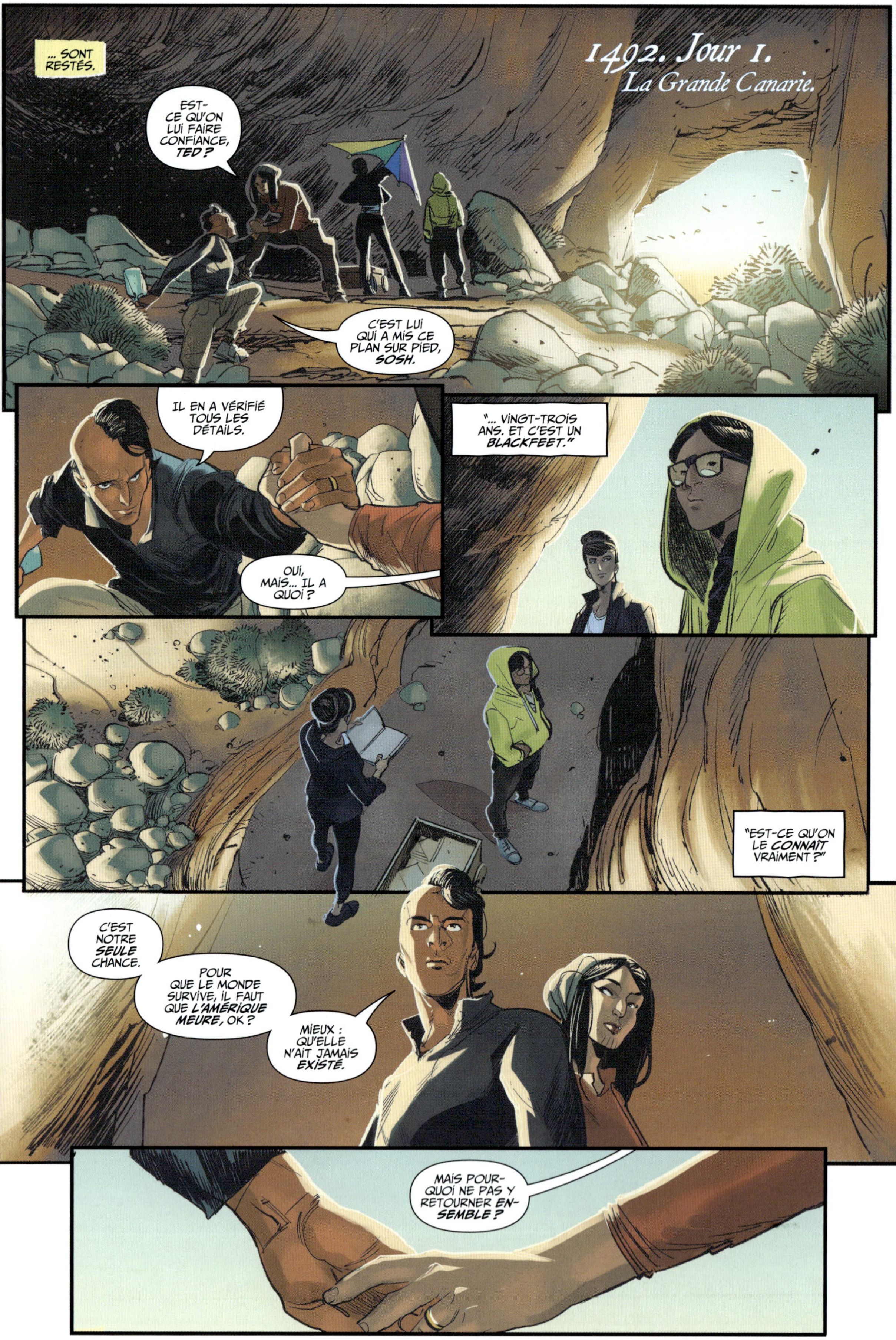

... SONT RESTÉS.
1492. Jour 1.
La Grande Canarie.
EST-CE QU'ON LUI FAIRE CONFIANCE, TED ?
C'EST LUI QUI A MIS CE PLAN SUR PIED, SOSH.
IL EN A VÉRIFIÉ TOUS LES DÉTAILS.
OUI, MAIS... IL A QUOI ?
"... VINGT-TROIS ANS. ET C'EST UN BLACKFEET."
"EST-CE QU'ON LE CONNAIT VRAIMENT ?"
C'EST NOTRE SEULE CHANCE.
POUR QUE LE MONDE SURVIVE, IL FAUT QUE L'AMÉRIQUE MEURE, OK ?
MIEUX : QU'ELLE N'AIT JAMAIS EXISTÉ.
MAIS POURQUOI NE PAS Y RETOURNER ENSEMBLE ?

2112.
LES MAYAS NE SE SONT TROMPÉS QUE *D'UN SIÈCLE.*
LES EAUX *PUTRIDES* SE SONT ÉLEVÉES.
LES EAUX *CLAIRES* ONT DISPARU.
CEUX QUI LE *PEUVENT* S'EN VONT.
CEUX QUI ÉTAIENT LÀ LES *PREMIERS...*
Iñupiaq
Seminole
Lakota
Blackfeet

CHAPITRE UN :

Ici sont des monstres

L’été précédent, j’avais assisté ici, à Boulder, à une conférence universitaire au cours de laquelle un professeur avait évoqué le mythe des earthdivers dans un exposé pertinent et fascinant. Depuis, le mot « earthdivers » me trottait dans la tête. Voilà comment ce titre et cette histoire me sont venus.

Bon… À me lire, on pourrait croire que tout cela s’est fait avec facilité. Je tiens pourtant à remercier Mark Doyle qui m’a expliqué l’économie du récit et Maggie Howell grâce à laquelle mes voyages temporels sont restés cohérents, mais aussi Davide Gianfelice dont le talent de dessinateur me permet de me passer de tant de mots. Je n’oublie pas Steve Wands qui, étrangement, n’a pas traversé le pays pour me poignarder après tant de modifications du texte dont il a assuré le lettrage. Et, grâce à la façon dont Joana Lafuente colore ce monde – ou plutôt ces mondes –, on sait toujours où on se trouve sans jamais se perdre.

Concevoir cette série aux côtés de ces personnes a été et est toujours un grand honneur. J’ai beaucoup de chance de travailler avec cette équipe dans le but de tuer Christophe Colomb.

Cela commence par une grotte perdue dans le désert.

Cela commence par un millier d’enfants assis au fond de la classe pendant un cours d’histoire.

Cela commence par trois petits navires dansant sur l’océan.

Et ce n’est que le début.

Stephen Graham Jones
Le 23 mars 2023
Boulder – Colorado

La genèse d'*Earthdivers*

AVANT-PROPOS DE STEPHEN GRAHAM JONES

Avant *Earthdivers*, j'avais écrit un ou deux comics indépendants ainsi que les scénarios de quelques autres en dilettante. Pour autant, je doutais d'être capable de mener ce projet à bien. En effet, je n'avais que le concept de base : « À mort, Colomb ! » et je suis persuadé ne pas être le seul Indien d'Amérique à y avoir pensé. Chaque petit Amérindien qui a suivi un cours d'histoire à l'école élémentaire et auquel on a asséné quel héros ce type avait été et quel personnage légendaire il était devenu a forcément eu la même idée.

« Et si… ? » Un concept universel.

C'est sur cette courte question que l'on bâtit les épopées.

À l'époque, je voulais intituler ce projet *L'époque des grandes découvertes* car il correspondait bien à une histoire qui se déroulerait en 1492. Toutefois, IDW m'ayant invité à aborder d'autres périodes, j'ai dû renoncer à ce titre qui ne convenait plus. Pour autant, il était impensable de publier sans en avoir un. Je me creusai donc les méninges et décidai d'en parler avec la surdouée qui partage ma vie : mon épouse, Nancy.

Elle s'apprêtait pour sortir. Tandis qu'elle peignait ses cheveux (qui sont déjà superbes), je m'appuyai donc sur le meuble de la salle de bain et lui parlai de cette histoire ainsi que des personnages que j'avais imaginés. En mettant ses boucles d'oreille – et donc sans même m'accorder un regard – elle dit : « Si je comprends bien tu veux que cela se déroule dans un monde qui aurait d'autres origines que le nôtre. Existe-t-il des histoires de ce genre qui ont des titres sympas ? »

EARTHDIVERS - TOME 1

Ouvrage publié sous la direction de David Guélou
Coordination éditoriale par Alexandra Wagnon
Traduit de l'anglais par Xavier Hanart
Lettrage et adaptation graphique par Christophe Semal

Dépôt légal : janvier 2024
Achevé d'imprimer : janvier 2024
Imprimé par : PPO/ Graphics 01, 10 rue de la Croix Martre 91120 Palaiseau

ISBN : 978-2-38426-049-2

IDW
www.idwpublishing.com

Dessin
Davide Gianfelice

Couleurs
Joana Lafuente

Couverture
Rafael Albuquerque

Traduction
Xavier Hanart

Lettrage
Christophe Semal

EARTHDIVERS *est une création originale de Stephen Graham Jones et Davide Gianfelice*

Scénario

Stephen Graham Jones

EARTHDIVERS

TOME 1 :
À MORT, CHRISTOPHE COLOMB !